巴布亞紐几内亞田野調查地区示意圖・1993

IN SEARCH OF CULTURES AND ART OF PAPUA
AT UPPER SEPIK R. AND TABAR I.

EQUATOR
Jayapura
Sepik R.
JALE
Djaja Peak
16,503 ft.
IRIAN JAYA
Mt. Hagen
Aru Is.
INDONESIA
Digul R.
PAPUA NEW GUI
Fly R.
ARAFURA SEA
Merauke
Daru
AUSTRALIA

探險天地間

採訪高雄縣萬山，宿於途中獵寮。1989年。

高雄縣萬山孤察巴爾大岩彫的谷底落石危險區。1989年。

採訪蘭嶼朗島。1980年。

舊來義廢址。1977年。

在古樓採訪。1977年。

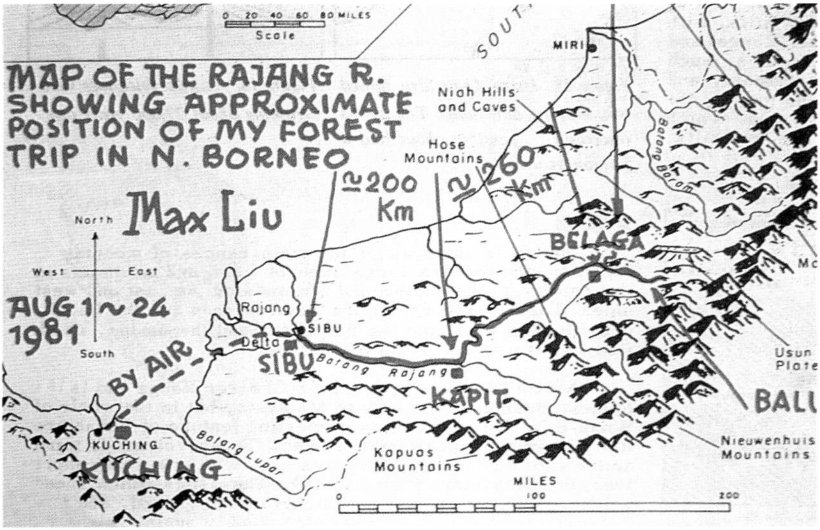

遠征砂磅越拉讓江流域示意圖。1981年。

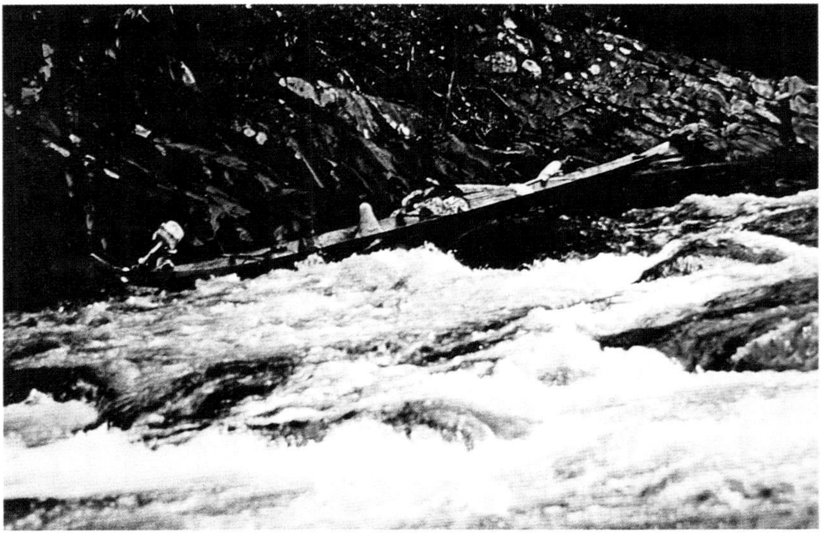

遠征拉讓江，長舟被擱在湍流。1981年。

普南族的全家樂。1981年。

Iban 族的豐年祭——原始社會的祭典，並非僅僅為酬神與祈福而是對下一代的薪傳教育，更具重大意義。

Iban 族人頗具藝術天才，她們帽子上的彩色貼花設計，千變萬化，沒有兩頂是相同的。

劉其偉採訪叢林遊居的普南族人。1981年。

北婆羅洲姆祿族(Murut)敲鑼求雨。1985年。

伊班族的拾骨葬。1985年。

Murut 族是北婆羅洲最強悍獵頭民族之一。獵頭風習普見於東南亞文化圈。族人獵取異族人頭，他們認為不是罪惡，而是信仰。獵頭愈多，種族也愈繁榮，農作也愈豐收。

Punan 族是婆羅洲諸族中，唯一不獵取人頭的族羣，他們游居雨林之中，皮膚蒼白，性情溫和，多從事伐林工作。

伊班族的獵頭。1981年。

伊班族棺木上的「犬文」。1981年。

劉其偉在叢林普南聚落分贈糖果。1981年。

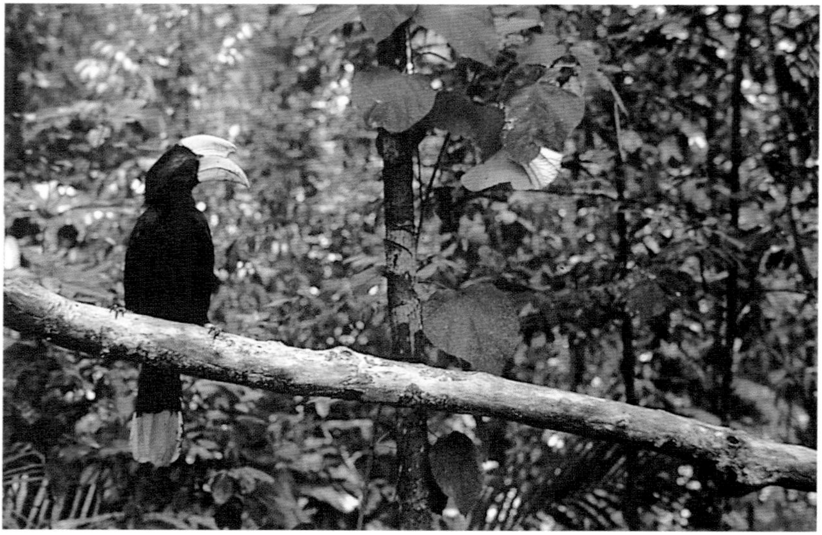

典型的熱帶雨林。1981年。

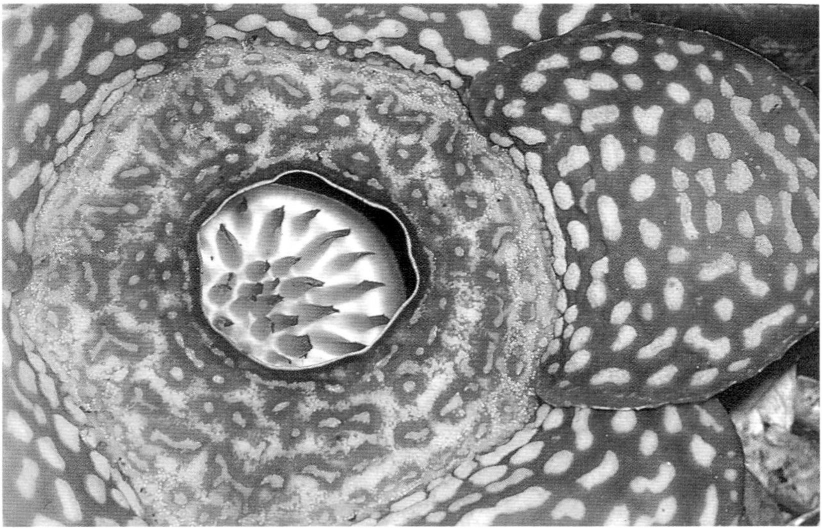

原產婆羅洲的 Rafflesia 是世界最大的花朵，直徑約一公尺，盛開需時半年，滿開後一個星期便凋落。色彩艷麗奪目，可是發出的氣味和腐爛的屍首一樣，比糞便還要難聞。

原產東南亞的紅毛猩猩（ Orangutan ），由於習性過分溫順，不知逃離伐林，以致今日瀕臨絕種。

在哥斯達黎加採訪「布利布利」印第安族。1978年。

採訪東非遊牧民族——馬賽族。1991年。

採訪東非肯亞，拍攝野生動物，作繪畫參考。1992年。

棲息於東非草原的Grevy's（E. grevyi）斑馬。1992年。

紐幾內亞遠征隊伍途中稍歇。1993年。

採訪古古古古(Kukukuku)族的燻屍葬窟途中。1993年。

原始社會族羣間的戰爭，並非因爭奪土地或權力而戰爭，而是「為戰爭而戰爭」，這是人類為生存最原始的行為表現。圖為 Abelam 的一位英勇族長。

Huli 族戰士——人類的好戰，原是祖先遺傳給下一代的一種基因。人類互相殘殺，血染大地，在自然律上來看，是一種「淘汰」與「平衡」。

New Ireland 的 Malagan 標木——原始藝術與人文社會的審美體系不同，它是屬於另類的一種原始美學體系。原始思維的神祕與誇張，使我們了解最粗獷而又最基本形式的藝術，常常是最具生命力的形式。

劉其偉抵達Tabar島的歡迎儀式。1993年。

劉其偉與Huli族人。1993年。

Huli 族的守墓者——這是一個剛剛安葬的一座新墳，死者是一個很有社會地位的人，新墳由幾個戰士輪班守護，墳場廣達數百坪，內有地瓜園，據稱是為供奉死者而墾植的。

Sepik河上游的精靈像。1993年。

Huli族人祭典盛裝。1993年。

紐幾內亞高地Bundi族。1993年。

劉其偉與Huli巫師。1993年。

劉老採訪Huli部落。1993年。

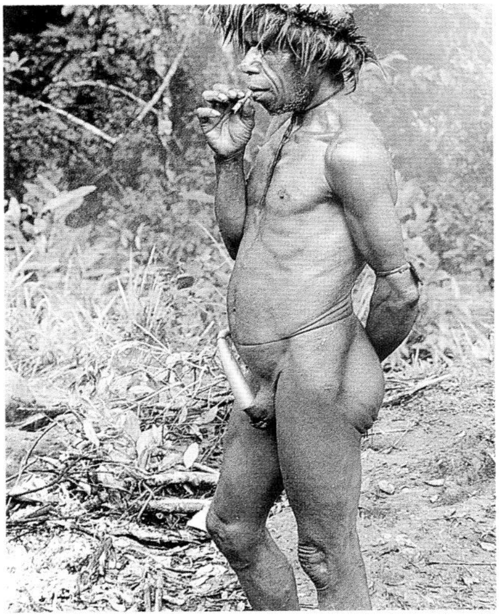

Telefolmin 西部以及 Sepik 上游的 Wopkeimin 族人藐視衣服，他們只在男器上套一根 sel — ban，它是由葫蘆瓜植物曬乾後製成。依社會地位的高低，瓜套尚有長短之分。它不是裝飾，而是用來保護性器的。

Abelam族的疤痕與畫身。1993年。

古古古古族的葬窟。1993年。

八十年歷史的燻屍。1993年。

劉老遠征隊伍在Tabar尋找遺物。1993年。

Huli族人的祭典畫身。1993年。

New Irland的人間天堂。1993年。

美拉尼西亞的諸族羣，普遍都具有藝術天才，圖為族人用 Pandanus 樹葉建築的干欄式房子，每所房子都編成不同的幾何文。

古古古古族的燻屍，燻製一具木乃伊需時一年之久，燻製後置於半露天的懸崖下，雖經八十多年，仍然不會腐爛。

新幾內亞高地族羣的典型服飾，
男人下身圍樹葉，女性則頭披樹
皮布，著草裙。

Sepik 流域 Abelam 族的竹製樂器，它可能是大洋洲原始樂器中，音質最佳而又
最進化樂器之一。

原始人對死亡觀念，認為不是威脅，而是挑戰。因此歷代死者的枯骨，都由子孫保存下來，以示生命永恆與完美。

巴布亞高地胡利族的農莊與蕉園。

巴布亞高地的胡利族住屋。

胡利族人胸前佩帶貝殼飾物，
它僅表示社會地位與權力，但
並不代表財富。

Abelam 族的木盾，用途是在戰鬥時固定在戰地前方地上，只作避箭之用，每塊重量達十數公斤，不適作為手提。

Huli 族戰士

Huli 族墓園面積很大，但入口很狹窄，這是防禦外敵侵襲而設計的。

新幾內亞以「鳥類的天堂」之稱知名於世。從熱帶雨林以至高地的苔林，其中鳥類計有 740 種之多。圖示棲息在草原的紅垂小鳥，屬千鳥類（plough-bill）的一種。

薄暮的呼聲，1994

社會人文⑰

探險天地間

劉其偉傳奇

楊孟瑜 著

封面題字／劉其偉
封面攝影／劉寧生
封面設計／李錦鳳

出版者的話

爲歷史留下紀錄

——出版文集、傳記、回憶錄的用心

高希均

一個時代的歷史，是由一些英雄與無數無名英雄，以血、淚、汗所共同塑造的。其中有國家命運的顛簸起伏，有社會結構的解體與重建，有經濟的停滯與飛騰，更有人間的悲歡離合。

美國歷史學者史來辛格對二十世紀有這樣的描述：「這是一個混亂的世紀，充滿了憤怒、血腥、殘酷；也充滿了勇敢、希望與夢想。」

近百年來我們中國人的歷史，正就徘徊在絕望與希望之中，毀滅與重生之中，失敗與成功之中。

沒有歷史，哪有家國？只有失敗的歷史，何來家國？

歷史是一本舊帳。但讀史的積極動機，不是在算舊帳；而是在擷取教訓，避免悲劇的重演。

歷史更可以是一本希望之帳，記錄這一代中國人半世紀來在台灣的奮鬥與成就，鼓舞下一代，以民族自尊與驕傲，在二十一世紀開拓一個中國人的天下！

以傳播進步觀念爲己任的「天下文化」，就在告別二十世紀的前夕，先後出版了實際參與台灣各層面發展重要人士的相關著作。在發表的文集、傳記、回憶錄中，他們都坦率而又系統地，以歷史見證人的視野，細述他們的經歷軌跡與成敗得失。

他們所撰述的，容或引起某些爭論，而我們的態度是：以專業水準出版他們的著述，不以自己的價值判斷來評論對錯。

在翻騰的歷史長河中，我們所希望的是，請每一位人物，以他獨立自主的判斷，寫下他的歷練與感受，爲歷史留下一頁真實的紀錄。

序

劉其偉的「最」

王藍

人生在世，可以做許多事，可以做各式各樣的事；最好能做出那值得寫的事，值得傳的事。

執筆為文，可以寫許多事，可以寫各式各樣的事；最好能寫出那值得做的事，值得傳的事。

劉其偉先生，於繪畫創作，於著書譯書，於教學，於探險，於原始藝術，於自然生態保育，於人類生存環境，還另於「軍事工程」（他原本是工程師），他都付出了心血、智慧、辛勞，而貢獻非凡——這些，皆是他所做出的值得寫的事，值得傳的事如今，一位資深的，於採訪，於撰寫，於編輯，成就卓越的楊孟瑜女士，把劉其偉先生所做的事，寫了出來，且寫得生動、感人——她是寫了值得做的事，寫了值得傳的事。

其老，豈老？

劉其偉，人稱他「其老」，也正是稱他「豈老？」——他雖與民國同壽，八五高齡，卻仍健步如飛。又有多人稱他「劉老」。他是「最」不老的老人家。這是我要說的他的第一個「最」。

於此，我將述說他的多項「最」狀。聽來音似，可不是酒醉之「醉」，更非犯罪之「罪」。

人云「讓作品本身說話」，劉老的畫「最」會。面對他的畫之感受：有時像慈祥長者與我們對話；有時如貼心伴侶與我們親切私語；也有時如頑童，活潑調皮地逗趣談笑；有時直如聽到天籟之聲；又偶爾聽到激勵的嘉言，或醒世的警句。而最多時候，則是幽默、風趣，充滿愛心、智慧與魅力的傾訴。注視他的畫，最可以感受到「真正關愛的眼神」。

他的畫風，何其灑脫！人的作風，更灑脫得「最」令人吃驚！他原本一嘴假牙，多年前某日，我們行在通往永和的中正橋上，風大，他突然猛咳嗽一陣，竟然把假牙咳掉出來，他企圖去接，但假牙已隨強風飛起，他揮動手臂去捕捉，姿態可真瀟灑、優美；對不起，假牙卻已颰落河中。劉老不發怒，不憎怨，依然笑得可愛。此非我杜撰之小說情節，當日同行之名畫家李德先生可做人證。從此，劉老不再另裝假牙，只見他隨身佩刀——精巧小刀一把，用餐時，便取刀將他最愛的大塊牛排，仔細地切碎，吃得格外樂乎乎！

寫文、譯文最多的畫家

他是「最」有天賦，而又「最」勤奮下苦功的人。

他語言天才出眾，國語比一般廣東人說得好，英語又比國語好，日語更比英語好。他自幼在日本讀書，一直讀到大學畢業，中間還讀過英國人的神學校。

他愛國心強烈。數十年，堅守軍事工程師崗位，爲國家嘔心血且晝夜奔忙。抗戰期間，國府看上了他，想派他充當日本人去日本做反間諜，因他有一雙「如假包換」的標準日本腳——從小穿木屐，大腳指與二腳指間有顯著的「空隙」，日語又一流；他幾度想接受任命，終因混身藝術細胞過多而作罷。這樣「最」好——爲中華民族，爲全人類留下一位如此不凡的藝術家。倒是友好們常說：如果當初他接受任命幹了那一行，憑他的才幹與敬業精神，或早已當了情報局長、安全局長了；可也說不定早已進了忠烈祠了。

他是畫家之中寫文章、譯文章「最」多的人。《台灣畫壇老頑童》一書作者黃美賢女士統計說：劉老發表有據的文章，自民國四十五年迄今有四百一十九篇，出書三十二種。專業作家可能有此紀錄，畫家中實屬罕見。他常說：「通宵寫作比畫畫還過癮！」

他「最」喜與作家交遊，我介紹他與名小說家徐訏先生相識，兩位大天才「一見鍾情」，日後成爲「最」知心的好友。徐先生還曾爲劉老的一部著作寫了序。我曾畫過一幅畫，收入《王藍水彩畫集第二集》，畫題「講故事」（一九六二年作）——畫的正是：徐訏先生坐在我家客室講故事，三位太太圍著他聽故事，那是水彩畫家劉其偉夫人、油畫家李德夫人、粉彩畫家吳廷標夫人，三十多年以前的事了，很有紀念性；原畫爲喜愛文學藝術的蔣廷黻大使生前所收藏。

劉老他本身勤於寫作；他又是被別人寫文章評論推崇「最」多之人——也是

黃美賢女士統計：迄今披露報章雜誌或專書中，已有三百二十篇。這是一項榮譽紀錄。

劉老是「最」孝敬父親的兒子。抗戰勝利後，在重慶的他，有兩個工作供他挑選——去長春，或去台灣。去東北待遇好，光治裝費就多好幾倍；他卻寧願來台灣，因爲可以較近便照料在香港的老父親。後來，他把老人家接來台北同住，我常去他府上，得拜見劉老伯，親見劉老伉儷二人對劉老爹爹孝敬侍奉。

擁有「部長」頭銜

踏上寶島，是劉老「最」重要的人生轉捩點，也正是他燦爛的藝術生命的里程碑。

劉老嘗說，他「最」感榮幸之一事，是他來台灣第一個工作，竟是追隨孫運璿先生。台灣剛剛光復，百廢待舉。運璿先生率領一批苦幹實幹的優秀人員，開拓新天新地。那是我國歷史上，重要的一章。

「民國三十四年，我奉資源委員會派令，來台灣接收電力公司工作。」運璿先生在《探險天地間》新書發表會上，如此說，「我先是負責日月潭發電工程，同由重慶來台的其偉先生去八斗子發電廠任工程師。」

在劉老心目中，運璿先生是他任公職時代，「最」受他崇敬的老長官；而受舉國敬重的運璿先生則口口聲聲稱說其偉先生是他的老朋友、老同事，又說：「我看到了其偉先生的才藝，我曾勸他不要做工程師了，該去專心繪事，一定會成為極傑出的藝術家。」運璿先生說得好親切，那麼情義濃厚，感人至深，聽者無不動容。

那天，我心情愉快，說得高興：「吾人皆知帶領中華民國經濟起飛的孫運璿先生，出掌行政院之前，曾任交通部長、經濟部長。諸位可知劉其偉先生也曾當過『部長』？他該是作家、畫家中唯一擁有過『部長』頭銜的人。容我說來：劉老在八斗子電廠半年後，調職金瓜石台灣金銅礦務局任工程師兼電工木土課課長，工作繁重，待遇菲薄，生活清苦（那年頭，公務員莫不如此），然而，他過得開心──娶了美女，生了嬌兒，奉養慈父，一家和樂；同時，他與所有的員工感情融洽，大夥對他這位待人熱誠全無一點架子的主管愛得不得了，這又增加了他那段歲月的歡欣。果然，他真的被愛得不得了：不幸的二二八事件爆發，本省、外省同胞皆難免遭殃，礦工中多名大漢跑到劉老家保護他這個廣東外省佬，外面還在混亂打殺中，到劉府的工人與地方人士愈來愈多，他們不願礦場全部停工，一致推舉劉老爲『生產部部長』，恢復了生產。」

劉老初到八斗子電廠時，日本人尚未全部遣返回國，半夜裡，常有日人爲躲避村民追打（難怪我同胞，當年受夠欺凌壓迫而積恨難消），奔到劉老宿舍，請求保護。劉老當然也痛恨日軍當年之侵略罪行，何況當年他還曾是兵工署軍官，擔當構築橋梁工程、管理及運輸火藥任務，與我國遠征軍一起奔馳滇緬前線，他親見國軍之英勇，也親見國軍之慘重犧牲，他的同事夥伴多位殉難疆場……這些，怎能忘記？然而，如今他決定挺身保護這已經投降，已經解除了武裝的舊日敵人。他說：他既然負責這個廠，就須負責廠裡的秩序與他們的安全。於是，劉老表現了他「最」難得的愛心。

劉老後來離開金瓜石去台糖公司電力組任職，金瓜石礦場員工與地方人士依依不捨，設宴歡送「劉部長」，辦了三天三夜的「流水席」，爲他餞行。

最具魅力的好老師

容再回到劉老的繪畫世界。他不是「科班」出身，有人說他是「無師自通」；其實，他倒「最」是以「大自然爲師」，且是冒險犯難，不顧一切地以大自然爲師；若非如此，我們也無福讀到「天下文化」出版的楊孟瑜女士所寫的《探險天地間——劉其偉傳奇》這部好書了。

歷史悠久的「中國水彩畫會」，會員近百位作品歷年於國內聯展，更遠在菲律賓、香港、日本、韓國、越南、美國、中南美、非洲、澳洲聯展，「最」搶眼的展品中，必有劉老的畫在內。他對自己的作品有信心，卻從未有一絲傲意。他是「最」謙虛的巨人。

他又是「最」愛護畫友，更「最」愛護青年畫家的長者。多年來，我有幸與他同於全國美展、省展、市展，以及全國青年水彩畫比賽，還有選拔作品參加國際美展，擔任評審工作，親見他的認真、審慎，與特別對年輕一代具有潛力的畫家的鼓勵、嘉許與厚愛。

他自己未讀過藝術科系；他卻是「最」好的，「最」受歡迎的藝術系老師之一。他在國內太多所大專院校教繪畫課，僕僕風塵，南北奔波，不辭辛勞。在此之前，鑒於當時各校藝術科系太少，國立藝專初設連美術科都沒有，因而我們幾位好友共同創設了「中國藝術學苑」遍請國內著名畫家、彫塑家、木刻家、攝影家執教，正式立案，我忝爲「創辦人」，劉老是「班主任」。我還應請在台灣銀行總行內創設「台銀繪畫班」（時任台銀總經理的何英十先生深喜美術、音樂），也請了劉老做「班主任」，參加之學員甚眾。一九八〇年，我應聘美國俄亥俄州州立大學東亞文學系與藝術系客座教授（Visiting Professor）選修我開的繪畫課的人過多，學生之外，副校長太太，與教授太太多人都來受課，我不好拒收，因大家學習的熱誠至爲感人，系主任告知我不能再收了，我反而要求他與校長，再由我國請一位名畫家劉其偉先生來一同教課，校方對我禮遇，居然同意。於是劉老飛來，成爲藝術系「最」受歡迎的Visiting Professor。自此，選課人更形踴躍，連鄰校首都大學藝術系的洋學生也申請入學。同學們說那是Visiting Professor收的Visiting Student。接著，幾位女學生的先生也要求入學，我戲稱他們是「Student-in-law」（英文無此字，恕我斗膽造字）。吾人久知「半抽象水彩人像」是劉老獨步藝壇的「絕活兒」，他在課堂示範得開心時，便爲同學們畫像，學期末，幾乎人人都得到贈畫，如獲珍寶。學期結束，系裡爲我們舉行了一項「師生作品聯展」，校內與校外來參觀者讚賞之餘，還聲稱中國畫家之「教授法」必是神奇，直如魔術師，竟於短期間使弟子們進步如此神速。那是劉老與我共度過的一段「最」快樂的時光，也是「最」賺人眼淚的時刻——我們離校返國前夕，全體同學舉行了「謝師宴」（美國多有「謝生宴」，因爲學生要給老師「打分數」評鑑，罕聞有「謝師宴」），我還未忘記那兩位洋學生的名字：一位是朱迪，一位是施蒂芬妮（夫婿爲俄大教授）致詞時不能自己，而流淚，劉老亦在老淚直流中，畢其詞。我憶述這些，是見證劉老是「最」具魅力的好老師。

童心·虛心·愛心·恆心

劉老生來即是一「帥哥」，年長後更有「性格」之美，看他的面型與他的神采，比克拉克·蓋勃更蓋勃比海明威更海明威。他「最」有「女人緣」。他有太多仰慕他的女讀者、女學生、女畫家，成爲好朋友，卻從來不鬧緋聞。他當然也「最」有「男人緣」，許多男人成爲他的莫逆、知音、摯友，但他從來不鬧「同性戀」。他有資格得「人緣最佳獎」，他之惹人喜，招人愛，「最」主要的，還是由於他終始持有純真的童心、虔敬的虛心、深厚的愛心，堅忍的恆心。

聞說他年輕時代，也有火爆脾氣；但四十多年來，我們所見到的，是一直非常謙和的劉老。僅只有一次見到他發怒：那是在南美祕魯鄰近高山的小城，風景奇美，然而，專向觀光客下手的偷盜、扒手多得出名，我們是一個「作家藝術家訪問團」來到那裡，已受到導遊囑告，團員不要離隊，若一個人外出難免遭到劫搶，團員中名畫家席德進不聽勸告，定要逞能單獨外出寫生、拍照，他全身打扮成西部武打明星模樣，雄糾糾地聲稱：「我不搶他們就好了！」我是訪問團團長，說服不了他，惹得副團長劉老發了雷霆：「這是爲了你好，爲了你的安全，你不要不知好歹……」德進脾氣壞頗爲有名，他以更大聲響反彈回來，怒氣不休地離去。過了不多時，席德進像個打敗了的公雞，垂頭返回，進得門來，猛拉住劉老和我的手：「抱歉沒聽你們的話，我的名貴的照相機，被一夥小強盜搶去了。」劉老安慰他：「人平安回來就好了，謝天謝地！」德進似被感動地說不出話；他回報以「肢體語言」——擁抱住我們。德進是一位好畫家，是我們的好友。他已離我們而去，我們一直懷念他。

劉老是「最」重視著作權、智慧財產權的人。他很喜歡奧哈拉的水彩畫，是他「最」早把奧哈拉的書翻成中文，那年代台灣出版界翻印盜版「流行」，他居然寫信去徵得奧哈拉同意，方始翻譯出版。近年，因書刊盜版獲利較少，已漸收斂，然而可獲暴利之電腦層次盜版，則方興未艾，誠可歎也。

他是最大的贏家

可能知道的人並不多，劉老是當年籌建台北市美術館付出心力「最」多的一位。當時葉公超先生是籌建委員會召集人，他囑我與劉老，還有幾位前輩藝術家參加，經過可說是艱苦、辛酸……未獲真正重視，或曰：把館前路省立博物館改成市美館就好（豈不知人家是很有成就的一座自然歷史博物館，又是省產！）或曰：在國父紀念館大門加掛一塊「市美館」招牌就好……寫了多少文章呼籲，費了多少言語溝通、請命……好不容易說服了當局，尋找適當建館土地又是極大難題，幸好一位小兵立大功——不應忘記他，杜孝胥先生，他不是教育局長，不是教育局社會科長，只是社會科的科員吧（後來做了教育局的視察），他千辛萬苦費盡心思找到圓山那塊土地。籌備經年，全部建館的構想、設備、需求、功能，軟體、硬體……一切細目，原始基本設計資料足有半尺厚，皆是劉老與我兩人擬定，而由劉老執筆寫了出來，提供籌備委員會議。當然，所有籌備人士也都付出了心血。劉老因是中原大學建築系教授，他說他深爲感謝該系給了他許多世界各地美術館建築的珍貴資訊。

劉老經歷過「最」艱辛歲月（國家苦難時代，個人不可能享樂、闊綽，國家富足、社會繁榮，個人生活才會好轉，國家與個人命運是緊密不可分的）。他也曾時常叫窮，他多年節省、儲蓄，倒也陸續購置了三幢房子（雖然不大，是三幢，沒有錯，一幢父親住，一幢自己住，一幢做畫室），每逢有國際友人、外國藝術家來訪，當劉老介紹他自己是窮畫家時，我便接說：『劉其偉先生，是中華民國最窮的，僅有三幢房子的畫家。』他又曾自嘲「最」愛錢，但生活稍有好轉，便變得「最」慷慨無私——近年來，他把大批自己心愛的作品，捐贈美術館；大批的書，捐贈學校與圖書館；更把冒生命危險蒐集來的世界各地原始部落稀珍文物，捐贈博物館。

如今，他已由「最」窮，變爲「最」富有的人。畫被爭購，稿費、版稅源源而來，不僅止這些，他之「最」富，乃是太多人喜歡他、關心他、敬重他、祝福他。

他是「最」大的贏家。他贏得人間「最」高貴的「愛」與「情」。

文化興亡，「天下」有責

最後，我願一說「天下文化」。

高希均教授、殷允芃女士、王力行女士創辦了「天下文化」，帶領著多位有理想有抱負的，尤其年輕一代的學人、才俊，共同奮鬥，多年來編輯出版了多種影響深遠的書刊；於此時此刻，推出楊孟瑜女士著作的《探險天地間──劉其偉傳奇》，如我一開始所說的，也正是做了一樁值得寫，值得傳的事。

羅馬不是一天造成的。一位藝術家的高成就，也不是一天可造成的。讀這部書，應會省思：於藝術領域（其他領域也應如此）享小名，享短暫之名，或可以靠倖進，靠捷徑，靠財勢、靠權貴、靠關係、靠譁眾取寵、靠作秀造勢；然而若享大名，享真名，享久遠之名，則必須靠作品，還要靠人品。

有心人，會感受近年來社會風氣堪憂，出版風氣堪歎，讀書風氣堪慮。卻也不必過於悲觀。只要有更多人寫好書，有更多人出好書，有更多人讀好書，這一切都會改觀，明天會變得更好。

出版《探險天地間》，充分展現了出版家的眼光、遠見、理想、胸襟與膽識。

這樣的書，令人省悟：正如聖經所說：「流淚撒種的」，才會「歡呼收割」；那「不義而富」、「不義而貴」、「倖進得逞」，該是被卑視被唾棄的時候了。

這樣的書，短視地看，或不能立刻大暢銷獲暴利。然而，好書不會寂寞，好書自己有翅膀。我敢肯定，它必將會成爲廣大讀者的「最」愛。

文化興亡，天下有責。這天下，是「天下文化」，也是所有天下人。

（作者為中國水彩畫會會長及知名作家、畫家）

序——劉其偉的「最」

序

生存就是挑戰

劉其偉

前年仲夏的一個晚上，一羣「天下文化」的朋友來看我，說要給我寫一本回憶錄。當時我很驚訝，一個平平凡凡的教書人，怎會被人選作寫回憶錄的對象？細聽了她們一番話，才知道要寫的不是豐功偉績，只是我爲生存挑戰的故事。

我今年已八十五歲了，早年讀的是電機工程，自從踱出校門，就靠這門幹活了三十多年。抗戰時被派至中國西南和緬甸擔任軍中技術員。抗戰結束，立刻調來台灣參加戰後發電廠修復，以及美國軍援的軍事工程事務。

台灣在四、五十年代，工程師的待遇是微薄的。可是天無絕人之路，民國五十三年（一九六四年）美軍登陸金蘭灣，美國海軍以高薪急徵軍事工程人員赴越南工作，其時戰況不明，應徵這項工作的不到十人，可是我卻毫不遲疑，因爲這是千載難逢的發財良機，今日不投賭注，尚待何時？這場莫名的戰爭，越南是爲民族而戰，而我卻是爲美金而戰。當民國五十六年（一九六七年）我從西貢平安地回來，好似身纏萬貫，暗地慶幸自己正是一個贏家。

大凡念理工的人都很理性，少有藝術修養。也許我喜歡建築，因此常常接觸藝術。滯越的一段期間，因爲既往窮了太久，一時會在美國銀行開戶，自己覺得非常得意，不特心理恢復了自尊，心情也如旭日初升，閒來習畫，進步竟一日千里。回來以「戰地畫展」在國立歷史博物館展出。當年能在國家畫廊展出是件大事，也是一種榮譽，人們不識我的底細，都誤認是一個畫家。

平時我喜歡翻譯一些書本，傳統藝術看膩了，因此，換個口味改讀一些新鮮的書——現代藝術。由於現代藝術創作是從原始藝術啓發而來，爲了要更深一層了解原始社會，故此對文化人類學發生了興趣。我不是學者，從不知治學之道，但我喜歡走別人沒有走過的路，也喜歡自己沒有看過的東西。我每次做民族誌的遠征田野工作時，見到許多稀奇古怪的事，都一一記錄下來，回來整理成書，內容說不上有什麼學術價值，可是對年輕的一輩，卻引發了他們對遠征的熱望與好奇。

許多雜誌和報章，經常向我採訪，問我有什麼激勵的話可以告訴青少年朋友們。我只是一個爲生存而不斷工作搏鬥的人，說不上有什麼金言，只可讓我借用美國牛仔出身的第二十六任總統老羅斯福的一句話：「不畏死，方知有生的價值；不知掌握有生之年，不值得一死。生與死，原本都是同樣的冒險。」

序——生存就是挑戰

探險天地間——劉其偉傳奇

目錄

第三部　彩繪人生

第四部　探險生涯

第五部 頑童老年

第一部

混沌少年

劉其偉畫過一幅畫，「貓鷹」。
他在畫旁寫著，很多人不喜歡貓鷹，但他獨愛。
因為牠——
不會飛以前就離巢——正如同他一樣。
出生不久母親即過世，
祖母的懷抱和大自然的呼喚，
是他少時的孺慕，也是他生命的啓蒙。
即又家遭變故，離鄉漂泊，
他尚未會飛，就得離巢。

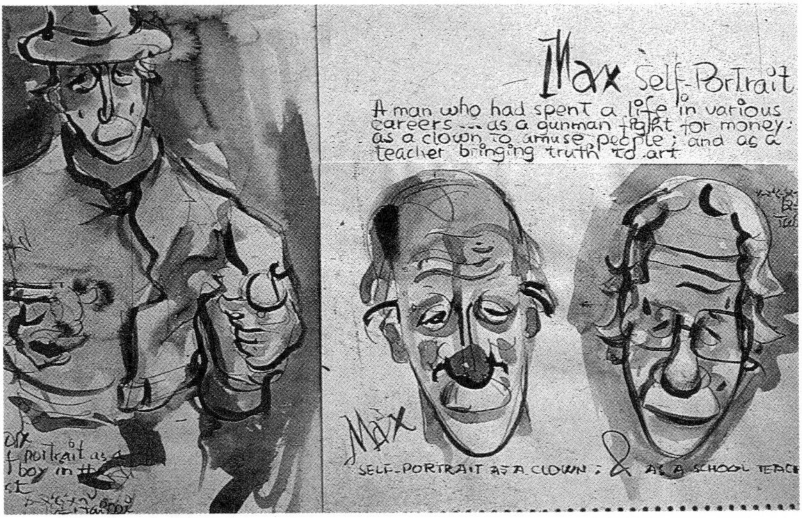

人生三部曲——自畫像，1981。
這是劉老一幅戲筆的自畫像，描述年輕時為金錢而戰，
中年時期扮演小丑帶給別人歡樂，老年時期寄情藝術，
尋找生存真理——人生的真諦。

第一章 少小離鄉

大浪拍舷，竟也有著驚濤裂岸的聲勢。

船，向東航去。

九歲的劉其偉在船上。

離鄉了。他並不知，這往日本的航程，顛顛盪盪中，竟似乎隱隱預示著他日後的艱難與飄泊。人生波折，好比那輪船輾過海水漩起的層層洶湧，剎時吞吐著萬千白沫，不遠處，卻又是船過水無痕地浪靜風平。

他是曾經想過要做海盜的，豪氣凜凜地把舵揚帆，航向四海，也航向冒險。每次捧讀那《金銀島》、《魯濱遜漂流記》，心裡，總有著騷動的欽羨。

所以此刻在海上，儘管家鄉是漸行漸遠，來日是茫然不可知，他卻絲毫不識愁滋味。船艙裡的廚子端出了菜餚，「好香！有香腸。」他興奮得迎上前去。不像姊姊和祖母悶坐許久，滿懷愁苦，也不知先一步倉皇遠渡東洋的父親如今景況如何，年幼淘氣的劉其偉，只覺得漫漫航行是一場海闊天空的探險。

原先在家鄉，他就是歡喜在牆裡牆外探險的。

瘦得像猴乾

劉其偉祖籍廣東，不過劉家七代以來，多半住在福建福州南台的一處大宅子裡。福建是中國的產茶地，劉其偉的祖父看中了這片豐饒物產，開始經營茶行生意，從事出口貿易。清末時期的劉家，相當富裕興盛，鎮日傭僕穿梭在重重院落之間。只是人丁到了劉其偉這一代，顯得單薄。

民國誕生的那一年，劉其偉出生。母親懷他時身上就害著病，孩子呱呱落地不久，羸弱的母親也閉眼撒手。七個月大的早產兒，襁褓中的劉其偉，據家裡的人形容，「瘦得像個猴乾一樣」。

祖母告訴他，他小時候穿的衣衫，都得用有鈕扣的，輕手輕腳地套上，免得折了他細細的小手臂。原有七個手足，除了他和四姊劉惠琛之外，盡都夭折。這個出世沒多久就沒了娘的么兒，最得祖母寵愛。

寵愛卻掩不住孤寂。

「我小的時候，很孤單，常常喜歡獨個兒跑到原野裡去。」民國八十四年的盛夏，颱風頻頻的台灣，八十四歲的老畫家用鮮明的記憶做彩筆，描繪小時的童真畫面。

「我們家石牆外有一塊草地，長滿了短短的草，從來就沒有人去踐踏過。有一次颳颱風，下過雨之後，青草都淹在水裡。哇！那景象真美。我從沒看到這麼清澈的水，也沒有看過草會這麼青綠。我脫掉木屐，赤腳跑到水草上，發現很多小青蛙，不知道爲什麼會比草還青。我踏過很多草地，也睡過很多草坪，但只有這片水草涼透了我心坎，一切翠綠得迷人。」劉其偉瞇著眼形容那幅景象，彷彿透過漫長的時光走道，那一幕依然歷歷在目。

自尋其樂的童年

四、五歲時候的他，最喜歡蹲在圍牆邊觀看著自然世界。「有青蛙從溼溼的洞裡跳出來，我跑去看，牠肚皮上的花紋有紅色、有咖啡色，很漂亮。」在畫家的腦海中，記憶盡塗抹著顏色。

劉家的大宅院，比如今台灣知名的板橋林家花園還要大，園裡有大榕樹、木棉、竹林和許多會長野果的雜樹，那也是劉其偉童年經常「探險」之處。他去尋鳥巢、蛇窩，還有樹幹上的象鼻蟲和大蜘蛛網。那是一種黃黑色相間的大蜘蛛織成的陷阱，小鳥常常被網著就掙脫不得。他還會去翻看茂密的枝葉中棲息著什麼樣的動物。有一種他記不得確實名稱的樹，卻記得伯勞鳥愛吃它的果實，這樹總是不開花就掉了一地的果子，個兒小小的他，就在樹下很有耐心地撿著一顆又一顆的果子。一個人，可以這樣玩上一天。

大花園的池子和井裡，養著許多魚，劉其偉老愛趴在井邊看著魚兒擺尾悠游。生性好奇的他，不曉得魚兒是否也跟人們一樣得進食三餐，他跑到廚房，盛了些飯，放在桶子裡，再用井繩吊著一寸寸放下去，餵魚吃飯！井裡的珊斑魚，被這突來之舉嚇著了，紛紛變了顏色。「原來珊斑魚一受到驚嚇刺激，身上的紅斑就變得非常漂亮，等到平靜下來，過一陣子，美麗的紅斑就立刻消失。」日後，因對動物感興趣而自修得相關知識的劉其偉，終有恍然大悟的一天，只是當年在劉家花園怔望著井裡發呆的小男孩，總是不明白：「魚兒怎麼後來就不漂亮了呢？」

沒有兄弟陪伴的日子，得學會自尋其樂。充滿色彩與生命力的動物，就這般躍然於劉其偉的童年生活中。

雖然堂皇家中，傭僕眾多，但他卻喜歡溜出門去，一個人在田埂上跑、跳，要不就蹲下來看昆蟲、看小動物，再不然就跟著鄉野的捕雀人走。

中國南方鄉間，鬱鬱蒼蒼的田野和樹叢中，麻雀羣集。捕雀人身背著竹籠，手拿著長長竹竿，在竿子前端沾了稠稠的黏膠，尖喙吱喳的麻雀不一會就「著了道」，再怎麼揮撲著翅膀也難以飛離。年幼的劉其偉在他們身後躡手躡腳地跟隨著，好生佩服這些鄉野人物的本領，心想：一般人只要一接近麻雀，那鳥兒早就飛散四處，爲什麼這些人去就不會？竟捉得著長著翅膀的鳥兒？

新奇的，還有捕蛇人！

走在野地裡，蛇的洞穴，這些人一瞧便知。用火點著了乾草，亮晃晃的火把，直射到洞穴裡，剎時，一條條大蛇竄逃出穴。捕蛇人一個箭步上前，拿扁擔壓著蛇頭，隨即手腳俐落地用線把那原吐著森森紅信的蛇嘴縫上，最後，一把丟進麻袋裡，扛上肩頭，揚長而去。

「他壓著蛇頭時，我細看他的臉，看他一臉很緊張、很用力的模樣。我很喜歡跟著這些人跑，很崇拜他們的本事。」以八十餘歲高齡仍赴紐幾內亞探險的劉其偉，原來原野對他的呼喚，早就發源於那遙遠的幼年時光。

祖孫情深

那時的劉其偉，十足的頑童，家裡人要尋他，總要往郊野行去。只是會尋他的，多半是那裹著小腳的祖母。

劉其偉一出生即失去母愛，父親劉蓀谷也因爲喪妻之痛而心緒寥落，對這難得存活的獨子，並不盡心。劉其偉對記憶搜索枯竭，也似乎找不著父親曾親手抱過他的印象。唯有祖母，總是百般呵護他。

談及祖母，劉其偉滿布深紋的面容頓時閃現孺慕神情。

「我今年八十四歲了，祖母她跟我講過的故事，我都記得清清楚楚。」民國八十四年在台灣，老人追想著約八十年前在福建，從最親近的人那兒聽來的字字句句。

祖母告訴他，在劉家祖宗所居的廣東前山家裡，有一道高高的牆，牆上用灰泥砌出了琳瑯滿目的雕塑，煞是好看。有一天，下起了大雷雨。突然一記雷劈中了這道牆，竟然劈死牆裡一條一尺多長、渾身紅棗般耀紅的大蜈蚣。

祖母告訴劉其偉的故事，總是有著幾分傳奇色彩。祖母還向他傳述，劉家富裕鼎盛時，家裡養了幾個獵戶，陪著主人狩獵，劉其偉的父親尤其喜歡狩獵。一次狩獵歸來，捕獲了不少狐狸。怎知其後不久，家中最漂亮的一位姑姑竟然無緣無故地語無倫次，舉止失常起來。延醫久治不成，有人開始推斷，這位漂亮的劉家姑娘是犯狐仙附身。……

「直到今天，這故事還是讓我很好奇：真有這種事嗎？但這故事是我祖母告訴我的，她不致騙我。」一大把年紀的人說來，竟有著孩子式的賭氣與篤定。

不論這狐仙的故事是真是假，它總是在小小年紀的劉其偉心中，種下了想像的根苗。半世紀後，當他開始執起畫筆，揮灑彩繪人生時，狐狸，就曾經化爲素材入畫。

婆憂鳥的故事

祖母在劉其偉耳畔留下的篇篇故事，至今最為大眾熟知的，就是婆憂鳥的淒美故事。

「從前，有一個窮苦人家過端午節，小孫子吵著要吃粽子，老祖母沒錢買米裹粽，只好用泥土做了一個假粽哄他開心，沒想到小孫子把假粽子吃到肚子裡，死了。老祖母非常傷心，日夜流淚。後來，小孫子變成了一隻美麗的小鳥，每逢黃昏，就停在家門前的大樹上呼啼：『婆憂！婆憂！』。」

感傷的小婆憂鳥，後來幻化成劉其偉的畫作「薄暮的呼聲」。深褐暈開的背景中，一隻全身通紅、背漆黑羽的小小鳥兒，以瘦弱的雙足站立著，有點兒孤零零，也有點兒傲傲然。劉其偉畫這個題裁不下數十張，識者聞之這段淒涼的祖孫故事，常爭相購買。

小小婆憂獲得大眾青睞，不論是故事中那對陰陽相隔的祖孫，或是講述故事的那對相依祖孫，恐怕都始料未及。而劉其偉之所以獨鍾婆憂，揮毫數十張，多在於那戀戀孺慕的祖孫親情。在劉家大宅院的繁華光陰，祖母是他溫暖的護翼；

在劉家遭逢巨變之後，祖孫的相依更是緊密。

從富裕到衰微

六歲那年的家變，對劉其偉而言，同樣是一幅揮抹不去的記憶畫面：

那一天，上門來討債的人，擠滿了劉家富麗的院落。

廳堂裡滿滿的人，兩排酸枝雕刻的高椅，每一張都坐了人，連地下也坐滿了人，放眼廳外，花園的石階上，依然是坐滿了人。

「那景像，我現在想起來，還歷歷在目。」劉其偉說來有些激動。

那時尚幼小的他，並不知道那羣人是來討債的。事後才漸漸知曉，那年，正逢第一次世界大戰開打，地球另一端的烽火竟波及了福州南台這個小鎮。由於戰事，劉家準備出口的茶葉滯銷，原是財脈所繫的箱箱茶葉，竟然發了霉。劉家禁不起這番衝擊，宣告破產。

由富裕到衰微的境遇，並不好受。民國七年（一九一八年），劉其偉七歲，祖父積鬱過度，撒手人寰，父親也隨之一蹶不振。爲了逃避這難堪窘境，舉家搬離了福州，返抵廣東中山縣的前山老家。生意已絕，這段時日，劉家就仰賴著昔日富家餘蔭——古董字畫，一張張、一件件變賣，維繫著一家大小的生活。

許是見羞於鄉里吧，抑或是海外較易賣得好價錢，那時初解世事的劉其偉，總見父親隔一段時日，就帶著一批古董往澳門去，歸家時，箱子已空。

離鄉東渡扶桑

不知父親是如何盤算的，後來，竟要把古董字畫賣往日本，並且決定，舉家遷往扶桑之地。

那時節，往日本是要坐船漂洋過海的。從老家出發，香港，是最近的上船地點，途經上海十里洋場，稍做停靠後，就遠離中國，直渡東洋。

高高的青花瓷瓶裝了箱，成捲的字畫壓進了箱底。多少年了，劉其偉始終難忘那裝載著他們一家四口最後希望所繫的口口黑箱。「我記得那種大黑箱，一把鎖在中間的，記憶中，好像有四十多箱，就這麼運到日本去。」

父親先行出發。幾個月後，祖母牽著劉其偉和姊姊劉惠琛，也在香港上了船，離鄉東渡。

劉家繁華落盡，飄零異域。

劉其偉正是要睜大了眼睛，好好張望、認識這人世間的年紀，卻也是劉家由高峯跌落谷底、太平不再的時候。

造化弄人。此時在赴日船上的劉其偉一家人，怎料想得到，因戰事人禍而被迫離鄉欲前往的新天地，竟有另一場世紀天災在等著他們。

劉其偉的出生地，福州南台，約1920。（薛平海提供）

劉其偉（左）和祖母（中）、姊姊（右）攝於廣東中山縣前山鄉的老家。

劉老的姊姊十二歲時攝於前山大花園達朝祠。民國84年，劉老的親人曾經一度想把祠堂收回，可是劉老不贊成，他唯恐收回反引起叔姪爭家產，因此他決定送給中共政府繼續用下去，現為鳳山中學。

劉其偉的母親葉氏攝於福建。

劉其偉和祖母、姊姊於關東大地震後攝於神戶。1925年。

第二章 日本歲月

日本，在劉其偉的記憶長格中，占了一個相當突兀的位置。這個隔著黃海、東海，與中國依依相鄰的島國，本是他的第二故鄉：從童年走進少年，再長成昂然青年。而劉其偉在此習得的日語和英語，也於日後的人生行涯中屢屢成爲助力。

他本該懷念、感激日本的。但，他卻始終不太願意去回憶。不僅由於家變，令他在日本有了一個灰色的開始；更由於國殤，令他對日本畫下一個決裂的句點。劉其偉在日本日日成長之際，也正是這個島國對隔鄰的中國步步進逼的時代，尤其民國二十年代之後，轟轟然的一場場抗日槍響，使得劉其偉在二十四歲那年離開了日本，至今一甲子歲月已過，幾乎跑遍全球的他，竟是一步也再未踏上那片土地。

打開記憶之窗

世事流轉間似又有著重演的定數。

儘管不願回憶日本歲月，但民國八十四年初的一件全球要聞，卻讓劉其偉無法不打開記憶之窗。

「日本關西近畿地區今天發生強烈地震」（東京十七日美聯社電）

「日本關西遭強震　死傷逾萬人　芮氏規模七．二　為日本近半世紀來最大強烈地震」（聯合報駐日特派員專電）

民國八十四年一月，日本大阪神戶地區一連串強震，關西一帶頓成鬼域。國際媒體統計出本世紀以來，日本一共發生十三次大地震，第一次在民國十二年（一九二三年）九月一日，東京，芮氏規模七．九，十四萬人死亡，十萬人受傷。

遭逢世紀大地震

新聞紀錄中的一九二三年，劉其偉十二歲，一家人正在離東京不遠的橫濱。那是到日本二年多，初安定下來，父親劉蓀谷在渣打銀行上班，祖母在家料理家務，劉其偉和長他三歲的姊姊劉惠琛進了學校，學起了片假名、平假名。從家變中漸漸平復過來的一家四口，卻在此時碰上了世紀大天災。

地震那天，時間是中午十二時左右，劉家姊弟正在放學回家的路上，突然間一陣暈眩襲來，光天白日的天色變成了黃色。「身體好像在公共汽車突然剎車被摔到車外，摔了幾丈遠，又再摔回來。路上的人在吶喊，一堆一堆人用手扣起來。我滾到他們的腳邊，雙手緊緊地拉著他們的腿。地面震盪的時間似乎很長，那時我好像失去了知覺，等我醒過來，見到的竟是一片平地，周圍都是火，塵埃遮蔽了一切，看不見陽光。」劉其偉緊蹙著雙眉回憶著。

從地上仆爬而起時，仿若置身地獄，劉其偉已認不出方向，驚慌得已不知哭，擦傷了也不知痛，只盡力分辨一些熟識的東西，覓得自己家的山坡方向就拚命向家裡跑。跌跌撞撞中，心裡極惦記着祖母，口中直喊：「祖母！祖母！」一聲急過一聲，深恐這場大劫難奪去了他自幼最親的親人。

良久，斷垣殘壁中有了回音。「阿盛，我在這裡。」呼喚他小名的祖母從瓦礫堆中爬了出來，披散著頭髮，赤著雙足。找不著鞋穿，不得已，祖孫倆合力從附近的一具屍首上剝下鞋子，才能彼此攙扶著跨過已不成形的路面。

不幸中的大幸

屋舍已成了廢墟，四周仍不斷延燒，哀嚎處處，慘況連連。慶幸的是，姊姊和父親先後趕來相會，短短的幾刻鐘前後，家人相見竟恍若隔世。

姊姊劉惠琛，當年不過是十來歲的小女孩，現今已是年近九十的白髮婦人，憶及昔日關東大地震現場，與劉其偉一樣，哀懼隔著時空迢遙而來。「地震過後，沒得吃，沒得喝，只好到倒塌的屋裡找剩下的食物充飢。要喝水，就把身上的衣服用力擰，擠出水來。」

父親帶著一家人遠離火場，往郊區行去。加入成羣災民，不時到海邊張望，是否有船隻運來補給或救援。當時國際社會也同感震撼，英、美等國相繼對日本馳援。

「那是整個翻天覆地的一場大劫難，我們一家全部都活過來，實在是不幸中最幸運的事。」劉其偉沉默了一會兒，語氣中透著僥倖。命是保住了，但劉家僅餘的一點家產，卻蕩然無存。

疏離的父子情

當初隨著他們漂洋過海、遠徙異鄉的口口黑箱，在關東的天搖地動與連日大火之後，盡皆付諸塵土。而正當壯年的父親，在短短三、五年間，連遭生意失敗與地震破產雙重巨大打擊，原本暴躁的脾氣變得益發橫厲，也使得劉其偉的青少年時期添上漫天陰霾。

其實初抵日本的時候，住在橫濱的劉蓀谷一家，雖然失意，但大致上相當安定。只是出身富家子弟的人，不免猶存一身傲骨，不喜與人親近。劉惠琛還記得，「爸爸好靜，很怕人多，又不喜歡和中國人住，就往高處搬，和日本人住在一起。」這種人生寥落的孤僻心態，在大地震之後，再度凸顯。橫濱災後展開重建，劉蓀谷找到渣打銀行的同仁，安排他可以到神戶或香港的渣打銀行繼續任職，或許是「無顏見江東父老」的心理作崇，劉蓀谷不顧家人意見，放棄了回到中國人的土地上，而選擇遷居日本西部的港口神戶。

劫難之後，定居神戶，劉其偉和姊姊恢復上學，日子在粗茶淡飯中推進，父親的精神和脾氣卻一日壞過一日。劉蓀谷屈居銀行的一個基層職員，在家時總是自言自語、不時埋怨叨唸，當姊弟倆怯生生地趨前叫「阿爸」，他常兇狠狠地斥道：「討厭！」

「爸爸好惡喔！」劉惠琛用腔調濃重的廣東國語說。民國八十四年初秋，坐在九龍酒店整落明亮的落地窗前，二十一歲即遠嫁香港的劉惠琛，憶及少女時期姊弟相依的日本歲月，屢屢冒出這樣一句感歎。

爸爸買的蘋果放在桌上，姊弟兩人遠遠望著，猛嚥口水，也不敢拿來吃。有時放假日，爸爸心情稍好，「會叫我出去走走，或吃吃水果，但就不會叫其偉。偏心啊！」劉惠琛談起弟弟，糾著心疼的感情。

「其偉從小性格橫蠻，喜歡逞強，還會保護家姊。」與劉其偉有著相似的長形面容，劉惠琛瞇起含淚的眼，笑出了滿臉皺紋回憶：在日本，看電影是不畫坐位的，姊弟倆若有機會去看場電影，劉其偉總是坐在姊姊的位子後方，保護姊姊。而那時，劉其偉也不過是十來歲的大小孩。

用拳頭度少年

進入青少年時期的劉其偉，已經擺脫小時的細瘦模樣，長得又高又壯，在一堆日本學生中，尤顯得孤立挺拔。曾有人形容青春年少是人生的狂風暴雨期，而缺乏父母慈愛的劉其偉，此時，正複製著父親的暴躁脾性，將滿腔精力及心事潑灑向好勇鬥狠。

「我不吵架的，」劉其偉遙想年少的自己，「都是用拳頭！」

有一回和同學打架，被一個老師逮到，他記起這個老師以前曾體罰過他，舊恨新仇一時湧上心頭，回過頭隨手就抄起一把樂隊用的指揮劍，作狀要向對方身上刺去，嚇得這個日本老師面無血色，全身發青「比苔蘚還青」。

在學校，劉其偉日文學得好，運動也拿手。他游泳，還愛上了激烈的拳擊，高壯的身軀練得更加結實，「女孩子看到，常問：『你可不可以給我摸摸？』我就故意鼓起手臂肌肉給她摸，嚇唬她，好好玩！」老頑童的日本憶述中，難得露出了促狹的笑容。

那畢竟是他混沌少年中，罕有的輕鬆回憶。成長於日本，陌生的異鄉環境，遭劫的家庭命運，疏離的父子關係，在在迫使他，得像他日後畫出的貓鷹一樣，陰冷幽暗中，尚未學飛，就得離巢。

隨時準備出走

「我一直想出走，隨時準備出走，……我不出走是因爲捨不得祖母。」享有盛名後的劉其偉，八十二歲那年接受一家媒體「名人童年」專訪時，這麼述說著少年心結。

十九歲那年，他還是離家了。到遠離神戶四百多公里的東京上大學。

升學的機會是劉其偉自己好不容易掙來的。原在大陸家鄉念過一陣子私塾，到日本就讀小學及中學，民國十五年，他進入了神戶英語神學校（Kobe English Mission College），這是英國人在日本所設的一所英語學校，磨鍊出劉其偉的多語文能力。但接下來要更上一層樓，就難了。

難在父親的態度與家庭的經濟。當劉其偉向父親開口要錢念大學時，劉蓀谷對兒子依然是嚴厲中夾雜著不耐罵他：「爛泥拌，挑不起！」，拒絕了他的要求。劉其偉得自謀求學之道。這時，中日之間的一場宿仇反而給了他一線生機。民國十九年，日本文部省將庚子賠款提供出來，給與中國留學生所謂「官費生」，劉其偉心想：這是唯一的生路。

人文科科目報考的人數多，競爭激烈，劉其偉決定報考理工科，這領域考生少、考取的勝算較大。

初入工程領域

塵煙漫往事，多年後，探問起劉其偉這段求學經歷，他笑了：「我取巧啊！我不會那麼笨去跟人家擠。」

他順利地考取日本官立東京鐵道局教習所的專門部電氣科，自此將人生軌道駛入圖尺與機械共築的硬冷世界。直到三十多年後，近中年時拾起畫筆之前，他的生活都一直難離工程圖表。

當時雖說理工科考生競爭少，但當地華人能考上東京鐵道局教習所專門部的，仍屬少見。日後在台灣曾位居台電董事長的陳蘭皋，那時也在日本求學，與劉其偉是不同校的少年夥伴。他表示，日本鐵路均屬國有，劉其偉考上的那所鐵道局學校是專爲養成高級人才而設，學生都是佼佼者，「坐著一般人都不能坐的上等車，制服上亮晶晶的標誌，車站的人看了都要敬禮。」

找尋自在的天空

到東京念大學，使得劉其偉這隻孤僻的貓鷹在促促切切離巢之後，有較爲自在的天空。鐵道局教習所每個月由庚子賠款發給的三十塊日幣，足以供他生活，不用看父親臉色向家裡伸手。其實早在中學時期，劉其偉就想盡法子半工半讀，以求自給自足，像東京青年會，即是他常去打工的地方。每有新來的中國留學生到會裡，他就前去幫忙，名爲招待，實際上就是替人家跑腿辦事、代買物品，「幫別人買東西就從中揩油，騙幾個錢來花花。」他這樣自嘲表示。

在東京念書時雖有公費可供生活，但仍得謹慎節用。劉其偉還記得多虧一些好友幫忙，像每次一起到外面吃東西，全是家境較好的陳蘭皋付錢。

那段時間，劉其偉在困頓生活中的最佳娛樂，還是一如小時——到大自然去。他愛爬山，日本的爬山風氣很盛，東京的一座淺間山，就布滿了他和同學的足跡。而一放暑假，他們就到臨近海邊的千葉去，租了濱海小屋，消磨一整個假期。千葉距離東京不遠，每逢暑假，他寧可長日待在千葉吹海風，也不願回神戶家中面對暴躁的父親。只是在耐不住思念祖母之情時，偶爾回去探望老人家。

日本歲月，歡樂難尋

若問劉其偉對於十七年的日本歲月，最難忘的是什麼？

「在這漫長的日子裡，人生總是有歡樂，也有哀愁。問我最難忘的事，那就太多了。日本時期每件事對我都歷歷在目，只是浮起哀傷的事，會儘快把它抹去，唯恐我會發瘋。歡樂的事似乎不多，尤其在我更是難尋。」他叼著菸，對著煙圈吐露話語。

而他八十多歲的老姊姊，自日本一別之後就多年才得見一面的劉惠琛，如今在高樓矗立、車水馬龍的香港談起這個么弟，總是掩不住心疼地稱許：「其偉做事很積極，」這種脾性在日本時是如此，到了台灣已算是名利雙收、人稱「劉老」的今天，依然是如此。每次老姊姊到台灣看他，總見他「一邊吃著飯，一邊腦筋仍在動。在家吃完飯，不一會又到畫室工作去了。」就彷彿當年在日本那個待不住家裡、停不下幹勁的精壯少年。

再從日本回想起自己一生，劉其偉覺得不堪一提的揮揮手，「我就是整天打工，以前是這樣，現在也是這樣。」頓了頓又說，「我不是什麼偉大人物，只是盡力而爲，我沒有自暴自棄，就是這點可取而已。」

時序在二十世紀末，自那個既是故鄉又成異鄉的島國走來，自那個經常好勇鬥狠卻又努力不懈的少年走來，劉其偉緊蹙的雙眉漸漸舒緩開來，而那不輕易開啓的記憶之窗，又再度緩緩闔上。

日本官立東京鐵道教習所，戰後改為中央教習所，相當於台灣的政工幹校，一切公費。該校設管理、機械、土木、電機四系，本國人畢業後須在鐵道省服務，留學生則依系別派至各單位實習（服務），為期一年。劉其偉著判任官制服攝於神戶，1936年。

劉其偉喜歡個人競賽的田徑、游泳和拳擊，圖攝於校園，後排最左為劉其偉。

劉其偉在學時期最崇拜早期法國昆蟲學家凡爾布，沉迷於他的日譯《昆蟲記》。劉老原無文學修養，日後他喜歡跟別人寫散文，就是受到凡爾布的影響。

第三章 重返中國

一九三〇年代，中國人立足在日本的土地上，是一件相當難爲的事情。

在日本各地的華僑人數雖不少，但比之於南洋諸國的華僑已累積了幾代經商經驗而致富，也許由於日本不是一個殖民地，因此旅日的中國僑民顯得較居弱勢，多半如劉其偉的父親一樣，寄身於龐大的機構底層，做個基層職員，辛勤度日。再加上當時日本政府侵華氣勢一日甚過一日，日人對華人的歧視與敵意也屢見不鮮。

「日本人叫我們『南京蟲』、『參呵囉』、『支那人』，都是侮辱中國人的字眼。」劉其偉平日言語少用日文，談到此，特別夾雜著中日文來說明日本人的粗鄙言詞。

不變的愛國心

這種經歷讓劉其偉感受極深。「因爲我在日本長大，因爲我受到國家弱而被人家欺負的經驗，所以養成我一個觀念——我認爲國家一定要強。很多人在講自由、博愛、均富，我覺得要是危害到國家，我就不贊同。」平時不喜談論國家大事的劉其偉，難得主動提起這個話題。說到激動處，還豎起大拇指直往前指，「我在國外久了，一直認爲國家第一，而且國家要強，這是我這一生不會變的。」

這般心情，對照於七十年前的血氣青年，難怪他完成東京學業以後，會心生返回中國之念。

當然，除了澎湃的國家意識，現實的經濟考量也是他返鄉的原因之一。當時劉其偉要在日本找工作，並不容易，反倒是廣大的中國，可能有容他發揮之地。

畢業前夕，東京當地幾家知名的大廠商邀請中國畢業生餐敘。不但上大館子，還要贊助到全國遊覽，最後，送上了廠商的電機產品目錄，目的就是希望這幾個年紀輕輕的畢業生回到中國工作之後，能夠採用他們的產品。由此也可看出日本對中國在政治侵略上步步進逼，在經濟利益上也積極圖謀的用心。

劉其偉畢業後，曾在日本鐵道省的大阪車電所實習。主要科目爲「鉛蓄池光明丹製造研究」，在當時，這是蓄電池技術的高度機密，劉其偉打算取得這項機密，回國後，也許藉此創一番事業。奈何日方管制嚴密，搜集資料並不順利。

踏上歸鄉路

民國二十四年，劉其偉二十四歲，踏上重返中國的路程。

拎著父親買的一口黑皮箱，彷彿是多年來父親給與他的唯一關愛與僅有家產，劉其偉辭別了家中祖母，自神戶上船。那時劉家三口都不知道，這一別，再見面時已是中日正式開戰後，流離在香港滄桑相會了。

依然是一樣的海洋，一樣的航行，只是當年那個稚嫩孩童，如今已成茁然青年。

劉其偉坐的是貨輪，在擠滿人貨的船艙中搭個鋪位。船行迢迢，大海無邊，一個人孤零零的，「我就看海啊！看海浪、海濤，還有一些海鷗偶爾飛過，其他，就只聽到『哐噹、哐噹』輪機運轉的聲音。」這時已學有理工背景的劉其偉，也開始注意到除了自然界以外的機械聲音。

他在船上不怎麼想家，倒是暗自想像著那片祖國之地，以及關係其未來的前途。劉其偉還記得，「因爲從小在日本長大，沒見過中國的國旗，後來船到中國的碼頭時，我看到倉庫上國旗在飄揚，心裡起了一些感受，好像終於回到自己的地方。」再桀驁不馴的青年，此時也湧起了對家國的孺慕之情。

第一份工作

天津，是劉其偉返鄉的終站。

他經唐山到天津，尋訪一位在南開大學任教的表叔。劉其偉從未到過中國大陸北方，此時他沿途所見倍感新奇：「都是黃土，一棵樹也沒有，房子都是泥土砌的，人煙不多，我挺驚訝的。」

他初踏入社會，應徵到一家「公大紗廠」任職。民國二十年代，中國紡織業蓬勃發展的時代，日本在華北大量收購紗廠，這家「公大紗廠」就剛由日人接手，正要安裝一座變電所。

劉其偉開始正式就業，但他這第一份工作，不到半年就結束了。原因是他在廠房的公共浴室裡撒尿，和日籍主管發生口角，對方就將他開除了。而這件衝突背後所透露的訊息，則是一個憤懣青年的憤世嫉俗。

「我脾氣壞、任性、不講禮貌，根本就是不可收拾的一個人！」

現今髮蒼蒼且齒牙全無的劉其偉每談及年輕時候的自己，總以脾氣暴躁又沒教養來形容。那模樣與如今人人眼中親切和藹、從不對人疾言厲色的「劉老」大相逕庭，令人難以聯想，但劉其偉從不避諱，甚至屢屢主動提起，絲毫不怕破壞自己的形象。

因爲他認爲值得談，並常拿來做對比，提醒自己。幾個月前，他隻身前往台北南海路上的藝術教育館，那地方他常去，不是去做評審，就是去開會。那天，他去早了，一位可能是工作人員的男子正在開門，見劉其偉在進門處探望，由於並不認得他，老大不客氣地對他吼問。

「我說聲：『對不起，謝謝！』就走了。我的脾氣好多了，要是像年輕時候，那天早就送他一記拳頭。」

吐了一口煙，在窗外斜射進屋的暖暖夕照中，八十餘歲的老人認真自剖：「

個人脾氣壞，動不動就打人，不是因為有自卑感，就是因為窮，而他都經歷了。「所以我常想，『自我教育』對人非常重要，否則我不會是今天這個樣子。」

今天他能坦然面對那位無禮的人，就是他已走出了早年的自卑陰影，自信寬容以對。

劉其偉常說自己是「老了以後，脾氣才變好的」，有時也含笑自嘲：「年紀這麼大了，無非就是在社會上碰釘子碰多了，尖的東西也會磨成圓的了。」

南下赴任新職

二十五歲那年在天津紗廠首次嘗到被開除的滋味，算是他人生事業上的第一個大釘子。失業後，他搬到表叔位在英租界的住家，度過百無聊賴的半年。這段時間，劉其偉經常找南開大學的一些朋友探問，想在北寧鐵路覓得一職，畢竟他念的是鐵路工程，可惜，一直沒有機會。

民國二十六年，正當劉其偉困坐天津之際，突然接到了陳蘭皋從廣州寄來的信。這位同樣旅日後也返回中國的老友，彼時正在中山大學，他在信中告訴劉其偉，學校的電機工程系正物色一位助教，主要工作是強電流實驗室的實習老師，非常適合劉其偉。

劉其偉隨即南下廣州。就任新職是令人心喜的，途中還讓他遇上了一幕充盈滿懷的景像。

那是在廈門。船行迂迴，途經廈門暫時停靠，劉其偉上岸找郵政局寄信，四處漫步間，突見一大簇盛開的紫蘇花，迎風綻放，那姹紫嫣紅的美麗色彩彷彿也迎著他眼前漫延開來。「好美！」他不禁讚歎。即使至今已相隔數十年，劉其偉仍然對著回憶讚歎。

除了紫蘇嬌豔，廈門還有椰葉隨風飛舞，對於解事後就在北國日本長大、初返中國又居於華北的劉其偉來說，何嘗見過這般南方熱帶景像？自是從此深印腦海。當時他興奮中還暗自奇怪，「像自己這麼粗魯的人竟然會欣賞花朵？」也許這是一顆人生的種子播下，又也許是冥冥之中自有註定，他日後終究要以畫彩贏得盛名，因此生命中屢屢有引他駐足、令他讚賞的繽紛畫面出現。

多年後，劉其偉並提筆記下：「這是我自從童年成長以來，首次感受到熱帶陽光的溫暖。」

南方的溫暖尚不僅於此。到達廣州後，中山大學的校園生活，也成爲劉其偉長年來少有的愉悅時光。

中山大學位在廣州市郊的石牌，花木扶疏，占地遼闊，校園要走上一、兩天才走得完，校區建築物素以設計優美著稱。中大以研究鳥類、羊齒植物而聞名國際，對於向來喜歡接觸大自然及生物的劉其偉而言，環境相當悠游。

生平第一篇稿

他在校裡擔任電機工程系助教，並兼管理一座小型的火力發電廠，同時，他對以前在日本所見的鉛蓄池光明丹製造技術仍念念不忘。當年未能鑽研出心得，而今在大學校園裡可繼續著力於光明丹加氧的研究。在中山大學，他還寫了生平第一篇稿，那是一份研究報告，就發表在中大的《工學季刊》上。

文章登出的那天，他好高興。劉其偉笑得像個孩子說，有沒有稿費他已不記得了，因爲「能發表就很滿足了。」

談起寫文章，劉其偉的談興不絕。他雖然是在畫壇開始聞名，多年來畫筆一揮，也比稿紙一格格地爬帶給他更多財富，但是二者相比，他說：「我對寫文章的興趣，比畫畫要來得大。」

嚴格來說，他沒有受過多少中文教育，也自認寫得不好，但是他喜歡寫，也勤於寫。中年時期譯述大量西方美術書籍，爲五十年代文化土壤尚稱貧瘠的台灣，澆灌了不少養分；步入老年，每次奔波異域從事人類學調查，他依然用皺摺滿布的手，耕耘稿紙，著作成册。台灣文化界不少人提起「劉老」就心生崇敬，不僅在於他的畫名，更在於他的著述。

劉其偉倒是不太認爲自己的著作有何影響，他只是樂於寫作。「我認爲寫文章是一種享受，」他叼著菸斗說，「我床頭經常有一個本子和一枝筆，一想到什麼就記下來，然後就可以寫成文章了。」個性蕭灑不羈的他，居然樂意爲寫作而定坐於桌前。

人生的轉捩點

當年在中山大學期刊上刊出的文章，對他意義非凡。在寫作上鼓舞了他，在人生際遇上也激勵了他。

「到中山大學，是我人生中一個很大轉捩點。我在那裡，開始自我教育。因爲我每天接觸的人，都和以前不一樣，和工廠大不相同，人的知識、教養、素質都不同了。」劉其偉懇切道出。

從一個暴戾青年，他開始學做一個斯文學者。中山大學的悠悠學風與青青校園，薰陶著他。

當時的校長是民初聞人鄒魯，爲學校經營出一個開放而前進的環境。工學院院長爲蕭冠英，曾經對年輕的劉其偉大剌剌直言：「你應該把鬍子剃掉，當助教留什麼鬍子？」劉其偉非但不以爲忤，而且聽命剃掉了嘴上鬍鬚。

那段時間，雖然整個中國籠罩在與日本開戰的漫天低壓中，但劉其偉因爲身在中大，相較於以往的人生階段，此時他反而有沐在春風之感。中山大學，也一直是他心底深厚的依戀。台灣政府開放民眾回大陸探親之後，民國七十八年，劉其偉回返中國大陸，他沒往福州老宅，也沒去廣東家鄉，而是先到了廣州的中山大學。

他重新懷舊校園，竟已辨不出方向。校區一處山坡附近是當年的教職員宿舍，那兒有一塊巨石原刻著鄒魯手書的八個大字──「篳路藍縷，以啓山林」，象徵著中山的立校精神，字，竟已消失無蹤。劉其偉徘徊巨石許久，有著人事全非，景物竟也不存的愴然。

「早年原有一個大池塘，池邊種滿了荔枝，還有伯勞鳥在樹上築巢，如今池子不知怎樣會多了一個。池水在盪漾，似乎是一潭淚水，還有許多人在哀哭。」他回來後這麼記下傷懷。

就像那段美好的「中山」歲月，因為戰火延燒，在民國二十八年嘎然中斷。

抗戰時期，劉老隨校遷雲南澂江，其後調兵工署駐下關及大理。

中山大學為廣東最高學府，以生物系知名於國際，台灣解禁，劉老回校走了一趟，校門北坡大石上的鄒魯題字都不見了，他離校五十年，已是桑田滄海，人事已非。他看到的只是樹木成林，隨風搖擺，陪著孤寂的兩座石頭在哭泣。

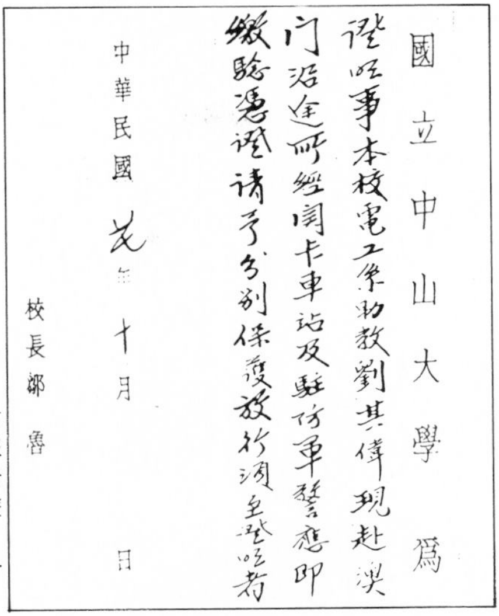
國立中山大學 爲
證明事本校電工系助教劉其偉現赴澳
門沿途所經關卡車站及駐防軍警應即
繳驗憑證請予分別保護放行須至證明者
中華民國 廿九年 十月 日
校長鄒魯

三十年代的抗戰時期，大陸是沒有身分證的。因此身分證明大都由服務單位發給。當年各省是分區行政，雖然如此，但有些地區如廣西，檢查就非常嚴密，限出限入，到處關卡重重。這張「護身符」一如今日出國的簽證，絕對丟不得。

廣州國立中山大學文學院，1937年攝。

第 二 部

戰爭時代

戰爭，對於劉其偉，似乎永遠不曾結束。
不論是槍林彈雨的真實戰場，
還是與困苦生活的現實爭戰，
恍若硝煙難散地纏繞其大半生。
因此，日後他會因貧窮而投身越戰，
也是不令人訝異的事了。
當代的中國人，少有如他，走過了二次大戰，還自動投入了越戰。
但這漫天烽火，也為他的人生，他的創作，
帶來前所未有的影響。

婆羅洲的淘金夢——自畫像，1981。
劉老小的時候就希望有一隻驢子、一把鏟子和一個大麻布袋，到荒野去尋金。劉老常常用「淘金夢」來激勵年輕人一輩子要奮發圖強，他且認為「求名求利」並沒有什麼不好，好壞是取決於是否「求之有道」而已。

第四章 抗戰烽火

「戰事爆發了！……

戰爭的消息，給我們帶來了巨大的驚惶，也帶來了無比的憤怒。」四十年代的知名作家，也是劉其偉生平最崇拜的文友徐訏，在一本抗戰小說裡用故事主人翁的口吻這麼描述。

驚惶與憤怒，同樣是對日抗戰軍興，正當二十啷噹青年的劉其偉，彼時心情寫照。與大多數走過那段烽火年代的中國人一樣，對日本的侵華暴行，他有著深切的痛；而比之其他的中國同胞，由於自己成長於日本，對於這個發動侵略的第二祖國，劉其偉更有切齒之恨。

深恨第二祖國

民國二十六年，蘆溝橋槍響之後，「八一三松滬大戰」登場。「這時我在學校上課，廣州照常平靜。當時東京日日新聞記載：日本有兩位軍官約定做一場『砍殺中國人的砍頭比賽』，結果兩人都殺了一百零五個頭……因此再約定重殺一次……」劉其偉還從新聞上讀到，日軍攻占南京時，「殺人像一股洪流，殺盡城裡的一切生命。」

他到晚年憶及此事，依然難掩憤慨，自己用筆寫下：「這是人類歷史中最可恥的血腥。」「這種『行爲』，我不願用『獸行』兩字，因爲人類比獸類還不如。雖然如此，但我國在戰後，竟對日本的這筆血債一筆勾銷，這使我一生中心理上無法找到平衡。」

他繼續以筆抒發：「我的教育本來受到日本庚子賠款無比的恩惠，只是如是心理的失調，雖然離開日本迄今已是六十年，到目前爲止，我還未曾想過再踏上日本土地一次。」

一個育他的母國，竟也以戰爭傷他如此之深。

倉皇逃難

時序從民國二十七年推向二十八年，戰火也從華北一路向華南延燒。日軍從廣東大亞灣登陸，先後攻陷惠陽、博羅、增城，眼看就要直抵中山大學所在的廣州。

時在中山大學擔任助教的劉其偉，原本正享有生命中少有的和煦春陽，學有發揮，工作順心，也識得了二十出頭、嬌俏可人的杭州姑娘顧慧珍，但是烽火無情，一如席捲中國土地上的千萬百姓般，迫使他們倉皇逃難。

十月二十一日，廣州失守。

早在扼守廣東的虎門要塞失陷前的一個星期，中山大學即已準備遷校。廣州失守前的三、四天，這個中國的南方之都已陷入混亂，劉其偉從校區山坡遙望五、六公里遠處的市區，廣州全市竟一片漆黑，沒有半點燈火。他心隨之一沈，打算到鄰近的關西地區找一個朋友商量如何逃出廣州，但是訪友未遇，只得折返校園。此時，學校發下了一紙證件，以及說明疏散方法的文件，逃難的時刻到了。

劉其偉急忙跑回宿舍，也來不及收拾行囊，只在書桌上抓走一罐菸絲放進口袋，臨行匆匆，最後投注一瞥於書架上落落的幾排書籍。烽火中人命如絲，書，竟是負荷不了了。

也許是心有依戀，劉其偉居然還下意識地掏出鑰匙鎖上門戶。待流離途中思及這一幕，自己也不禁啞然失笑：「鎖門有什麼用呢?毫無意義。」

羽量級拳師的苦戰

這時日軍已在南方用刺刀與槍枝橇開一戶戶中國百姓的家門，燒殺搶掠。如同史學家黎東方在《細說抗戰》一書中的形容，對日抗戰「是一個重量級拳師與一個羽量級拳師的比賽，卻也是苦鬥到底的戰爭。」

積弱已久的中國，是那個劣居下風的羽量級拳師，但這場苦鬥，卻也激發出千萬中國人的鬥志。同樣地，劉其偉也在戰爭中激勵出了人生鬥志。

逃離廣州時，他隨著難民潮一路到澳門，再到香港。日後他曾對著未經抗戰滋味的晚輩回憶那景像：「逃難的場面，要比電影裡的混亂更混亂得多。」彼時他父親已從日本遷居香港，在鄉間的大埔墟以一個小小的雞場維生。劉其偉流離到香港家門時，歷經多月未曾梳洗，滿臉長著寸長的鬍子，一向疼愛他的祖母開門一見，幾乎認不出眼前這長鬚漢子就是自己思念的孫子。

劉其偉並沒有久待香港家中。國民政府遷移到大後方的重慶，中山大學也遷校到雲南澂江，日本的砲火轟不垮中國，國政及教育大計在戰爭中繼續進行。劉其偉也隨中山大學到了雲南。

空襲聲中完婚

這時的劉其偉也開始有了家計負擔，他已不是孤家寡人一個。在廣州時經朋友介紹認識的杭州姑娘顧慧珍，兩人情投意合，相識三、四個月，就遭逢時局大亂，匆匆忙忙在空襲聲中完成了結婚儀式。沒有白紗禮服，沒有結婚照，只是三桌酒席訂了終身，嬌嬌弱弱的顧慧珍卻有大膽識人的勇氣，就這樣隨著劉其偉遠離家園，奔波經年。亂世兒女終究別離多，到了雲南後，曾經流產的顧慧珍身子更弱，水土不服之下，只得回到香港與劉其偉的祖母相伴，劉其偉則隻身留居雲南。

民國二十九年，戰爭與劉其偉的際遇，都起了重大變化。

戰史上記載這一年，西方的德國在歐陸戰爭中贏得勝利，而東方的日本也在東南亞一帶開始攻擊法屬安南、英屬印度與馬來西亞等地，擴大其南進政策。德、日、與義大利遂結成三國同盟，正式揭開了第二次世界大戰的序幕。

而這一年年底的珍珠港事變，更把中國的抗日戰爭變成了英美第二次世界大戰的一部分，中國更在一夕之間升格成爲世界兩大強國的盟邦，苦戰多年的局面有了轉機。

同年，劉其偉在昆明遇到身居國軍少將的三叔劉天紹，在對方力邀下，他辭去教職，進入軍政部兵工署擔任技術員，軍階爲薦二級同上尉，自此成爲軍人。

這是劉其偉第二次有機會從事軍職。較早的一次，他放掉了，那是在香港，一位曾任職日本領事館的表叔吳觀勤力勸他加入國軍間諜工作。表叔看中他不論是吃飯習慣或走路模樣，幾乎都神似日本人，應該可以輕易混入日軍中從事反間。

如假包換的日本腳

說來無奈，劉其偉厭惡日本暴行，形貌卻抹不去日人模樣。昔年在東京時曾租住一戶日本人家，住了兩年，房東太太只覺得他的口音不太像東京人，還以爲他是仙台人，卻絲毫沒有認出他是中國人；日後來台，其好友、曾任國大代表的畫家兼作家王藍也形容劉其偉「有一雙穿久了木屐，撐開了腳趾，如假包換的日本脚。」

難怪當年表叔有心要他做間諜，但是劉其偉心想自己性情不適合忍辱負重的反間角色，而且自己身形高大、模樣好認，也不適宜不時需喬裝改扮的間諜工作。更重要的是，「我在看過的書中，知道做間諜的縱使建立了大功，到最後往往都沒有好下場。」於是辭了表叔，隨校遷居雲南。只是沒想到入滇之後因緣際會，終究還是入了軍職。

兵工署派其到雲南西南一帶及緬甸地區工作，軍中職務是否適切尚不可知，倒是那莽莽滇境內所蘊含的廣闊大地，開啓了劉其偉生命中的另一重視野。

六十歲以後的劉其偉除了畫名之外，也因戮力於人類學研究及生態保育爲人所稱頌，而這兩項他晚近的最大志趣，若要追溯起根源，可以脈脈流流沿著雲南的江河而上。

溯源雲南江河

地處中國西南邊陲的雲南省，從地圖上觀之，頭角崢嶸般的圖形一如其境內的崇山峻嶺、深澗急流，尤其鄰近緬甸的西部地區，多的是海拔五千以上的橫斷山脈。雲南地勢雖險峻，卻也得天獨厚地擁有了全中國最多的絢麗民族，以及最多的珍稀動植物。到今天，雲南依然是中國大陸少數民族人口最多的省分。

就在西南山脈，劉其偉第一次接觸到少數民族。抗戰期間，他經常因公從昆明往西到保山，再南下經龍陵，進入緬甸境內的臘戌。沿途不時會經過儸儸、擺夷等族羣的聚落，「還碰過『緬甸的山頭人』，那時還不知什麼叫『原住民』，我也沒什麼人類學的知識，但是見到他們，就覺得很震撼，我非常興奮，也很喜歡他們。」談及此，劉其偉語調頓時高昂起來，一掃戰爭帶來的陰霾。「有時候我還跑到他們那裡，吃他們用包穀做成，淡黃色的米糕。」老頑童嘴角吟吟中彷彿還含著那淡黃色米糕的餘香。

日後他到台灣，從屏東縣的排灣族研究起，又從台灣跨出，到婆羅洲、大洋洲等地探尋世界的少數民族，終能在文化人類學領域中卓然有成，這一切的濫殤，盡在於中國滇緬山區的乍然相逢。

彼時，中國西南山麓也曾是劉其偉的狩獵場。他在成爲保育者之前，曾是一名狩獵者，尤其戰時槍枝取得容易，常徜徉山野，以槍響畫破了山林寧靜。「那時沒有別的念頭，只知道屠殺，」放下獵槍拾起彩筆繪下野生動物繽紛形貌後的劉其偉，這般坦然自剖過往，語帶追悔及少時茫然。

屍首如死狗

那時人類的戰爭，是另一個殺戮戰場。

劉其偉在兵工署初期奉派構築橋樑工程，其後則負責管理火藥，軍隊爲了運輸上的安全，必須先把彈頭、藥包及引信分開處理，到軍事前線方組合起來。劉其偉有好幾位夥伴在押運途中，整車手榴彈不知何故就轟然爆炸，車上兵員屍骨無存。

戰爭中人命如螻蟻。像從緬甸的臘戍到雲南境內的畹町，再到省會昆明，上千公里的路程險峻而崎嶇，不但要橫跨許多山脈，更要跨越怒江、瀾滄江與漾濞江等急湍。當年路面都是泥巴混著石子，來往軍車爲了省油錢，下坡時總將車子放空檔，遭逢雨天泥濘路滑，經常剎車失控，翻落山谷。劉其偉鎖緊眉頭追憶，「有時在路旁看到屍首，看那樣子已擺上好幾個月了，我們車子照開，也沒什麼，就像看到路邊一條死狗一樣。」戰爭已將人性磨得麻木扭曲，一如軍車輾過的車痕。

「連路上超個車，動不動都有人拔槍。那個時代，誰手上有槍誰就有理，槍就成了法律。」劉其偉愈講語調愈哀沈。

當時三十歲的他，已不斷見識著人間不堪景像。還記得他和同袍們穿著的軍衣少有機會洗滌，又常穿梭叢林，偶坐地上休息時，低眼便可見到自己身上白蝨從鈕扣洞裡鑽出來，再蠕動爬入另一個鈕洞裡，彷彿舞台上的戲子在「出將」「入相」的簾門裡出入。

珠寶無人顧

民國三十一年，緬甸遭日軍攻陷，日本以快速行軍砲轟怒江的公果橋。緬甸以出產紅寶石知名，在緬甸經商的珠寶商人抱著大袋寶石奔往中緬邊境逃命，結果鐵橋被炸，屍橫遍地，珠寶也灑落滿地，但此時此地，遍地紅寶石誰都沒看一眼。緬甸失守時，也正是霍亂流行的時候，劉其偉在邊境上看到不少人在路邊抽筋，不久便失水停止了動彈。「人類談不上憐憫，只有恐懼。」劉其偉這麼記載下。戰爭時期他雖沒有在第一線與敵人相搏，但目睹的後方慘象卻仍烙下了一個極傷的心底烙印。

在中國對日抗戰史上，有兩次知名的「滇緬之戰」，我國國軍深入西南蠻荒馳援英國軍隊。民國三十一年的第一次滇緬之戰中，當時身爲六十六軍新三十八師師長的名將孫立人，曾率部眾打進緬甸仁安羌，救出了英軍七千人與新聞記者、美國傳教士與一般英美居民五百多人。只是中國軍隊已是損傷慘重，「兩次滇緬之戰，都是中國吃虧，美國占便宜。」史學家黎東方曾如此評論。

當時身在雲南邊境的劉其偉，曾在保山眼見中國軍隊的艱辛——滇緬公路長達一千二百公里，好幾師人從昆明徒步行軍到緬甸，「這不殊是古時馬其頓人攻擊羅馬的故事，他們怎樣會走這麼遠的路？我在保山看到他們抬著煮飯的大鐵鍋來行軍，部隊的運作非常緩慢，當是世界上最奇妙的軍事和最艱苦的行軍了。」在民國八十四年（一九九五年）舉世紀念二次大戰結束五十年的氛圍中，也是老兵一名的劉其偉回憶著。

罹患黑水病

當年他沒有隨軍南下，因爲在那之前，他因病先後被調到二十一兵工廠、第一及二十五兵工廠服役。他得的是黑水病，那是最嚴重的一種瘧疾，據說再患就會死亡。

不過那時倒因病而在戰時有了一段短暫的安定生活。劉其偉調到兵工廠之後，工作地點在昆明，「兵工廠就等於一個大家庭，有房子住，有勤務兵用。我們平時在院子裡種一些瓜果，那時候有的是地，少的是物資，就一切自己動手種。」劉其偉的長子劉怡孫即出生在這段戰時歲月中。

戰事終於在民國三十四年結束。

劉其偉還記得抗戰勝利那天，他正在重慶市區，那戰時的陪都在這一天達到了沸騰，「我看到了蔣委員長坐了車子在馬路上遊行，兩旁夾道歡呼，人山人海。」

一片旗海歡騰中，劉其偉的心情卻沈重無比。「我心很亂，覺得前途茫茫，不知道要如何？」他想到人人都爲終於可還鄉而高興，但自己卻不知還鄉何處，香港家中祖母已在戰時去世，父親勉力支撐的雞場也僅夠糊口而已，斷難再容他一家三口。貧窮的陰影再度襲來，日寇的硝煙漸渺，但現實生活的爭戰才正要開始。

「我知道，自己的人生又要重新開始。」劉其偉說。

八月停戰，十月上頭接到派員赴戰地接收及重整工作的一道命令。接收一些地方的工程人員，最好具英、日文能力，劉其偉正合乎條件，於是調任經濟部資源委員會任研究員。至於工作地點呢？一是東北的大城長春，另一則是南方的小島台灣。

選擇了台灣

兩地劉其偉都沒去過，只知道若去長春，上頭發的治裝費會比到台灣的高上五、六倍，因爲東北冷得多。結果，劉其偉選擇了台灣，原因是離父親所在的香港較近。

迢遙半世紀之後，劉其偉提起當年這個選擇，屢屢表示：「我最大的轉變，是在到了台灣。」

昔時脾性乖戾的青年，戰時茫然的軍人，終在來到台灣之後，因爲努力掙脫生活困境，因爲接觸人文藝術領域，而漸漸將自己的人生落實到文化的土地上，成就了日後人人稱敬的「劉老」。

徐訏（右）是我國三十年代的著名作家，他比劉老大三歲，劉其偉很崇拜他。徐訏每年從香港來台灣，他們都玩在一起。劉老對寫作比作畫興趣大，徐訏說他的文章人人都可以寫出來，為什麼不去多畫一些別人畫不出的畫？劉其偉常常在徐訏面前，對學生們發表一些有關文學的怪論。徐訏罵他：「誰說？亂講！」。自從徐訏去世，劉其偉就很少到香港了。

前排左起為劉其偉祖母，中為表弟，右為姑姑。後排左一為劉老的姊姊，左二為姑丈，左三為劉老的父親，最右為劉老本人。1927年攝。

劉老的「柴米夫妻」顧慧珍，她嫁給劉老六十多個寒暑，如果你問她人生是什麼，她只會告訴你：「上帝最會玩弄人。」

劉其偉在香港的家——位在大埔墟，是個小小的養鷄場。抗戰時期香港淪陷，鷄隻全部缺糧餓死。祖母也在這所房子與世長辭。圖左為劉老父親，中為祖母，約1940年攝。

滇緬公路是二次世界大戰時，軍火從國外飛越駝峯，再經公路運至我國後方的補給生命線。劉其偉其時被派在西南運輸公司龍陵修理廠服務。他經常來往緬甸與昆明之間，首次接觸到緬甸當地的原住民和中國西南的擺夷，使他無比興奮。劉其偉當年並無人類學知識，原住民只在他心裡烙下了很深的印象，讓他日後對民族誌發生很大興趣。1941年。

中國西南，除了都市之外，乘馬是唯一的交通工具。雲南的小駒雖然比不上阿拉伯馬，可是牠卻很適合山地的環境，耐勞而善於爬山，牠且知歸途，縱使在黑夜，也不會迷路。1942年。

抗戰時期雲南第廿一兵工廠的員工宿舍。前排最右為劉其偉，旁為顧慧珍手抱長子怡孫。前排最左為前台灣電力公司董事長陳蘭皋夫婦及其公子。1942年。

第五章 金瓜石與二二八

民國三十四年十二月三十一日，三十四歲的劉其偉和一羣來台接防的美軍，一起從上海搭機飛抵了松山機場。

那是那一年的最後一天，卻也是劉其偉到台灣的第一天。

第一天總是新鮮的。已經進入了冬天，但比起大陸，台灣根本不顯得冷，「那天天氣很好，我還記得很清楚，我說：『台灣的冬天怎麼像夏天一樣！』」劉其偉出了機場，第一站就到電力公司的招待所報到。

招待所裡，早有位姑丈等著他。姑丈姓楊，是第十四姑姑的先生，往返台灣、日本之間做生意。姑丈告訴他，原也是福州大戶人家的劉其偉家，和同樣來自福建望族的板橋林家有親戚關係，隨即接了他往板橋林家大宅赴宴。

林家花園盛宴

於是劉其偉初抵台灣的第一頓飯，就是在名列日據時期台灣四大家族之一的板橋林家花園中，享受了一場盛宴。只是不慣於杯觥酬酢的他，滿桌佳餚吃下來，並無特別感受，只記得桌上那大陸少見的、朱紅色的、又大又漂亮的台灣椪柑。

在台灣落地生根多年後，劉其偉大笑回憶：「我對台灣最初的印象有兩樣——一個是我姑丈的臉，白白肥肥的，另一個就是台灣的椪柑，紅紅大大的。」離了板橋林家，他依然不清楚彼此的親戚關係，也沒有追問，逕自回到台北火車站後方的台電宿舍落脚。而宴後不久，姑丈也回返日本，然後失去聯絡，自此斷了劉其偉在台灣的關係網。就在這個甫脫離日本五十年統治的南方島嶼上，他重新恢復「舉目無親、孤軍奮鬥」的狀態。

二次大戰後的台灣，日人一時尚未完全撤離，而同爲戰勝國的美軍也協同我國國軍前來展開接收，百廢待舉。劉其偉被派至八斗子火力發電廠，負責修護工程；半年後，再調任爲台灣金銅礦籌備處（台灣金銅礦務局前身）的工程師兼工程組機電土木課課長。劉其偉來台的最初幾年，就在台灣東北端的八斗子、金瓜石一帶生活及工作。

由於來台較早，那時在台灣街頭還不時看到一些即將被遣返的日本人，把家中物品拿出來變賣。劉其偉在日文書籍中，「第一次發現原來台灣也有原住民」，於是興味盎然地開始注意日人留下的相關資料。

不過大半的時間他還是得爲生計奮鬥。工作約一年後，劉其偉將妻小接來，住在金瓜石的礦山裡。不久，次子劉寧生出生。光復初期台灣民眾普遍清苦，劉其偉雖領有公俸，但肩頭壓力仍十分沈重。

「他在金瓜石初時相當苦，薪水要維持四口之家，並不容易。」當時同奉資委會派令在金瓜石任職，現年八十歲的林鴻標還記得，那時期一個人單單伙食，每個月約花上二、三十塊老台幣，而劉其偉的待遇一個月是二百多塊老台幣，折合新台幣不過一百二十多塊，要養家小確實是捉襟見肘。其實，林鴻標還少算了一人，劉其偉也把父親接來奉養，劉家共是三代五口。

溫馨的家庭生活

養家雖辛苦，但這段時間卻也是劉其偉自小及長少數享有家庭生活樂趣的光陰。甫從一場大動亂中全身而退，夫妻倆和孩子相守在台灣的東北端，日出而作，日入而息，電廠附近的水湳洞海邊，每天太陽下山時極美，漁帆點點襯著夕陽，景色如畫。閒暇時，劉其偉帶著孩子到海邊，遙指海面那端的基隆嶼，常說起自己編造的海盜故事，「有些海盜就住在那島上，藏起了很多金銀珠寶……」，劉其偉小時候的「金銀島」摻和著海盜夢想就這樣又傳進了孩子的童話中。

半世紀後，劉家的孩子都已成了中年漢子，劉其偉手拿相機、乘坐著友人車子回到金瓜石尋訪故居。車子馳過八斗子漁港不久，在台灣東北海域著名的奇觀「陰陽海」岸，即右拐彎進了曲折山路，那是通往金瓜石的路，「水湳洞到了！」劉其偉口中喃喃。

荒煙蔓草間，屋舍較昔年增加了不少，但他曾居住的宿舍，而今只餘紅磚圍牆，片斷殘存。老畫家用拍過原始部落、獵取過蠻荒鏡頭的相機，於斜風細雨中快速地捕捉周遭這曾經是他熟悉的一草一木。俯瞰不遠處浪濤擊岩的海邊，劉其偉說，以前常到那裡游泳、釣魚，在他「尚不知繪畫爲何物」的年代，那是最大的嗜好；在彼時尚無一家店鋪的金瓜石，那也是他唯一的消遣。至於他那年邁的父親，那時則偶到山下的木工廠裡撿拾木塊，回家自行設計、雕刻出一些小盒子、小擺飾之類的工藝品，把玩自娛。由此看來，劉其偉遺傳自父親的似乎不只是擅長的面容，還包括了對藝術領域的無師自通。

歲末時節鋒面過境，鄰近基隆的金瓜石山區更顯雨絲紛飛，到此探訪故居、也探尋記憶的劉其偉初時擔心天候不利拍照，待腳履斯土卻又釋懷了，「這種雨天，才是金瓜石的味道。」他說。

大雨和蟒蛇

環顧全台灣，這兒是他抵台之後最先駐足之地，也是至今記憶最常駐留之處。記憶中，除了擁有溫馨的家居生活，還有此地的大雨和大蟒蛇。

根據紀錄，當時金瓜石的雨量在全世界排名第二，一年可以下七個月雨，而且多的是狂風暴雨。談及來台初期在金瓜石的生活，劉其偉不只一次向人描述到，住處的榻榻米，一夜之間可以長出一吋高的草菇來。

劉家老二寧生就出生在金瓜石，因爲雨勢不歇，尿布經常在火缽上烘了一個星期才乾。宿舍是日本式房子，屋簷延展，雨水順著簷尖滴落，「滴答！滴答！」不斷，「我記得，這滴答好像古式的時鐘，長年就從未停過。」又跌入記憶深處的劉其偉說。

雨季草長蛇也肥。劉其偉有一次坐車從水湳洞廠房回金瓜石總辦公室的途中，就遇到一隻綠色的大蟒擋道，「好大！我第一次見到那麼大的蛇，」說著，他用蒼勁的雙手圈比了一個大圓，「我相信牠直徑就有六、七吋。」開車的司機嚇呆了，就停在當場，看著大蟒蛇光天化日之下橫路而過，進入了路旁的灌木叢後，那叢灌木彷彿大風吹過般搖晃半天方休。

這是大蟒過街，至於一般的小蛇、黃鼠狼，則經常出入民宅的廚房、雞籠偷食。

魚肥如豬

八斗子與金瓜石就位在台灣東北端的山海之交，地屬荒涼，雨量又多，居家大不易，只因開了幾處能淘出沙金的礦廠，當時吸引了不少人羣聚居。當地居民若非靠海捕魚爲生，就是依礦生活。漁港靠海處，有時颱風來臨，風大浪急，重達百斤以上的大魚就這樣硬生生被浪拍打上岸。颱風過後，村民就爭相出來抬魚。「那魚肥得像豬一樣，我沒有去抬，」劉其偉又咧起無牙的嘴笑開懷，「人家會抬給我吃。」

這是他生平得意事。在金瓜石一帶，這位來自大陸、高大率真的外省工程師與當地居民相處得水乳相融。

「我雖然脾氣很壞，但是我做人很謙虛。」劉其偉難得誇起自己。

當時在保修廠，他是高級職員，頭銜爲課長，實際地位如同廠長，有專用的車輛供他穿梭於各廠區與辦公室。一次，有個工人要往八斗子，想搭劉其偉的便車，他一口答應，還用日語說了句「請！」對方竟然受寵若驚。過了多年，彼此相熟後，才告訴劉其偉說：「在日本人當家的時代，從來沒有見過這麼客氣的長官。」

民國八十年台灣曾上映一部電影「無言的山丘」，即描述日據時期鄰近金瓜石環繞礦坑而生的一羣人艱苦、且無尊嚴的坎坷生活。山丘無言，時代卻有更迭，台灣光復後中央政府接收了這一帶礦廠，主管多由劉其偉這般來自大陸的專業人才擔任，數千名基層員工則大多爲當地人士。

水湳洞之王

而劉其偉待人沒有架子，又入境問俗，像工人羣喝水時拿起小茶壺就以壺嘴對著口灌，劉其偉和他們相處，也捨了茶杯，依樣喝水。進山區幹活兒時，同行九個人共用一個水壺，劉其偉照樣共飲，毫不因自己是工程師或主管就有了階級之分。他又通曉日語，與在地居民沒有語言障礙，因此相當受到歡迎。曾有人尊稱他是「水湳洞之王」，從水湳洞通往金瓜石那長約三公里的公路，當時也有人笑言應命名爲「其偉公路」。

這般「羣眾魅力」，昔年在雲南時期也曾爲劉其偉添了一筆奇譚。

那時他爲兵工署築橋至祿豐，一個距離昆明約一百二十公里遠的、跳蚤奇多的荒山小村，碰到村長正患下痢，劉其偉贈藥之後，竟治好了村長。停留當地築橋期間，他也幾乎與全村都交上了朋友。有天晚上村人盛情相邀，牽著馬、提著燈籠來接他到一家小店鋪的老闆家。酒酣耳熱之際，老闆帶著女兒出來與劉其偉相見，他才曉得原來村人有意爲他作媒。已成家的劉其偉不好當面明言，只好再三暗示，婉拒好意。事後一直覺得自己恍若《聊齋誌異》裡的書生，走入了飄飄然的奇境。

餞行酒席三日夜

到了金瓜石雖然沒有發生如此鄉野奇譚，劉其偉的親和力卻也令金瓜石全礦區在他日後要離開時，硬是辦了三天三夜酒席，輪流爲他餞行。「他的人緣好！」在金瓜石住了二十一年的林鴻標下了註腳。

民國三十六年，「二二八事件」發生。劉其偉的好人緣，使得他在這場本省人與外省人相殘的劫難中，得以安然度過，同時也成爲當地一個安定礦區的重要支柱。

那時剛從大陸來台住在金瓜石的外省人士還記得，金瓜石從前一年年底就開始下雨，一連下了三個月，到了二月二十八日那天，雨才止歇。但是，台灣卻不平靜了。

在台北市區的延平北路，因爲查緝私菸、毆打攤販，而點燃了二二八事件的火種，不久，燎原全台。在台灣近代文學史上占有重要地位的作家吳濁流在其自傳《無花果》中記載：「根據行政長官公署發表的『台灣省二二八暴動事件紀要』，在台北市各機關公私損失調查結果，公教人員死者三十三人，受傷者八百六十六人，失踪者七人，公共物損失約台幣一億二千二十六萬一千二百九十七元，私人損失約台幣一億五千一百六十二萬八千六百十六元。這只是台北一地的統計，民眾方面的死傷損失沒有調查資料，因而未被列入。」

位在台北縣與基隆市交界處的金瓜石，當時很快也被波及。

人緣護身

手持棍棒、語含怒氣的一些羣眾沿著公路進入礦區，將許多外省人士集中一處看管，言詞間偶有衝突就拳脚相向。劉其偉並不在其中。當地一位五十來歲、身形壯碩的角頭人物游先生，和礦區裡的工頭派了六個大漢到劉其偉家中，保護劉家一家人。經過先前一年多的相處，他們對這位平易近人的阿山「劉課長」建立起不錯的情誼，擔心他遭殃，一齊自動前來相護。那時各方情勢混亂，礦廠作業全部停擺，基層工人和地方人士一致推舉劉其偉爲「生產部長」，負責廠裡的生產業務，使地方生計脈源不致中輟。

這種情況持續了一陣子。其間，來自大陸的外省人士有的無故失踪，有些躲在台北友人家，而劉其偉憑藉人緣與機緣，在緊繃的情勢中一直留在礦山。

他也想起最初在八斗子電廠履新時，常常半夜有日本人氣喘喘地跑到宿舍來求他保護，那些是尚未被遣返的日本人，遭到餘恨未消的村民追打報仇。劉其偉雖也痛恨日本，但依然挺身保護這些戰後餘生者，因爲「我今天負責這個廠，就對廠裡的秩序、他們的安全有責任啊！」他說。

因此二二八事件初起時，隱約中他也略能了解台灣民眾那種積怨難消的心理。只是，他沒想到，事件的結局竟是如此不堪。

軍隊鎮壓

不久官方開始以軍隊鎮壓。「三月十日下午從八堵來了一位驚惶的訪客，說大陸派來的軍艦已經到了。而且在未靠岸以前，便開始砲擊海岸和港灣。」曾是海外異議分子，於民國八十五年成爲台灣首次民選總統候選人之一的學者彭明敏，在其回憶錄中曾如此描述（當時他有許多親戚在基隆），「基隆和台北便爲恐怖所籠罩。國民黨軍隊一登上岸，便開始向基隆市街流竄……。」

時在基隆礦山上的劉其偉也仍有印象：包圍金瓜石的軍隊自基隆登陸，然後一部分從公路而來，一部分從後山而上，採包夾陣式。當地地方角頭勢力當時有兩個派系，互相爭鬥，爲了派系之爭，面對軍隊鎮壓時，爭相攀附軍方，彼此誣賴，不明究裡的鎮壓部隊因此濫殺更多無辜。

劉其偉終究是廠區最得人心的人，官方部隊讓他恢復原職，照常上班。其他搜捕行動持續展開。劉其偉欲救那位好心的游先生，探知他藏身於鼻頭角，當時金瓜石到鼻頭角之間沒有公路可通，必須沿著海邊攀爬大岩石約兩小時方可抵達，劉其偉心想那裡適合藏身，卻不知朋友終究還是被捕。而到底游先生何時被捕，那時劉其偉毫不知情。

能救的都救了

當時礦區圍了一圈又一圈的部隊，軍人手上的槍都是無情的。亂兵之下，其實劉其偉自己隨時都有被誤殺的可能。他記得：「那天辦公室擠滿了人，外邊也有一羣人在走動，門前窗後，一片吶喊和吆喝聲。軍隊將一個個『可疑分子』拖進來要我驗明身分，他們的生死，都在等候我口中吐一句話來決定。我心軟，儘量說好話，也不論好歹，儘量先救他們。」劉其偉又緊皺細紋無數的眉頭，繼續描述那幕夢魘似的情景：「有些跪在地上向我求救，當一個人面臨生死邊緣就不會說話，只能吐出微弱的和鬼叫一樣的嘶聲。」

辦公室內眼前他能救的都救了，但辦公室外的情況一片混亂，人聲嘈雜，槍響連連，他最惦念的那個圓圓胖胖的游姓朋友就死在他辦公室的窗下。

「一場噩夢過去了，有些朋友就不在了。」他喟歎。

這些朋友也包括他在廠裡的一些同事。「二二八事件」過後，不少外省籍同事辭職回大陸，劉其偉是少數仍留在台灣的人之一。從日本大地震、中國浴血抗戰，到來台經歷「二二八」，在劉其偉當時才三十六歲的人生歲月中，已遭逢多場噩夢。比之抗戰，劉其偉覺得「二二八」這場同胞相殘的噩夢，更是恐怖到極點，若非深探來台初期的金瓜石歷程，平時他是不願輕啓此噩夢紗幕的。

這場「二二八事件」的人禍，雖然沒有讓劉其偉一家嚇離金瓜石，但當地的惡劣天候及持家艱辛，在一年後，還是令劉其偉告別了這在台灣的第一故鄉，展開另一段公職生涯。

劉老第一天自上海乘軍機抵達台灣與台灣電力公司人員攝於板橋林家花園。前排最左為副總經理黃輝、第七人為林家主人，後排左起第四人為總工程師孫運璿、第七人為劉其偉。前排外籍人士均為當年台電美國顧問。一九四五。

劉其偉自有意識以來，就體驗到生命的誕生，正是世間苦難的開始，可是面對現實，不得不樂觀。他在廣州中大時期，收入低微，原本就談不上成家立室，他說：「因為太樂觀，就糊裡糊塗結婚了。」1938年攝於中大。

顧慧珍曾經在中大當過圖書館館員，也當過一陣子接線生。劉老說：「她原本可以嫁給一個很富有的人，她不嫁，卻選中了我，因此苦了一生。」劉老深信，人在母胎時，上帝早就把劇本寫好。他又說：「我並非不知奮發圖強，只是無法改寫上帝的劇本罷了，因此我對妻子懷著無限的內疚。」

台糖公司彰化溪州宿舍
劉其偉夫婦及BLACKY。

資源委員會台灣金銅礦務局全體職員合照，該照大部人員都是留台協助修復工作的日本人。前排左起第六人為局長袁慧灼，第七人為劉其偉。
1946年。

礦山的生活是枯燥的，山上沒有街道，沒有店鋪，平時只可以釣魚，假日劉其偉則帶長子到水湳洞游泳，這是當年礦山生活唯一的消遣。
1946年。

金瓜石礦山是世界最貧的金礦，含金只有5ppm，即每噸礦沙中只有5公克的含金量。該礦在日據時期雖然全盛過一段日子，可是光復後的二十年間，都在苟延殘喘，五年前則完全被廢棄，成為歷史。金瓜石海邊的水湳洞是劉其偉第二故鄉，自然隨著礦山的榮衰，也變成一片荒煙蔓草。這裡刊出劉其偉五十年前在金瓜石的照片，如今劉老也已白髮蓬鬆。劉老喟嘆，他懷疑什麼是永恆。

第六章 輾轉公職

離開金瓜石的金銅礦務局後，劉其偉開始長達十餘年輾轉公職生涯，歷經多個不同單位，住過台灣許多地方。

其中，台糖是第一站。

時是民國三十七年。中央政府在光復後自日人手中接收了台灣四個糖業株式會社，合併改組爲台灣糖業公司。在台灣倚賴蔗糖外銷的年代，台糖公司的職務，頗具有「鐵飯碗」的象徵。

任職台糖

劉其偉於廣州中山大學時認得的朋友關炳昭，當時在台糖總工程師室任機械組長，並負責美國技術顧問團的聯繫工作，知曉劉其偉有意離開金瓜石，而台糖又正需要電力方面的人才，於是代爲安排劉其偉調職到電力組工作。關炳昭後來曾向人表示：「劉先生的英日文都非常漂亮，他做人處事又很蕭灑，所以那班顧問都跟他處得很好。」

劉其偉一家隨著工作調動，住進了台北市區公館一帶的台糖宿舍。現今繁華擁擠的公館商圈汀州路，當年住家門口仍是一片沼澤地，不過不論如何，劉家的老人與婦孺終是脫離了金瓜石那陰雨連綿、讓人不適的天候環境。

劉其偉上班的地點則在西區的寶慶路。台糖總公司最早位於漢口街與延平南路的一棟木造樓舍，一度遷至寶慶路，而今隨著現代化的經營腳步，已演變爲聳立在漢口街的台糖大樓。

不過由於工作的型態，劉其偉是很少能坐在總公司的辦公室裡，一年中幾乎有三分之二的日子是在中南部工廠裡工作。

這段期間，辛勤工作之際，劉其偉最憂心的還是家計。比起社會上許多升斗小民，台糖的待遇雖不低，但環顧家中，兩個孩子日漸成長正需營養，父親年長、妻子體弱，都需照顧，他這一家之主也是家中唯一的經濟來源，責任重大。因此公餘之暇，劉其偉也開始譯述文章投稿，儘量賺取生活費。台糖的內部刊物《台糖通訊》，即是他常發表的園地之一。

為生計拾畫筆

除了譯書，日後使他享有盛名的畫筆，也是在台糖時期因此而拾起的。多年來，劉其偉常用老頑童的口吻調侃自己學畫的源起：「有朋友告訴我，中山堂有個工程師香洪在開畫展，他說『你也是工程師，爲什麼不也開一個？』我就到香洪畫展去參觀，哇！看到會場『小紅條』滿場飛！原來畫畫也可以賺這麼多錢，我當然就畫囉！」

藝術研究者黃美賢撰寫《台灣畫壇老頑童》一書中，在列其年表時，於民國三十八年那一欄如此列出：「時事紀要——台灣各地米價、物價暴漲」「劉其偉重要事蹟——四月參觀建築師香洪水彩畫展，決心投注繪畫……。」

當年時勢與個人作爲對照之下，堪稱饒富興味，也可以窺出生活壓力吃緊之際，劉其偉急尋出路的心情。

當然，除了經濟誘因之外，興趣、天分，都是劉其偉日後能在畫壇一路挺進的主要原因。

推單車寫生去

曾與其在金瓜石共事的老友林鴻標，就發現劉其偉將辦公的勤快態度也帶進了作畫中。「那時我好幾次在台大對面碰到他，就看到他推著單車，後面載著畫板要去寫生。」林鴻標表示。

書畫家郭燕橋當時在台糖與劉其偉同事，他憶及當年：「一到了星期天，我們幾個人常常到仙公廟，就是現在的木柵指南宮去寫生，只是我畫的是國畫，而劉其偉畫的是西洋水彩畫。」直到民國四十年代初期，隨著台糖總公司遷到彰化溪洲之後，他們的寫生空間就更大了，從溪洲四周的綠野擴及台灣的中南部平原。

台糖有三十六個糖廠遍布全省，負責機電維修的劉其偉經常有機會出差各地的廠房，洽公之餘，也以畫筆勾勒自己的行旅。他第一幅入選台灣省美展的作品「寂殿斜陽」，就是出差南部時行經台南孔廟，以水彩描繪出廟宇給與他的靜穆感受。那時他總喜躲在人跡罕至的角落作畫，尤其是廟裡。

外表蕭灑不羈的劉其偉，內心世界卻似乎總有抹不去的、沈甸甸的愁。引介他到台糖任職的闞炳昭回憶彼時，劉其偉言談中時常長吁短嘆，認爲人生在世彷彿多餘。也許是家計負擔重，也許是長期經歷窮困，闞炳昭發現劉其偉儘管交友廣闊，但相當刻苦，「當時流行喝酒、跳舞、打彈子，他一概不參與。」劉其偉把時間大多花在讀書上。

臭脾氣影響升遷

從各種訪談資料中，可以察覺，民國四十年代任職公職期間的劉其偉，隱約有著懷才不遇、有志難伸的心境。個性豪爽的他雖與朋友、部屬相處融洽，但耿直的性格及難改的「臭脾氣」，身處制式化的公家機構中，不時會與上級扞格，也影響了其升遷機會。在台糖工作到後期，他擔任了電力組組長，但相形之下，同期進入的友人不乏升至經理階級，年歲漸長的劉其偉，不免有原地踏步的感慨。

家計負擔不見減輕，人生事業也不見突破，劉其偉於是離開任職九年的台糖，轉任待遇較高的美國海軍駐台基地工作。

抗戰勝利之後即離了軍職的他，這時等於又重入軍職。

當時工作地點在新竹的空軍機場。一九五〇年代，中央政府遷台不久，台海情勢依然緊張，美軍大批協防台灣的時代。夜幕時分，新竹機場不時有身負重任的偵察機起飛，潛航中國大陸進行情報搜集等任務。劉其偉負責的工作屬於發電部門，務必使電力不能中斷，以保出勤機隊與基地聯繫順暢。這項工作壓力極大，經常得熬夜，在疲累過度又看不到前景的情況下，一年後劉其偉再度轉換職務。

民國四十七年，劉其偉到國防部軍事工程局擔任工程設計。工作內容涉及電機與給水方面，隨著駐台美軍到各地勘察、設計、繪圖、監工……，台灣再小的鄉鎮、再偏遠的山區，只要具有軍事價值，他都幾乎走遍了。也由於這段經歷，到今天八十餘歲的劉其偉與許多人初相交時，知道對方來自「新竹新埔」或「台南佳里」等台灣某地方時，都會親切的溜出一兩句客語或台語，或是道出一兩點當地特色，令人倍感親近。

對於軍工局那段時期，除了將奔波各地的辛勞視爲遊覽台灣山水的樂趣之外，劉其偉自覺收穫最大的，是從美國人身上見識到的工作態度。

從不見美國佬打盹

「美國人雖然很會玩，但一旦工作起來，那種毅力和勇敢，很令人佩服！」劉其偉指出，當年他們這些軍事工程人員奔波在台灣的崇山峻嶺間日夜趕工，坐著吉普車趕路時，自恃身強體壯的他都免不了打起瞌睡，但卻從來不見那些美國佬打盹。他並比較，美國人工作時每分每秒都很認真，一絲一毫都不容馬虎，不像一般中國人的單位裡，往往進辦公室簽了到，先看報、喝茶、抽菸之後，良久才開始辦公。

不過也正因爲美國佬的這種嚴格態度，從事的又是極具私密性及時間壓力的軍事工程，劉其偉當時幾乎天天都處於繃緊神經的備戰狀態。「辦公室的氣氛很緊張，沒有說在桌上放茶杯邊喝水邊辦公的，而是在外面放紙杯，出去喝口水馬上又回來工作。」

同樣令他感受深刻的，是當時面對外國人都有「人在屋簷下」的低頭之感。在新竹美軍基地，美軍的咖啡廳，是不允許中國籍雇員共享的。而「主管跟你說話，你 never say『no』，即使是他錯，你也得說『yes』。」劉其偉依然記得。

看在美金的面子上

「很沒骨氣對不對？」九〇年代的時空裡，美軍駐防早已成爲歷史陳跡，在台灣的暖暖夏陽中，走過大半個二十世紀的劉其偉，這樣回憶起五〇年代的自己，也直言批評著當時正值青壯的自己，「我這樣去做，是看在美金的面子上。」

多賺美金，就可以讓家裡老小過得好一點。那時候唯一的快樂時光，就是過聖誕節時，他可以買得一些現今台灣超市滿箱成堆，但彼時台灣社會一般人難以購得的洋菸洋酒，回家孝敬父親；也帶回來一些亮晶晶的飾品、甜滋滋的糖果，哄妻子和兒子高興一下。那些在美國市場上屬於中下品質的商品，卻在台灣物質貧乏的年代與家庭裡，帶來短暫的、似乎高於平常的享受與歡欣。

看著妻兒高興的拆著禮物，「表面上我是神氣的、很有辦法的樣子，但心裡面的苦水不能講出來，只有自己心知。」劉其偉談及那段光陰，時而微笑，時而苦笑。

他繼續說：「這種心情上的痛苦，我想沒有跟外國人打過工的人不會知道，也無法想像。」順著思緒延展而下：「這可能也影響了我直到今天對移民的看法，我覺得再怎麼樣，都是自己的土地好，外國風景再好，也是人家的。」

不願移民他鄉

不願移民他鄉，是劉其偉一貫的態度。當年歡喜拿著外國禮物的劉家老二劉寧生，如今十分懂得父親的心情。記得有次父子相偕看電影，到了戲院，劉寧生想晚點進去，劉其偉卻堅持一定要先進去聽唱國歌。「他的國家民族觀念很強！」劉寧生描述父親。儘管劉其偉已成名多年，目前一張畫平均也有十二萬的行情，經濟穩定加上交友廣闊，很多海外友人願接他到外國定居、作畫，不用在台灣辛苦，但這位外表飄然不羈，內心卻自有耿耿堅持的老畫家，卻從不做如此考慮。

時空焦距調轉至當年，劉家在五〇年代的生活景況，毋寧也是那樣一個充滿著不確定、不飽足、不安全感的年代，台灣許多人家的處境縮影。

而一向脾性剛直的劉其偉，置身在那般明顯壓抑的環境中，更顯出極大的反差，也更可看出其爲家人的付出。

「當然，做軍事工程都是屬於最高機密，也不容出錯，否則就可能上軍事法庭，」思及昔日，劉其偉也不禁慶幸，「我做了那麼多年，沒有坐過牢，也算是很幸運的事。」

同時期也任職於軍工局的友人區光泉就曾回憶指出，當時在局裡，每天下班前一定要先把文件、圖樣一一收拾，全部放置在櫃子及抽屜裡，並且須牢牢上鎖，否則要記過處分。

劉其偉真的是蒙幸運之神眷顧。多年後回顧那一段輾轉公職與軍職之間，長達十餘年的工作生涯，其實也正是台灣充斥著白色恐怖肅殺氣氛的時期，不覺間，他曾經幾度與危險擦身而過。

與危險擦身而過

還記得在台糖時期，有次他到屏東出差，突然台北總公司一通電話打來找他，叫他先不要北返。原因不詳，也無從問起，劉其偉就這樣在屏東廠住了一段日子。直到另一通電話來通知他可以回去了，他才返回原工作崗位。「如果那時候我在台北，可能就被抓走了。」回憶這件事時，劉其偉撚著香菸，桌前的菸灰缸滿是抽盡的菸屍。他記得這件險事，卻始終不知道自己究竟是那裡出了問題。

不過他也不意外，因爲他始終與當時的體制格格不入。像在軍工局時，遇有什麼「政治大考」、「政治小考」，他總不以爲然。有次對著一羣親近的好朋友發發牢騷：「考那些做什麼?都是沒知識的人考的，爲什麼不去看我寫的書。」

怎知這話被傳了出去，有人打他小報告。「我被好朋友出賣了。」劉其偉語氣低沈，周遭氣壓低低的，一如當年的台灣。還好的是，他只是政治紀錄中有了「汚點」，並沒有遭到整肅，不過這番紀錄卻也影響了他的工作境遇，難以升遷、抑鬱不得志的情形始終如影隨形。

抑鬱與惕勵

抑鬱之中，他倒也得了另一番惕勵。「一直升不了級，我一心想脫離貧窮，就開始反省，自我教育。」冬寒時節坐在一家咖啡廳裡，劉其偉暫撇一向嗜飲的咖啡，喝起了帶有甘味的烏龍茶，回首來時路。

那段從四〇年代跨入六〇年代的公職生涯，辛勤工作之外，他也積極習畫、讀書、譯述，結交藝文界人士，是求取增長與涵養，也是求取生機與出路。

直到越戰開打，美軍與越共在中南半島上轟出了一個大傷口，也爲劉其偉開出了一個險中求活的人生窗口。

劉其偉在壯年時期，性格顯得越來越暴躁，從二次大戰在緬甸時開始，以至來台在台糖服務，經常以狩獵屠殺生靈來發洩。他認為狩獵是祖先求生的本能在他血液中留下來的因子，沒有什麼道德與慈悲。他在台糖時期幾乎每年寒冬，都和南投五代同堂的林家兄弟一起圍獵。劉老的生性原是殘忍的，他認識了「愛」，是晚年從世態裡學習得來的。刊出的照片是1957年在埔里大石鼓圍獵時留影，右起第二人為劉老，其他五人為林家兄弟。

劉其偉在台糖時期，偶然看到香洪建築師的水彩畫展，對藝術發生興趣。其時他利用餘暇翻譯《生活》及《時代》所刊的藝術文字，一邊翻譯，一邊學習，主要的目的是賺稿費。最後他索性也拿起畫筆來。這是他藝術生命的開端。照片是1954年攝於台南車路墘糖廠。

1950年蒜頭糖廠裝機後留影。最右方為劉其偉，右三則為裝機高手潘工程師。

第七章 越戰時期

民國五十三年（一九六四年），北越巡邏艇二度在東京灣襲擊美國驅逐艦，美軍展開與北越之戰。

隔年，劉其偉與美軍簽約三年，赴越南戰地工作。

從六〇年代打到七〇年代方告落幕的越戰，其實影響始終不歇。對於台灣現今許多中生代的文化菁英來說，越戰反戰風潮所造就的嬉皮文化，曾是他們鮮明的成長烙印，深刻而長久；而對於當時已步入中年的劉其偉而言，不容其浪漫遐想，也不容其吶喊狂歌，越戰，是他一生中最大的賭注，豪賭他的現實生活與藝術生命。結果，他贏了。

沒錢為父買衣衫

在劉其偉前往戰場，也是「賭場」的越南之前，他實際上是沒有什麼資本的。

窮困至極。

電力公司來收費了，翻遍家裏每個角落，竟是湊不出繳電費的錢。老父穿的汗衫破洞點點，從背後望去，彷彿一個偌大的蜘蛛網延展在佝僂的身軀上，劉其偉心酸復心疼，卻是沒錢爲父親多買衣衫。

「想到就難過。你看我現在到外縣市開會、演講，要住旅館就到便利商店去買件新內衣，方便得很，穿髒了就丟。可是那時候我爸爸的內衣破成那樣，我也沒錢幫他買新的。」這麼久了，劉其偉到今天每次拎著背包到外地時，總是自責地憶起當年那種貧窮的痛。

民國五十四年的夏天，窘況有了轉機。

有天半夜，同事陳景元急匆匆地到劉其偉永和的住處敲門，進了門就壓低著嗓音說：「美國海軍正在統一飯店招聘工程人員到越南，你要不要去應徵？」陳景元同時吩咐劉其偉嚴守祕密。

「我聽了之後非常激動，我認爲，這是發財的良機，也是我一生中唯一翻身的機會。」劉其偉清楚記得那一夜心中的波濤洶湧。

生死賭注

他心裡盤算：「冒一次險，如果可以平安回來，到時就有錢買田買地；如果遭遇不幸，依照合約可以拿一筆可觀的撫恤金，妻子還年輕，再嫁也不遲。」而他更想到：「日後朋友們提起劉其偉，還可以豎起指頭說是死在沙場，這樣，總比窮困潦倒死在醫院裡蓋塊白布要光彩得多。」死或不死無論怎麼想都是划算，這個賭局今天不下注，要待何時！

於是翌日他便前往應徵。憑藉在軍工局任職習得的飛彈基地、海軍碼頭及機場配電等專業知識，再加上流利的英語能力，劉其偉順利獲得錄取。他欣喜萬分，絲毫不顧慮當時美軍登陸金蘭灣之後，戰況不明，危險萬分。

劉其偉不擔憂戰場風波，倒是出發前的漫長等待令他憂心如焚。

當年台灣出入境限制嚴格，公務員無法出國，劉其偉必須辭去軍工局職務，才能獲得出境證件。而簽證、機票事宜由美國大使館代辦，對方要劉其偉與同時錄取的夥伴們回家等候消息。一等就是兩、三個星期，劉其偉不免著急，心想戰事天天變動，美軍這工作是不是有了變化？自己已爲此辭了職，萬一美軍這頭也落空，豈不是就要失業，窮上加窮？而唯恐家人阻止他赴越南，他一直將這件事隱瞞全家，種種焦急愁苦，此時也只能自己暗自吞下。至今劉其偉還記得，那一陣子，每天沒有上班，就坐在家裡小院子一棵梧桐樹下，望著踏石旁邊的一株象牙紅，一片又一片的紅色花瓣飄飄落下，覺得「時光過得非常緩慢」。

為生計赴戰場

枯坐家中久了，妻子顧慧珍察覺不對，再三追問，方知丈夫竟要遠赴一場他國的戰爭，氣急之下，淚水漣漣。「我不贊成，但是也沒辦法。」現今一頭華髮不掩嬌柔的顧慧珍憶起當年，家中上有老人，下有幼子，實在艱苦，但她也扭不過丈夫的硬脾氣，也知曉丈夫的責任心——畢竟，他是爲了全家生計而要投赴戰場。

劉其偉終究等急了，彼時台灣電話並不普遍，他跑到中山堂裡的餐廳借用電話，撥通美國大使館，聽筒那端傳來肯定的訊息，他一時激動，就像放下心中一塊巨石一般猛然放下話筒，頓時，餐廳裡的人都回頭望他。「我想他們大概以爲我瘋了！」在劉其偉的描述中，那一幕依然鮮明如昨，「可是我實在太興奮了，因爲我剛從生死邊緣走回來。」

在當時已邁入中年的劉其偉心中，越南戰場並不見生死威脅，反而是全家衣食無著的恐懼，方令他感到生死攸關的戰慄。

不過他的許多朋友可不這麼想。成功大學的馬電飛教授在南部得知消息，迢迢寄了長信來勸阻他，但是劉其偉心意已決。到了行前，一羣朋友只好爲他餞行，其中還包括當時的外交部張隆延。民國五十四年的台北，中華路鐵道兩側是繁華地帶，朋友們爲他訂了一家北平館子，擺上六、七桌豐盛的酒菜。桌上是佳餚，但桌巾是白色的，在座的友人也不乏身穿白衣者，杯酒交錯間，劉其偉依稀感覺，有一股「風蕭蕭兮易水寒，壯士一去兮不復還」的送別意味。

他跨越的終究不是易水，而是南中國海。

亡命之徒入虎口

那一年七月，在美國軍方安排下，劉其偉與同伴們——他稱之爲「亡命之徒」的一行九人，搭機過境香港，然後轉赴越南。香港——這個東方之珠，此時儼然成爲他們「入虎口」前的最後一站。劉其偉還記得，短暫停留香港機場時，正是黃昏時分，他買了一罐英產的金獅香菸。是懷舊吧！這個牌子他已快二十年沒抽了，昔年在中山大學做年輕助教時就是抽它的，此時聞一聞菸絲的味道，前塵往事如同將赴的戰區烽煙一般迷離。

越南，中國的南鄰，法國的昔日屬地，長期以來承襲著東、西方文明的交融。但二次大戰後，北部隨著中國大陸赤化，北越信奉的共產主義與代表資本主義的美國勢力爭相在此實驗，也爭相在此屠戮。

劉其偉到達越南的時候，正是美國積極載運大批人力與物力，向北越進行大規模進攻的時候。依據日後的歷史紀錄，在美國陷入越戰期間，先後投入了近五十萬兵力。

從民國五十四年到五十六年（一九六五～六七年），劉其偉一共在越南停留三年，協助美軍的軍事工程。

噪音反似搖籃曲

這場發生在中南半島的戰事，同在亞洲的日本與台灣都沒有出兵，台灣只有給與南越物資援助。不過越南有爲數不少的華人居住，劉其偉在西貢初時租住在堤岸一家華人開的旅館，後來即搬到西貢伯士特街。劉其偉對越南最初的印象是：「事實上，堤岸和西貢都是一樣。不論古今中外，大凡戰爭城市都是畸形發達的。尤其是軍車、摩托車、馬車奏起的噪音，日夜搖天震地，吵得躺在十里外墳場裡的死人也翻身。距市區三公里以外，隨時都有被越共殺身的可能，因此噪音在那時不會令人討厭，反而你會覺得聽到搖籃曲似的感到安全。」

劉其偉住處的房東是個廣東老婦人，據當時同住的好友王次賡形容，房東太太喜歡作菜，常常殺了自己養的雞請他和劉其偉吃，「吃得我們都怕吃了，盤子還未端出來，就先聞到鷄屎味！」

美軍沒有提供劉其偉住處，他也不願住在美軍鄰近，因爲他知曉，在這場戰爭中，美國人才是越共狙殺的槍靶，東方臉孔，被視爲台灣人或日本人者，通常較無危險。他每次外出作畫、探訪越南古蹟時，就經常在臂上戴個日本太陽旗符號做「護身符」，而且他會說日語，扮日本人不成問題，因此總能化險爲夷。只是每次作畫歸來，總是被關心他的華裔朋友們罵一頓，斥責他「亂跑！你不知三不管區的危險嗎？」

生死難料卻安心

儘管身處戰區，生死難料，但劉其偉的心卻是安了。當時爲美軍工作，每個月待遇約有美金八五〇元，在台幣與美元匯率仍是四十二比一的年代，大概相當於台灣一般收入的六、七倍。這些以性命做賭注換來的高薪，寄回台灣，讓劉其偉有能力給與父親及妻小不愁吃穿的環境。同時也終能爲長期打算，他催促家人在台北買地買房子，奠定生存的根基。

「有了經濟基礎之後，才能實現一些理想。」二十世紀末，舒坦地坐在有點陳舊卻是自己購得的畫室中，劉其偉悠悠道來。

當時他積極要實現的理想，就是繪畫。

赴越之前，他已作畫多年，而到了越南他擺脫窮困，盡情揮灑於畫布上。尤其越南蘊含著古國文化，數世紀前的占婆王朝遺跡猶存，中南半島的綠野田疇輝映著瑰麗的民族色彩，在在令劉其偉著迷，也供他汲取了豐富的藝術養分。

發狂般投入作畫

白天為美軍辛勞工作，一到了晚上及假日，劉其偉就全力澆灌於自己的藝術理想。「好像發了狂一樣投入。」當時隨農技團在越南，並與劉其偉有兩年同住之誼的王次賡這樣描述這位「老室友」。劉其偉不顧戰地危險，一有空就到那些有神廟古蹟的地方，廢寢忘食拚命的畫。對於越南的占婆藝術及吉蔑藝術，大量研讀相關的文獻資料，不管是英文、法文，或是越南文的，盡皆搜集。

他的毅力執著驚人。自身也作畫的王次賡常向人提及一例：當時居處不大，桌子不夠放畫紙，劉其偉又患有痔瘡，坐既不得，乾脆就攤紙於地，仆爬著作畫，即使痔瘡發作嚴重流血，他依然持續作畫，經常通宵至天明。

時至今日，劉其偉談及越南，依然神往。「那時我非常著迷於他們的古文化，」他說。一年之中，美軍會給與十天假期及一筆休假獎金，他就運用前往鄰近的泰國、柬甫寨一帶，觀賞世界八大奇蹟之一的吳哥窟等，除了揮灑畫筆，也採集資料，撰寫報導。

越南時期的劉其偉，身上彷彿灌注著充沛的藝術能量，源源不絕。除了郊野古蹟，就連那狹窄的居室也能令他產生藝術的驚艷。「有一天我回家的時間和平常不同，走上暗暗的樓梯間時，一道光線射下來，好美！那色彩像鑽石一樣，那景象就如夢境。後來，當我發現原來是房東太太買了很多可口可樂放在那裡，被陽光透過瓶子照射出來時，那分『美』的形象就立刻消失了。我就此了解，認不出形象的就是抽象，要比具象更美。」八十四年初春，劉其偉在台北敦化南路的一家藝術中心演講「原始藝術與現代繪畫」時，特別提起了他見到的這一幕，滿座的華服仕女彷彿聽聞著天方夜譚，不知是否意會得到，眼前這位一身蕭灑卡其裝的畫家就是從那場人間試煉中走過來的。

劉其偉在越南藉繪畫實現理想，也藉以抒發情緒。「能畫畫，也使我輕鬆許多。」他明言。

扭曲人性的戰爭

畢竟戰爭能摧殘生命，也能扭曲人性，他見過不少。

「一個戰爭中的都市，特別多采多姿，西貢就是這樣，它給男人無比的興奮和誘惑……。爆炸、突擊大使館、老鼠貨、租妻、吸毒、醇酒美人、國際梅毒，火箭的飛翔奇景，上百的直昇機合奏『雷鳴曲』，惡夢似的『血泉景象』，神經質的一無方向地在街上亂竄……。」

這是劉其偉撰寫下的一段類似〈越戰淪亡錄〉的文字。

他用過「老鼠貨」，他說：「戰時的西貢，到處地攤上擺滿了五光十色的貨色，上至日本名牌照相機、洋酒，下至衛生紙和橡皮圈，應有盡有。這些東西據說都是越南人和菲律賓人串通美軍，從倉庫偷出來的「老鼠貨」。老鼠貨品質好，價錢又便宜。我們買東西很少單件買，要吃葡萄乾就買它一桶，要喝洋酒就買一箱。遇到胃腸不好不必求醫吃瀉藥，買一箱三花奶水讓它去拉稀。最妙的，如果對照相機規格不滿意，可以向貨主訂購，讓他再去偷。」

今天不知明天事

西貢還有「租妻」：「醇酒美人當是男人的最愛，奇怪的是在西貢從未看過有肥胖的女人，在戰地男人的眼中，可說是整個西貢都是天女下凡，再湊上戰爭人們的窮困，因此西貢那時許多女人暗地賣身做『租妻』。在戰地裡的男人大家都有一種共同心理就是瞞著家裡『今天不知明天事』，故此我有許多同僚都租妻。她們討價不致影響到薪水，大家閨秀每月也不過美金八十塊錢，正是亡命之徒的樂園。」

對於毒品泛濫，他也良有感觸：「每到夜幕來臨，華燈初上的時候，可以看到許多人影都是美軍在交易毒品。要知在戰地裡，有許多艱苦的任務，每人都想試吸一些這種仙丹來度過戰爭的折磨。二次大戰時我在龍陵就吸過鴉片，雲南的大戶人家招呼上賓都是在菸床上的，吸鴉片的技巧和抽香菸不同，它吞吐是一起進行的。這個高超的技巧我沒有學懂，所以今天才不致變成吸毒的人。在越南，我的任務不在前線，因此不必吸『白麵』。美軍就不同了，美軍在越戰中吸毒的大概有十多萬人，越南戰後，美國本身發生了社會問題，才覺悟到這場戰爭，自己打的到底是什麼。」

西貢浪兒之父

西貢還有很多叫化兒，住在街頭的紙箱裡，這些箱子都是美軍裝運物資廢棄的紙箱。每逢星期日，劉其偉請這些孩子吃麵、喝汽水，成百的小小身影就一路圍繞著他，幫他拿畫具、趕圍觀的人，「我是個叫化子頭，西貢浪兒之父！」他形容自己。

他也見識到北越共軍視死如歸的戰鬥力。西貢的美國大使館，一棟五層樓的建築物，曾經多次被越共敢死隊駕車衝入，炸穿了二、三層樓。因此凡是美軍機構，門前都放滿五十加侖、填滿水泥的汽油桶，做爲防禦工事。但這依然不能抵擋越共的攻擊。這些身穿黑衣、裝備簡陋的共軍可以用一部車裝滿炸藥，另一部帶機槍掃射，一前一後不要命地衝進美軍陣地，其勇敢不下於二次大戰日本的「神風特攻隊」。

有一天早上，劉其偉剛抵達辦公處所，突然，不知何處傳來一陣爆炸聲，已如驚弓之鳥的美軍以爲又是越共狙擊，樓頂成排的機槍馬上冒火回擊，對著臨街一部卡車掃射。怎知那部車內根本不是敵人，而是載滿了三十多個要上班的女工，車子被掃射如蜂窩，傾斜、撞牆、翻覆，「從車子裡流下來的血，像小瀑布一樣……。」空氣中靜默了幾秒鐘，劉其偉難忍哀戚地回憶起那血腥畫面。

生活在台灣的人，一般只能從越戰影片中看到的鏡頭，劉其偉親眼看到了。

「在赴戰場的美軍臉上，那一張張年輕的臉，沒有一個是輕鬆的，大部分是茫然的，」話語中，他對越南戰場上交戰的雙方都懷有同情，「越共是爲民族而戰，我是爲錢而戰，美軍到底是爲誰而戰？Fight for what? Fight for nothing!」

「整個戰爭是一個奇妙的狀態，一場悲劇的教訓。」民國八十四年，正好是越戰結束二十周年，訪談中，行過二十世紀多個重要事件的老戰士兼老畫家劉其偉，洞悉世事地反思著生命中經歷的戰役。

成為越戰贏家

戰爭中，難道他不擔心死亡隨時降臨？他的生死觀究竟如何？

劉其偉說起了一句中國老話：「生死有命，富貴在天。」他從不認爲躺在床上壽終正寢才是圓滿人生，就像他日後到蠻荒之地從事人類學採集，他也告訴同行的兒子「如果我死了，就地掩埋，不用把遺體運回家」，當然，如果是兒子先亡，他也會這麼做。

不會想到要見家人最後一面？或來不及交代事情嗎？

「有什麼好交代的？我有什麼成就好交代？我又不是王永慶！」劉其偉認爲：「上帝的戲本，誰能改寫？」

捻熄手上的香菸，點起深濃古舊的菸斗，他仰起頭，目光隨著煙圈投向遠方。

對生死豁達，對世事卻多感慨。「我在一九六七年就離開，但是後來越南淪陷，我那些華僑朋友靠黃金才逃得出來。」劉其偉知悉，越南在戰爭中喪生了約兩百萬人，「是一場大苦難，但對我這個小人物來説，卻萬萬想不到，這場戰爭扭轉了我貧窮的命運，我正是一個贏家。」

他常説，沒有越戰，就沒有今天的他。

穿出人生隘口

與美軍三年約滿後，他離開越南返回台灣。行囊中有了美鈔，也裝載了諸多畫幅與手稿。「吳哥窟的月夜」、「灑水節」、「戰爭的前夕」、「停泊在湄公河上的醫務船」……幅幅嘔心瀝血之作，甚獲國內畫壇重視，返台那年的七月，國立歷史博物館就首先推出了「劉其偉越南戰地風物水彩畫展」，八月，「中南半島行腳畫集」出版。畫家劉其偉的光采日益奪目。

在越期間的畫彩及文字創作，更在民國五十八年獲得中山文化學術基金會頒贈的「第四屆文藝創作獎」，這是當年台灣文化界的最高榮耀。

自越南的烽煙中走出，也自人生的隘口中穿出，自此以後，那個困頓憂煩的工程師，日漸成爲甚受推崇的藝壇人物。

DEPARTMENT OF THE NAVY
OFFICER IN CHARGE OF CONSTRUCTION
NAVAL FACILITIES ENGINEERING COMMAND
CONTRACTS, SOUTHWEST PACIFIC
APO SAN FRANCISCO 96528

30.111:ppt
NBy 80107
Ser: TO-124-68
16 MAY 1968

From: Officer in Charge of Construction, NAVFAC Contracts, Southwest Pacific
To: Mr. Max Chi-wai Liu, Electrical Engineer
American Engineers & Architects, Inc.

Subj: Authorization to travel

Ref: (a) Contract NBy 80107

1. In accordance with the authority contained in reference (a), you are hereby authorized to proceed on or about 30 June 1968 from Taipei, Taiwan to Da Nang, Vietnam via Saigon where you will report to the Officer in Charge of Construction, NAVFAC Contracts, Republic of Vietnam for work under architect-engineer contract. You will return to Taipei, Taiwan on or about 30 June 1969.

2. Travel by government air transportation from Taipei, Taiwan to Da Nang, Vietnam is directed. Class TWO Priority is certified. Baggage weight of sixty-six (66) pounds is authorized.

3. You are directed to have completed the vaccination and immunization requirements for the Republic of Vietnam prior to departure from Taipei, Taiwan.

4. You are directed to have valid Taiwan passport and visa for the Republic of Vietnam prior to departure.

5. Cost of travel is chargeable to Appropriation 17X1205.2563; Object Class 629; Bureau Control No. 40246; Authorization Accounting Activity 63185; Transaction Type 2B; Cost Code 48246Z366.

R. Klembith
R. KLEMBITH
By direction
RL

Copy to:
FiscalBr, OICC RVN
OICC RVN
EngrDiv, OICCSWP
ConstrDiv, OICCSWP
FinMgmtOff, OICCSWP
AmerEngrs&Archs,Inc.

這是美國海軍工程處的指令，透過駐東南亞的巴臣氏的工程公司給劉老的函件。憑這文件，再由美國大使館代購機票把人送往越南。
其實沒有什麼簽證，只憑這張指令，到了西貢就可以入境。這張指令在劉老眼中，不特是簽證，也是美金支票。

劉其偉在越戰以前，一向鬱鬱不樂，抬不起頭來，到了越南，臉上才顯出一絲微笑，而帶著一點驕傲的眼神，這是他照片中難得看到的。

劉老在西貢市租來的房子，3-1畫室就設在這裡。1966年。

越南時期以吉蔑浮彫為題材作水彩。1966年。

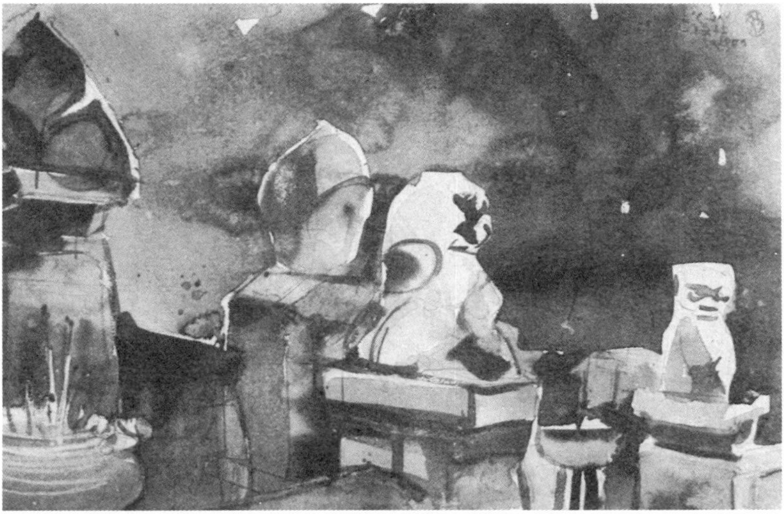

鴛鴦塚，西貢，1967

椰子樹，西貢1967

距西貢三公里以外的「三不管區」和小運河的水上人家，最能代表越戰時的貧民生活。無疑地這些地區，也是越共藏身的地方。他們經常會狙擊可疑的陌生人。劉其偉最喜歡到這種地方作畫。他的「越南戰地畫展」作品，就是在這些貧民窟完成的。

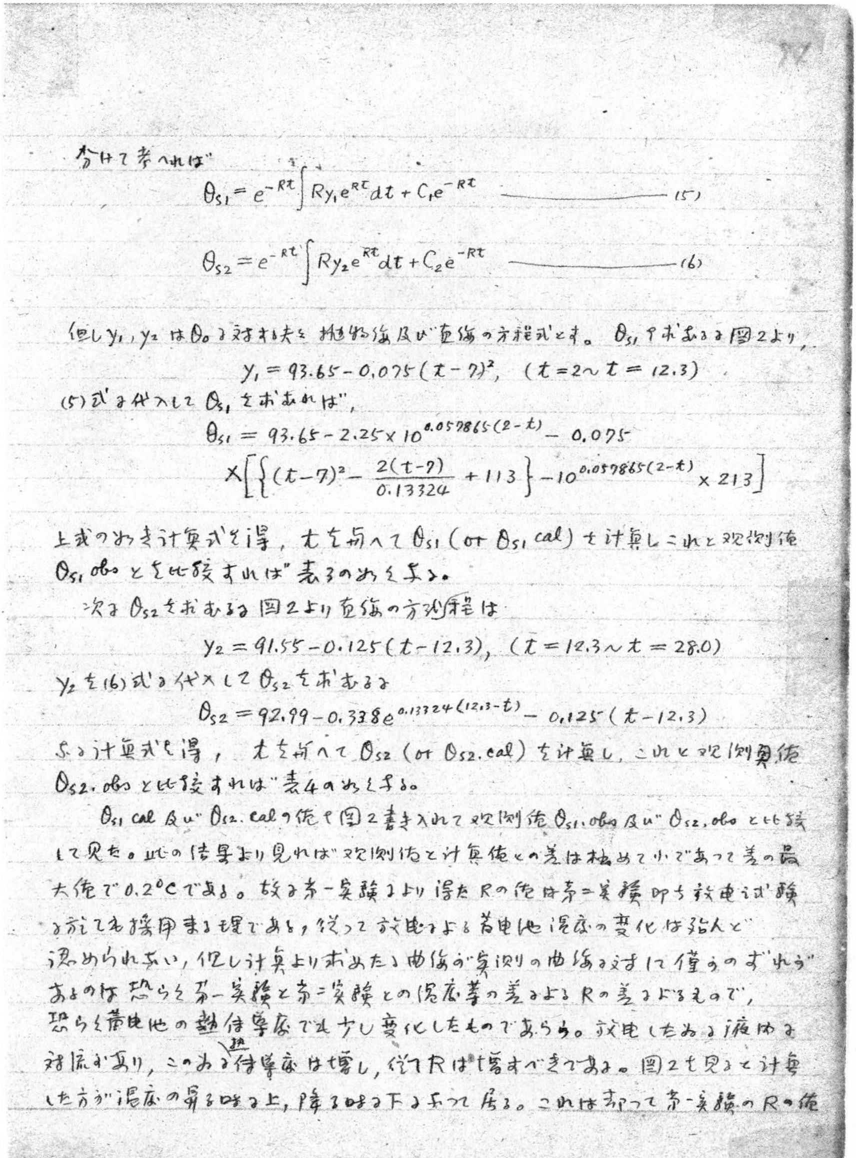
分けて考へれば

$$\theta_{s1}=e^{-Rt}\int Ry_1e^{Rt}dt+C_1e^{-Rt} \quad \text{———} (5)$$

$$\theta_{s2}=e^{-Rt}\int Ry_2e^{Rt}dt+C_2e^{-Rt} \quad \text{———} (6)$$

但し y_1, y_2 は θ_0 に対する夫々拋物線及び直線の方程式とす。θ_{s1} を求める為図2より，

$$y_1=93.65-0.075(t-7)^2, \quad (t=2\sim t=12.3)$$

(5)式に代入して θ_{s1} を求めれば，

$$\theta_{s1}=93.65-2.25\times10^{0.057865(2-t)}-0.075$$
$$\times\left[\left\{(t-7)^2-\frac{2(t-7)}{0.13324}+113\right\}-10^{0.057865(2-t)}\times213\right]$$

上式の如き計算式を得，t を与へて θ_{s1} (or θ_{s1} cal) を計算しこれと観測値 θ_{s1} obs とを比較すれば表3の如くなる。

次に θ_{s2} を求める図2より直線の方程式は

$$y_2=91.55-0.125(t-12.3), \quad (t=12.3\sim t=28.0)$$

y_2 を(6)式に代入して θ_{s2} を求めると

$$\theta_{s2}=92.99-0.338e^{0.13324(12.3-t)}-0.125(t-12.3)$$

なる計算式を得，t を与へて θ_{s2} (or θ_{s2}.cal) を計算し，これと観測実値 θ_{s2}.obs と比較すれば表4の如くなる。

θ_{s1} cal 及び θ_{s2}.cal の値を図2に書き入れて観測値 θ_{s1}.obs 及び θ_{s2}.obs と比較して見た。此の結果より見れば観測値と計算値との差は極めて小であって差の最大値で0.2°Cである。故に第一実験により得たRの値は第二実験即ち放電試験に於ても採用する理であり，従って放電による蓄電池温度の変化は殆んど認められない，但し計算より求めたる曲線が実測の曲線に対して僅かのずれがあるのは恐らく第一実験と第二実験との温度差の差によるRの差によるもので，恐らく蓄電池の熱伝導度でも少し変化したものであらう。放電したる為に液内に対流が有り，この為に熱伝導度は増し，従ってRは増すべきである。図2を見ると計算した方が温度の昇る時は上，降る時は下になって居る。これは却って第一実験のRの値

劉老的日文手稿。他說自己有雙重性格，作畫時像海盜大膽揮刀，搞工程時像細心照料寶寶的女人。

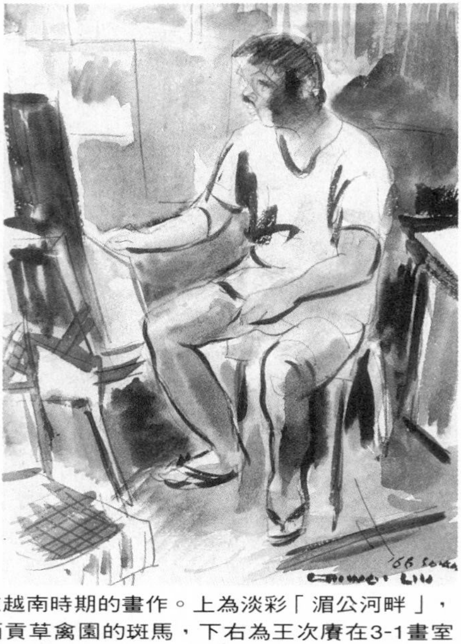

劉其偉在越南時期的畫作。上為淡彩「 湄公河畔 」，下左為西貢草禽園的斑馬，下右為王次賡在3-1畫室作畫的畫像。原畫均由省立美術館收藏。

王次賡是台灣農技團派赴越南工作的獸醫，他和劉其偉住在一起，劉其偉經常把他當模特兒。此畫現由省立美術館收藏。1966年作。

第三部

彩繪人生

「藝術的作家，不單求發現自己，而是求對自己的一種超越。」

在初研繪畫的時期，劉其偉在書篇扉頁間譯寫下這段話。

年近中年才習畫，卻是他在人生困頓中，力求超越的一股衝力。

劉其偉因作畫成名，

也因繪畫，開啓了人生更廣闊的天空。

小丑人生——自畫像，1990。
劉老原是一個平凡人，他自認胸無大志，因此在社會中只能扮演一個「小丑」角色。可是，他又曾經想過，如果會撒謊的話，也許一朝會成為顯赫人物也未可知。

第八章 與藝術初相逢

台北城中區，中山堂聳立在延平南路上，深褐色的層層疊樓，六個圓拱形的入門，依稀輝映其昔日的光輝歷史。民國四十年代前後，此處是台灣重要的表演、展覽，及集會場所。

相隔一條街外的寶慶路上，即座落著彼時劉其偉任職的台糖總公司。

民國三十八年的那一天，當他走過街來觀賞香洪畫展的時候，等於是一大步邁進了人生的另一重領域。

畫家誕生之日

中山堂的觀畫經驗，開啓了他的繪畫生涯。

「我走到那麼正式的地方，看到迴廊裡掛滿了畫，那種榮耀的場景，讓我很羨慕。」

朋友一句「人家香洪是工程師，你也是工程師，爲什麼不畫？」的問話，以及公職生活的抑鬱不得志，在在刺激了劉其偉，回去就買了材料紙張，開始作畫。

這是「畫家劉其偉」的「誕生」之日，沒有師承，全靠自修及努力。

直到今天，人們談起畫壇老頑童劉其偉，滿肚子好奇中最先蹦出的一個總是：從來沒有拜師學過畫，也不是藝術科班出身，卻能半路出家，從一個工程師變成成功的畫家，爲什麼？

「邱吉爾說過一句話，他說：『人生最好有個正當的娛樂，你必須把這娛樂當做一回事認真的做，即使不能變成財富，也可以擁有一個豐富的人生。』」民國八十四年盛夏，一羣來自國立師院美勞教育系的學生手捧木瓜來拜訪「劉老」，劉其偉露出老爺爺式的和藹笑容招呼他們落坐後，回答了這羣年輕人的第一個問題。

「像台灣有個人連小學都沒畢業，他因爲喜歡養蝦，就專心去研究，結果成了非常專業的養蝦專家，連國外都要來請教他。」劉爺爺繼續講故事，「前幾天我在電視上看到一個小女孩在彈琴，哇！後面是交響樂團爲她伴奏，她有這天分，只要努力，以後一定更了不得。」

我是天才兒童

話題再轉到自己，「我沒學過畫畫，但我喜歡欣賞畫。我是天才兒童，一畫就成。」又流洩了老頑童式的幽默，小小廳堂裡頓時滿座學子哄堂。

「天才兒童」的笑語中實則透露了劉其偉對藝術的啓蒙甚早，雖似無形，卻總在人生長路中如夜空星子不時閃現著慧黠的點點光芒。

「我小時候在百貨公司看到過好多顏料，我就好喜歡！」他還記得。推到更小的時候，「每次看我祖母做年糕，她在糕上面放些扁豆、紅蘿蔔，紅紅綠綠五顏六色的，很漂亮，我就覺得我祖母是最好的畫家。」

還有田野裡被雨洗過的青草，小動物身上斑爛的色彩，……種種畫面一如畫彩都塗抹在他的腦海深處。

在三十八歲正式提起畫筆之前，劉其偉已經蓄積了相當多的藝術能源。只待啓動。

劉其偉初始畫靜物，接著畫風景及人物。生活周遭的情景，總是最易有所感的，開始作畫的第一年，小兒子劉寧生還在襁褓中，溽暑季節奶娃兒趴俯而睡，露出了小屁股，模樣逗人，劉其偉以水彩捕捉這畫面，完成一幅「榻榻米上熟睡的兒子」。只是習作，但當他將這幅畫拿給師大老師趙春翔看時，趙春翔大爲讚賞，豎起了大姆指對劉其偉讚道：「天才！」

破船揚帆

這聲「天才！」無疑給了劉其偉極大信心及鼓勵，他發現自己不但喜歡畫，而且能畫。長久以來因爲生活困頓而覺得自己像艘無人理會的擱淺破船，此時，彷彿裝上了一具新引擎，可以在大海揚帆。

當時台灣畫壇風帆簇簇，有師承日本畫風的本省籍畫家如李梅樹等，有浸染歐美畫風的外省籍畫家如胡笳等，外省畫家中也有承襲中國山水國畫領域如張大千等。劉其偉沒有派別，但因是由香洪畫展而踏入畫界，也因此結識了香洪等水彩畫友。香洪畫風源自於抗戰時期一些留學英、法的大陸藝術家，因而引導了劉其偉早期多畫透明水彩。

選擇水彩入手，劉其偉其實也選擇了一項最容易、同時又是最難的入門路。他日後也曾自我分析：「水彩容易拿起，容易放下，所以對業餘作畫的人來說比較容易接觸，但是水彩也不好畫，一筆下去就難以更改。」

畫家舒曾祉就說過，「水彩簡便亮麗，也頗符合中國水墨氣韻與毛筆運用，然水彩畫易學難精，成就者寥寥。」

劉其偉日後能成爲這「寥寥」者之一，靠的是聰穎勤學及不斷求新。

躍升另一境界

年近中年才習畫，但他經常與香洪、張杰、李德、胡笳等畫壇友人相處，互相討論切磋；偶有空暇，就跑到師範大學美術系去請教專家。知名教授馬白水淋漓酣暢的風格就不時影響著他。「劉其偉聰明得不得了，很快就把他們的長處學到，一兩個翻身，已到另一個境界了。」名畫家姚夢谷曾這麼觀察到劉其偉的表現。

他的進展不能說不快。正式作畫的第二年，就以「寂殿斜陽」入選台灣第五居省美展，再一年，即舉行生平第一次畫展。

「新進水彩畫家劉其偉氏，在西門南亞沙龍展出處女作……。」民國四十年四月的新生報上，刊載了這則文教新聞。

同時由何鐵華、郎靜山等人署名評介：「從他的畫中便看到其人，是富於熱情、率直、明朗、親切的南方人，……其畫用筆較粗大而活潑，色彩明快，有熱力感，個性的表現很強。」

劉其偉鬱積已久的真性情，儼然在畫彩中尋得了傾洩的天地。原是借畫消愁，卻也因畫成長。他勤讀勤畫，廣泛涉獵各種繪畫理論及藝術資訊，不受拘束的個性及不是科班的出身，反而使他更能盡情吸收、揮灑，不畫地自限。

勤讀勤畫不自限

「我覺得畫畫不應只是技巧，更重要是思想上的東西。」離初拾畫筆的年歲又過了四十多個年頭了，現今八十餘歲的劉其偉溯及自己的畫路時，侃然説道：「因此之故，我在繪畫上對於自己一直感到不滿足，也因此我會比較勤快些。」

人到四十，原已躋於孔子所說的不惑之年，但當時四十歲的劉其偉，不以年齡自限，彷佛正登入浩瀚知識殿堂的青年學子，用熱力與虛心孜孜埋首尋求解惑。

「他不但一直保持著一顆童心，而且也很虛心，也許這就是他能一直進步的原因。他的虛心，是一種發自内心的虔敬，有些藝術家或許會因造詣不錯或有些特殊的成就就驕傲起來，但他不會。」劉其偉的老友，曾在民國四、五十年代與其同組畫會的知名作家兼畫家王藍，就如此觀察到。

劉其偉置身畫壇不久就初露頭角，不過限於生計，還是難以全力揮毫。彼時的台灣社會，溫飽是第一要件，賞畫買畫少有人爲，台北街頭更是看不到一家現代畫廊。有志藝術工作者多另有正職維生，行有餘力才作畫爲文，例如日後以畫荷聞名的張杰，當時專任教職；開啓劉其偉繪畫之路的香洪，在建築公司上班；與劉其偉相知相交的李德，做貿易謀生；劉其偉自身則歷任多項公職及軍職。

其間，隨著任職的台糖總公司遷居彰化溪洲，以及一度到新竹空軍基地爲美軍工作，遠離台北藝文圈，加上工作繁重忙碌，令他難以持續作畫。劉其偉算了算，「前後大概有六年，我和畫畫絕緣。」

活躍的畫會

誠然曲折，他終能歸於畫路上。民國四十八年，他和多位繪畫同好合組「聯合水彩畫會」，香洪、胡笳、吳廷標、張杰……一羣畫友加強切磋。到民國五十二年，這畫會改稱「中國水彩畫會」，加入的畫友也逐漸增加，人緣頗佳的劉其偉還曾擔任畫會的副會長。

畫家王藍早年以小說著作聞名，後來也加入此畫會拾起畫筆，他始終記得，包括劉其偉在內的畫會人士對他影響很大。「那時台灣的畫會很少，我參加他們每年的年展，還記得多半是在春節前後，就在新生報大樓，他們一直鼓勵我作畫。」而今長年旅居美國，偶爾回台見見老友的王藍翻起了畫册回憶。

在當時文化土壤尚不肥沃的台灣，這個以四十年代後大陸來台畫家爲主的畫會堪稱活躍。時任國大代表的王藍接任水彩畫會會長後，更曾安排畫會到菲律賓、香港等地進行國外展覽，頗受注目。在民國五十幾年台灣的二十多個畫會中，中國水彩畫會是擁有會員最多及最龐大的學術研究團體之一。

有了畫會的外在互動，呼應著劉其偉內在的作畫欲求，他創作日多。就像荷蘭畫家梵谷愈在窮困潦倒中愈是執著於作畫，劉其偉在生計困窘中傾注熱情於畫稿，不過比起梵谷這位在三十七歲自殺之前只賣掉一幅畫，終其一生從沒正式開過畫展的大畫家而言，三十八歲才正式習畫的劉其偉算是幸運許多。繼民國四十年的首次個展之後，民國四十九年到五十四年期間，劉其偉年年有個展或聯展。

尤其民國五十六年自越戰歸來展出的越南戰地風物展，更是一次精采豐富的成果展現。

豐收的越南時期

「我畫畫幾十年來，屬越南時期進步最快。」劉其偉在八十四歲那年如此論斷。原因是，「不用像以前那樣省，我敢糟蹋很多材料，敢用，敢試！而且因爲到一個陌生地方，一切都是新鮮的，又有新的希望，情緒一直是非常愉快的。」說到這，蒼勁的手不覺緊緊握成了拳頭。

在戰地，居斗室，他卻能怡然自組「3-1畫室」。成員除了室友王次賡，還有鄰近喜愛繪畫的華人，大家平日作畫，擇時共聚，把所有的畫都攤在地上，一起品評。評論時，總是年紀最大、被尊稱爲「大師」的劉其偉意見最多。

他也作畫最勤，不論白天晚上，不論城區郊野，只要得空，幾乎是「不顧性命」地畫。迷上中南半島的古文明藝術，劉其偉再度發揮無師自通的勤學本領，搜集素材、翻查字典、研讀資料。別人在戰火中耗盡了歲月，甚至生命，他卻能在越戰中掌握了時間，淬礪琢亮了藝術生命。

劉其偉在越南所畫的素描簿，單單他「撿剩」不要的就有厚厚的六、七本，裝箱返台時他捨下了這些本子，卻被「獨具慧眼」的王次賡給偷偷收拾，帶回保存起來。民國八十三年的歲末年終，王次賡帶著一盆年節應景的水仙花來探望老友，聊起這段軼事。劉其偉記起那批手稿，想向老友買回，王次賡笑言不肯，「這可值錢得很！」窗外冬雨紛飛，兩個相交逾三十年的老人在回味往事間巧拌著嘴……。

展出備受矚目

越戰期間所繪的部分手稿由王次賡珍藏著，而大部分的劉其偉傑作則在民國五十六年七月間，首度展現於台灣藝文界。翻開那一年泛黃的報紙，包括《中央日報》、《徵信新聞》、《聯合報》、《新生報》、《大華晚報》等各家報刊，都登載了劉其偉越南戰地風物水彩畫展於國立歷史博物館國家畫廊展出的消息。

自越攜回的二百多件作品中，劉其偉精選出五十一幅展出，湄南河畔、水上市場、平東水鄉、曼谷世皇橋、西貢墳場等南洋景象，以及溼婆的膜拜、嘉露達神像、路那族之征等取材自占婆與吉蔑兩個古老民族的藝術景象，盡令觀賞者矚目。

《中央日報》新聞稿刊載：「中國畫學會總幹事姚夢谷說，劉其偉這次畫展中的畫，不僅顧及色彩，對水分也運用頗佳，尤對空白運用，富於中國傳統的精神，劉其偉更以小乘佛法壁畫趣味、色彩，顯出了一種特殊情形，有印度文化色彩，也有華夏文化色彩，因此，劉其偉的畫，在構圖與情調上，均耐人尋味。」

幾家報刊上刊登的劉其偉近照，皺紋已鏤刻上額頭，但頎長的面容上笑意隱隱，叼著菸斗的嘴角微揚，眉宇間似也舒展著蕭灑二字。這一年，他五十六歲。

名揚藝壇

而這一次的畫展，也使得他在藝壇的聲勢上揚。

持續到民國五十八年，是劉其偉豐收的一年。先是受聘爲文復會及歷史博物館合辦之「第一屆全國書畫展覽會」的評審委員——由參展者躍升爲評審者；繼而受聘擔任政工幹校藝術系的兼任教授——由一個非科班出身的作畫者躋升至大專院校校藝術科系授課；並且獲得中山學術文化基金會頒贈的第四屆中山文化創作獎。

同年，劉其偉累積十多年習畫經驗的散記文章集結出版，書名是他極爲心儀的三個字：「樂於藝」。

香洪（左）是台灣早期的建築師，他與名建築師王大閎合作過多年，台北國父紀念館就是他們的作品。劉其偉年紀比香洪大，可是香洪不殊是劉老的啓蒙老師。除了香洪以外，當年師範大學的馬白水、趙春翔、朱德羣以及台南的張炳堂、馬電飛等幾位教授，也是劉老經常請益的大師，由於志同道合，現在已成為摯友。1956年與香洪攝於台糖大樓。

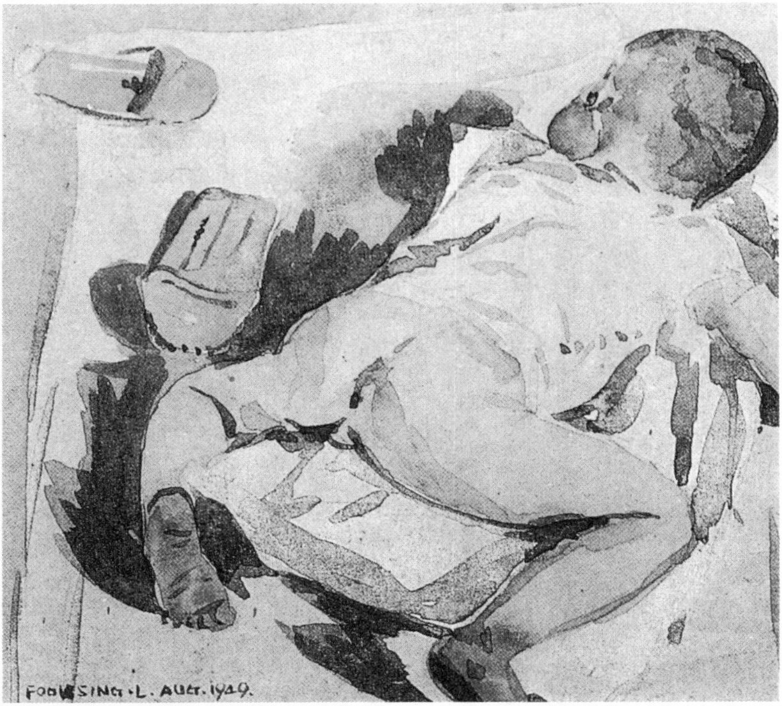

劉其偉當年自修繪畫，經常拿兒子當模特兒。這是畫他老二熟睡的模樣，也是他第一幅人物畫，他曾經拿到師大給趙春翔教授看，趙老師舉起大姆指對他說：「天才！」

第九章　譯介西方繪畫觀念

「民國五十年代以後，台灣與西方文化的接觸面擴大，帶來了更多的西洋繪畫史料及其他有關資訊。促成了藝術新潮的源源流入。掀起了國內研究西方近代繪畫的高潮，這種高潮不但影響了大專院校美術科系的學習環境，也灌溉了學院門牆以外的園地。使有心要學習的人，可以根據自己的方式，經由印刷品與專門著述吸收先進的繪畫觀念與技術。導致獨立研習風氣的興盛，也因而產生了自學有成的畫家。劉其偉就是突出的代表人物。他之突出，不只是基於個人創作的出色，也是繪畫理論的熱心譯介者。」

台灣中生代畫家兼文化評論家林惺嶽的一篇文章中，有這麼一段文字，清楚而真切地點出了劉其偉崛起於畫壇的時代背景與卓然定位。

畫筆譯筆交錯

與大多數畫家不同的是，劉其偉可以說是一手拿著畫筆，另一手拿著譯筆，交錯運用地闢出一片畫路的。

他勤學、勤畫，也勤讀書、譯書，在那個台灣殷殷望向西方重鎮以澆灌遍地飢渴心靈的年代，他憑藉嫻熟的英文能力及用功的求知態度，源源挹注西洋藝術文化資訊於國內。

那個時代，台灣資訊控制嚴密，市面上一般只見得到《TIME》、《LIFE》等美國雜誌，偶爾在舊書攤上可尋得一些過期的外文期刊。這些都是劉其偉重要的「食糧」——不只是精神食糧，也是物質食糧。

他認真研讀，融會貫通之後，涵攝爲學畫根基及自身學養，也吐納爲翻譯文章，投稿於相關刊物，賺取稿費貼補家用。

「我有很多書，翻開來我孩子都嚇一跳！」劉其偉的書本上常密密麻麻做滿筆記，或是剪報運用，他讀得徹底，也用得徹底。

話鋒一轉，他又不改老頑童的促狹自嘲說：「我買一本上千元的書回來，沒多久就寫出東西寄出去，幾個page就賺回來啦！」

譯介西方藝術思潮

初期文章發表在任職機構台糖公司出版的《台糖通訊》上，後則觸角漸廣，園地日增。劉其偉在民國五十二年二月號的《中學生》雜誌上談〈怎樣欣賞水彩畫〉，在五月號的《大學生活》期刊上寫〈略談現代繪畫〉，前後十來年間，在《皇冠》、《徵信新聞》、《建築與藝術》……各類大小期刊上，譯述西洋藝術思潮的演進、中西繪畫的比較、原始藝術的初探，以及個人習畫的經驗心得等。

譯介日豐，甚且集結成《樂於藝》、《藝術零縑》、《水彩畫法》、《現代繪畫基本理論》等書籍出版。劉其偉涉獵廣泛，文詞懇切，字字句句如點點甘霖澆灌著那個年代渴求西方文化訊息，以掙脫苦悶的文藝青年。

國立藝術學院教授林惺嶽在民國七十一年發表的評述中有此一段文字，相當透徹的道出劉其偉與眾不同的貢獻：

「他之研究西方近代繪畫，似乎不是用來反擊本土的傳統，也不是爲提倡某種主義或推行某種急進的運動。他可以說是基於好奇與求知的動機，廣閱羣書，全面而有系統的涉獵。幾乎從印象派以後所持續產生與不斷興起的繪畫派系，都沒有遺漏。廣泛透穿與閱歷，造成他的博聞而不尖銳。因此在保守與革新針鋒相對的白熱化時期，他不是一個鋒頭的人物，也不對熱門爭論的題目，發表推波助浪的意見。只是默默潛修沈習，將他直接取之於外文書籍的心得，翻譯整理成書出版。這在五十年代以還的理論拓荒時期，是異常可貴的譯介工作。」

理論拓荒期的貢獻

評析一向犀利的林惺嶽並且指出，劉其偉「他雖然不是科班出身，但他在繪畫理論方面的眼界與素養，實比一般大專院校美術科系的教授，更具學院的水準。」

那時捧讀劉其偉譯述的少年學子，在九〇年代的今天，多已成藝壇中堅或是杏壇執教的美術教師，繼續將藝術的種子代代相傳。

談及此，劉其偉也坦承，「爲什麼我和台灣畫壇一直很融洽，很多畫家雖然沒見過面卻也很熟，就是因爲他們多半告訴我，在中學時代他們就念了我的書。」

可是這位畫壇耆老卻始終不認爲自己有多大貢獻，甚至還屢屢自曝昔日窮困的難堪，「翻譯可以賺錢啊！當然我也喜歡做，我不是爲了什麼教育目的或推廣藝術，現在很多人說我很有貢獻，但當時我根本不知道這些，也不爲這些，就是喜歡做嘛！

「很單純，我會寫、會譯，就順便出書嘛。找不到出版社，就自己開一家來出嘛！」

話雖輕描，但細讀劉其偉昔年著作的篇章中，依然可深刻感受到其傳達讀者的用心態度。

養成專心的習慣

在民國五十七年於《自由青年》解答〈怎樣才能把畫畫好？〉的文章中，劉其偉告訴讀者：一幅水彩的成功，猶比做人。有了抱負，還要看自己是否立下了決心。要把畫畫好，除了學習「專心」，別無他途。

劉其偉繼續告訴讀者，「養成專心的習慣，最好的開端，便是撇開無益的交遊，孤獨自處。在寂寞中，你便可以經常專心作畫。除了默默不停練習而外，也得要有學養，以爲輔助知識。」因此他教人要閱讀書籍，做筆記，重思想，將生命賦與在作品之中。

劉其偉一生轉折多，繪畫、寫作、人類學研究，件件有興趣，又能件件做出門道，問他何以能如此?他即道出：「我可以很專心。」例如翻譯寫作時，周遭再吵，他皆置若罔聞，專注於眼前篇章，若有人在這時找他，他必定需要好幾秒鐘才能自專注中抽身回神，與對方交談。

當年他譯述文章日多，公餘之外，並與友人合作開了一家「歐亞出版社」，甚且一度辦了一本《現代兒童》雜誌。「我爲了辦兒童雜誌，到書店把日本人留下的百科全書都翻出來，找資料，那裡面有關於文學的、勞作的、科學的，還有歷史故事、神話、寓言……」，劉其偉依然一秉認真投入。在《東方少年》等青少年讀物尚未問世的年代，劉其偉所辦的兒童雜誌堪稱先聲。

兒童雜誌夭折

那是他在台糖工作的時候所爲。劉其偉中年有夢，而且築夢殷切，奈何夢醒得太早。彼時台灣出版界仍處於「想害誰，就叫誰去開出版社或辦雜誌」的荒蕪時期，《現代兒童》雜誌只出了七期（七個月），就缺錢難以爲繼。出錢又出力的劉其偉因此欠了一身債，「後來，我看到萬華很多地攤在賣我們的雜誌，害我都不敢到萬華去。」時隔近四十年，向來豁達的劉其偉談及彼時也不免落寞心悸。

「歐亞出版社」後來也不了了之，「那時我們在郵局的劃撥帳號才只有四個數字，現在，你看都一長串數字了。」畫壇老將算起來也曾是出版界老前輩，只是話說當年，已不忍回首。

出版社乍如明日黃花，但劉其偉在民國四、五十年代譯介出版的作品，卻亙貫歲月，影響遙遙。

現今台灣知名畫家吳炫三就曾提及，他在高中時代讀過劉其偉寫的《水彩畫法》，還在舊書攤上買了好幾本《樂於藝》，「不但受益於它，而且還分贈他人。」

影響深遠的譯作

劉其偉譯書中，最爲人熟知的即是翻譯自美國著名水彩畫家奧哈拉

（O'Hara）著作的書籍《水彩畫法》。而今台灣畫界常有人樂道，在初探水彩領域時，《水彩畫法》是早年罕見、甚且唯一的中文入門書。

劉其偉在民國四十二年翻譯此書，從習畫的意義到水彩的簡史，從技法講解到理論分析，宏觀微觀兼具。在台灣尚不識著作權法的年代，劉其偉並致函美國予奧哈拉洽詢。在華盛頓開設美術學校，並曾攝製多部專供授習水彩的影片，致力水彩教育的奧哈拉本人也親筆函覆劉其偉，感謝這位遠在台灣的譯述者對他的著作發生興趣。

《水彩畫法》一書長銷多年，至民國六十二年時，劉其偉再度整編舊版，加入新近翻譯在賓州及加州大學任教的Chomicky教授及Armehein教授兩人相關著作，同時靈活運用簡介台灣及國外畫家的水彩畫作，再編著成新版的《水彩畫法》。「直到目前爲止，《水彩畫法》依然是國內所有關於水彩畫的譯書中，思想層界最廣的一部書。」民國七十一年時有人如此評價。

此外，民國五十九年由歐亞出版社出版的《現代繪畫基本理論》（民國六十四年後改由雄獅圖書公司出版），也是一本新穎周詳的繪畫入門書，引人得窺藝術自十八世紀的古典主義到十九世紀寫實主義及印象主義，以至二十世紀以降現代繪畫各式流派的衍伸流長。

彼時，劉其偉白天在公職擔任工程師，夜裡則化身文化傳播者。案頭上放的是，《Art Now》、《Art as Image and Idea》、《Foundations of Modern Art》、《The Painter's Eye》、《Painting in the Twentieth Century》、《Psychology of Modern Art》……多種外文書籍，他埋首其中，振筆疾書。

在《現代繪畫基本理論》一書的結語中，劉其偉寫下：「現代繪畫不是消極的，也不是屬於偶然的產物。實在是由於近代生活對它有所急切的需求才產生的。現代繪畫給與觀眾的，一部分雖然是在試探新的美學和它的價值，但亦有一部分扮演著文學或音樂一樣的角色，給與我們以震懾，提醒我們到底生存在怎樣一個危機四伏的世界裡，而喚起我們的警惕、奮發與同情。」此段話，無疑也是劉其偉的人生體認。

在這本譯書中，劉其偉已初涉原始藝術的篇章，似乎隱約預言著他日後自此溯源至人類學調查研究。同時在書中，他也直言非常喜歡瑞士畫家保羅·克利（Paul Klee）的繪畫風格，多次介紹到其繪畫理念。

心儀大師克利

「有一個號稱記號魔術師的克利，他的作品對我們所產生的感覺，都是如夢似煙，他用線條所組成的記號，令你好似在神話世界裡所看到的景象。他認爲藝術是『可能與實現』的另一世界，他的設色使空間崩潰和再生，畫面好比在演出一齣悲喜劇，各種超現實風格之中，他的繪畫是我最喜歡的一種。」

人生經常上演悲喜劇的劉其偉，在克利的繪畫中看到了一個迷人世界，並且深受其影響。克利是二十世紀初期活躍於國際畫壇的人物，人稱表現主義大師。第一次大戰時曾入伍服役，戰後產生了其創作第一個高潮期。世事巧合，劉其偉也一如這位崇拜對象，因戰爭（越戰）而引發了自己繪畫的第一個高峯。

台灣畫界人士分析劉其偉的繪畫風格時也多會指出，劉其偉自七〇年代以後的畫風明顯受到克利的影響，尤其是在符號的運用上，以及畫面中充盈的詩意及奇趣上。

不過雖然劉其偉最心儀於克利，但其作畫並不定於一尊，也從不因此畫分派別，自我侷限。如同他譯介各式西方藝術思潮源源匯流入台灣，他也悠游於這片浩瀚藝海，廣納吸收。

「我對藝術沒什麼偏見，反而主張要把偏見拿開，先去全盤了解，這比自己有個主張更重要。」劉其偉耿直道出其對藝術流派的看法，「所以我翻譯各種派別的書，知道所有的派別爲何，知道別人爲何這樣做，而不要先馬上去下一個定論。」

先把器度放開

他認爲，學術界常有意見不一的爭論，畫壇也是如此，「任何學問都難免爭論，但最主要先把器度放開，對事情的了解才多。」

依然是林惺嶽對劉其偉的評析鞭辟入裡，「以他的外文能力及對當代繪畫的見識，他大可以扮演國內繪畫現代化運動的主流人物，但他一直置身事外，也從不揭立鮮明的旗幟，可見他對繪畫運動家的角色，興緻缺缺，只潛心於繪畫創作家的事業。」

器度放開之後，自然如江河匯百川，各類藝術思潮源源不絕，沖刷激盪，劉其偉這位藝壇的自學者及耕耘者，由於「能直接吸收當代繪畫的新潮，並透過全面而系統性的認知來引導他的創作」，其灌溉了畫壇，也造就了自己。

自此他穿行畫路四十年，自是進程宏大！

第十章 穿行畫路四十年

民國八十五年開春，一項盛大的國際性書展在台北世貿中心舉行，觀者如潮。擁有二十五年美術出版豐厚歷史的雄獅美術圖書公司在現場豎起了偌大看板，以珍貴照片歷歷呈現「雄獅美術二十五年風雲人物榜」，其中第一張，攝於一九七二年，照片中人正是劉其偉，戴著眼鏡坐於窗下，凝神揮筆，身旁數名年輕人佇立環繞。

那是雄獅美術一周年社慶活動時的戶外寫生。爲了激勵年輕人對藝術的愛好，數十年來劉其偉總是率先示範。《雄獅美術月刊》創刊於民國六十年，也就在那一年，劉其偉自聯合勤務工程署設計組工程師的職務退下，正式告別大半生的軍公職生涯，全心投入藝術創作。

那年劉其偉邁入六十歲，旁人的退休之齡，古人所謂的知天命之年，劉其偉則積盈了二十餘年的繪畫經驗，向畫界高峯邁去。

彼時畫壇皆知曉這麼一位「年長」卻一點也不「老」的畫家。在他進入六十歲的前一年——五九年作品展時，報上即評析：「就劉其偉的年齡來說，絕看不出能畫出如此有衝力的畫，畫中不保守，更不在技巧上偷懶，他的畫正如其人，謙虛而無霸氣，充滿了對人之愛心。」

生命的熱力依然衝貫，只是昔日的怒目少年與落拓中年，至此已漸化爲慈眉「劉老」。也在六十歲那年，劉其偉與一羣朋友將倡議經年的藝術學苑構想，付諸實現。

為藝術興學

也許是有心分享自學繪畫的歷程，也許是有感於許多人無法一窺藝術堂奧，無論如何，劉其偉發現當時台灣雖有不少學校設有藝術科系，但是每年志願投考藝術科系的學生仍超過錄取人數十倍之多，遺珠不少，於是他和多位畫界、攝影界、建築界，以及工業界的朋友，合作在民國六十年八月創立了「中國藝術學苑」，供有志者多一條學習及就業之路。

這個藝術學苑設有繪畫、建築繪圖、攝影，及美術設計等科，劉其偉並擔任班主任，廣邀名家授課。只是或許是理想敵不過現實，又或許是大環境仍難以支持這般民間興學，中國藝術學苑維持了兩年多，即宣告結束。

劉其偉爲藝術興學的夢想暫告一段落，但其大膽嘗試、多方好奇的性格，仍持續貫注在其往後的繪畫創作上。

他曾親手寫下：「藝術絕非一種平穩不變的事，也不是生活的附屬品。它是一種冒險，一種賭注，它是把既知的真實的限界，予以擴充和發展。」

自小即嚮往海洋探險的劉其偉，一生遭逢無數險路，後半生選擇了繪畫，無非也是一種冒險。不過這條畫路上的冒險，少了生命的威脅，多的是人生無限的可能性。

畫材多樣

一如他在畫材上的嘗試，極富多樣性。「一個藝術追求者，應該有勇氣多方面嘗試。就拿水彩畫紙爲例，不管什麼紙，我都試過。」劉其偉曾表示，「我反對太保守，試一試總不會有什麼壞處吧？」因此凡是能使畫面產生特殊效果的材料，包括棉布、水彩顏料、壓克力顏料、粉彩、石墨、蠟筆，甚至牛膠、樹脂、酒精、甘油、漿糊、食鹽、爽身粉、咖啡渣及金銀粉等，都在他試驗之列。琳瑯滿目，一如其畫作的繽紛多姿，人生角色的幻化多元。

劉其偉作畫重情、重思考。他常常說，一個小女孩寫的家書也可以是一篇感人的好文章，或許文句並不流暢，但字裡行間真情流露，就足以令觀者動容。繪畫亦然，最重要的不是技巧，而是如何傳遞一分真摯與感情。他更嘗言：「創作的成分，除了需要人家給你打氣外，自己還得有『愛』。」

如此思路下，他在民國六十年代發展出一套「抒情繪畫」的作品。以繪畫理論而言，劉其偉抒情繪畫的作品是「游離於『絕對』繪畫和自然之間，或介於抽象和具象的迷濛境界」。簡言之，他是藉著如此畫風抒發個人的感情，畫中描繪的不是大自然的外形，而是以半抽象的形態表達個人的感受。

劉其偉最著名的畫作之一，也是他至今最滿意的作品「薄暮的呼聲」，最初即是發表在這一時期。藉著貧窮祖孫與婆憂鳥的故事，傳達他始終懷念自己祖母的綿綿親情。

有段時期劉其偉完成畫作的同時，也喜歡在畫的一旁書寫文字——是一則小故事，也是一段發人省思的短文。

發人深省的文字

像一幅題爲「馬尼拉的馬車」的作品，畫面上不見馬車，只見三隻身影相疊、看不清表情的馬匹，畫旁則寫著：「如你到過馬尼拉，曾否細心觀察過那邊馬車的馱馬？——四蹄如何地踏滑在石子路上，輪子又如何地從一條石縫中拖出，繼之又陷在另一條縫。當我看到這種痛苦的情景時，……。」

又如一張畫布上顏色深沈，一團黑色的貓影占掉大半畫幅，畫名「不捉老鼠的貓」，畫旁有一段寓言式的文字：「『烏狼』是隻大公貓，牠不捉老鼠。後來牠長得太胖了，主人把牠送到貓學校。校長說：『烏狼怎麼不捉老鼠，一定不知以捉鼠爲榮。』因此把牠和其他的貓放在一起。他說：『讓他學習學習。』但他毫無把握；如果這個方法不靈的話，校長先生馬上就增加一羣不捉老鼠的貓了。」

八〇年代以後，七十幾歲的劉其偉開始畫了幾幅自畫像，他依然不忘在其中一幅旁邊寫著：

「我給別人畫了很多『像』，但很少給自己畫『自畫像』。爲什麼？古代建築師建造廟堂，原是用來紀念國王、英雄和宗教的，但是，最後所紀念的人，還是他自己。」

綜覽劉其偉彩筆下的世界，迷濛瑰麗中令人時感溫馨動人，有時又覺心酸襲人，甚至辛辣刺人。而這就是劉其偉！也正是劉其偉畫作廣受歡迎的重要原因。一家專業藝術期刊即曾評論，劉其偉「擅長以半抽象的形式，把可見的現實世界，透過藝術的想像，加以簡化、變形，幻化成一具有原始純真的神祕世界。」畫家的心緒在這神祕世界中得到撫慰，觀者也在這神祕世界中獲得想像的馳騁和心靈的沈澱。

繼民國五十年代末期自越歸來的「中南半島系列」之後，此後二、三十年間，劉其偉陸續有「二十四節令系列」、「十二星座系列」等作品廣受矚目。劉其偉風格亦逐步在台灣畫壇奠下不容抹滅的地位。

畫心中的東西

不論畫布上呈現的是何題裁，是具象或是半抽象，劉其偉的畫鋒常透人心。因爲他始終服膺克利的繪畫主張：「畫畫，不是畫你所看到的，而是畫你心裡所想的。」早期作畫是如此，近期與年輕朋友談起繪畫，他依然是如此與對方互勉。

藝術無國界。民國八十四年在馬來西亞吉隆坡，與台灣畫壇時有交流的華人畫家談起劉其偉，即能感受到其畫風之要旨。「一般畫家多只是反映大自然，而他完全畫他心中的東西，畫裡有他人生的思維。」不講話時顯得有些嚴肅的畫家兼美術教師黃乃羣，一開口即切中劉其偉畫作的特點。

另一位有數十年作畫經驗的華裔畫家張耐冬，其新近遷居的畫室牆上就掛了兩幅劉其偉的畫作。「我最喜歡他八〇年代的作品，」張耐冬指指那兩幅斑馬及鳥，「爲什麼？因爲自然，而且很寫意。」

薄暮的呼聲

八〇年代，可以說是劉其偉畫界進程中的一個重要代表時期。進入八〇年代的前夕，「薄暮的呼聲」孕育而出，在台灣藝評家倪再沁所著的《藝術家與台灣美術——細說從頭二十年》一書中，作者即指出：

「劉其偉，人稱其老（豈老），一九七九年的『薄暮的呼聲』是他歸真返璞的開始，是他由能品、妙品進入逸品的開始，不言偉大，不涉本土，他像是現代畫壇裡的『原住民』，什麼民族、地域、潮流都和他無關，他像那些『初民』一般，以最凝結的天真，浸潤我們這些太過文明卻枯竭的心靈。」

倪再沁這本書出版於民國八十四年，劉其偉看了這段文字，無意於其中關於自己的讚譽，卻對字句間顯現出他始終沒有被納入台灣畫界傳統道路之中，覺得深有所感。

「我就是個化外之民。很絕！但我根本不在意納不納入，因爲我忙得很。」這位年近四十才習畫，而今作畫經歷也超過四十個年頭的老畫家聳聳肩說。

綜觀劉其偉四十餘年的畫路，至今享有盛名，卻也始終像個台灣畫壇的化外之民。因爲他不善攀附潮流、搖旗吶喊的個性，也因爲他自研學畫，並非科班出身的背景。

從電機工程師成爲作畫者，劉其偉在繪畫領域中沒有受過一絲學院派的訓練，他的作畫主張甚且還一反學院教育中以臨摹入手、以畫石膏像爲本，以及師生一脈相承的學習方式。他以不限派別、廣納吸收入門，也因此造就了自己可深可廣的藝術生命。

無門派之況味

然而自古文人相輕，流派匯聚造成山頭林立，台灣藝壇亦不免如此。劉其偉這般背景及態度固然使其不致陷入流派之爭，但相對而言，「半路出家」又是「無門無派」，有時也難免遭到排擠之況。

素來不喜道人長短的劉其偉對此總是不願多談，然而至親好友的關懷話語間，依稀可令人感受到他的耀眼畫路背後仍夾雜著多舛困途。

「爸爸是一輩子都很辛苦的人，雖然說多采多姿，也跑過很多地方。」次子劉寧生曾語氣略帶不忍與不平的說：「他做過的行業中，因爲他不是科班出身，誰會承認他？」

在新加坡郊區的地鐵站附近，民國八十四年夏初，與劉其偉在七〇年代即相識的畫家劉培和，探問起這位十來年未見的老友：「他這幾年心情可好些了？」因爲劉培和約略記得當年的劉其偉外表雖嘻笑迎人，但心底始終鬱鬱似有不平。

自成招牌

儘管有此阻難，卻不能限制劉其偉在畫界上的屢屢進程。隨著其辛勤創作，畫路二十年、三十年、四十年回顧展的舉辦，劉其偉已逐步自成台灣畫壇一塊響錚錚的招牌，一處屹立不搖的絕妙山水。

「劉老的藝術，我們幾乎看不出他的技巧，我們總是被他的主題和畫面吸引而忘了他的技巧。」這是作家林清玄的感受。

「劉其偉的水彩畫非常靈巧有趣，不時流露天真與詼諧的氣質，沒有學院的嚴肅固執，也不像時下水彩畫家喜歡一瀉千里的沿用固定的技巧。創作技法則幾乎遍嘗了當代世界水彩畫壇裡流行過的許多方法。」這是畫家林惺嶽的評述。

「其老的畫，論題材，可以說得上是平凡無奇，畫來畫去大多是花、木、鳥、獸、蟲、魚，但是，其造形之可愛，其色彩之典雅，其情趣之雋永，其意味之深長，卻常教賞畫的人愛不忍釋。」這是師大教授劉文潭的觀感。

「他的畫徹底解放了『知性』與『感性』的分野，不但具較高品質的思索性與生機勃勃引人入勝，而且幾乎都顯有他個人的特色並刻上劉其偉的商標。」這是詩人兼畫家羅門的評析。

跳脫科班格局

劉其偉所展現的，已跳脫是否出身學院科班的格局。

如同新加坡南洋藝術學院教務主任陳彬章對他的觀察：

「劉老雖非科班出身，但他內心有美的存在。再加上他的人生閱歷，他的作品出來，一句話——就是『誠』。」

在已有五十七年歷史的南洋藝術學院，說話和身形一樣厚實豪氣的陳彬章以行家的口吻指出，從事藝術創作，第一講天分，第二重努力，第三，也是最重要的，就是內心有沒有美的存在，夠不夠真誠。而這些，他在幾度來南洋講學、作畫的劉老身上，都見識到了。

真誠形於內，開創形於外。劉其偉穿行畫路四十餘年，贏得眾人一致推崇讚佩的，即在於其始終不變的真誠入畫，及致力開創。

開創畫材、畫題，也開創視野、閱歷。他勇於嘗試、不受侷限的冒險性格，使他自工程領域一腳跨進繪畫殿堂之後，又再度一腳採入人類學的研究之境。

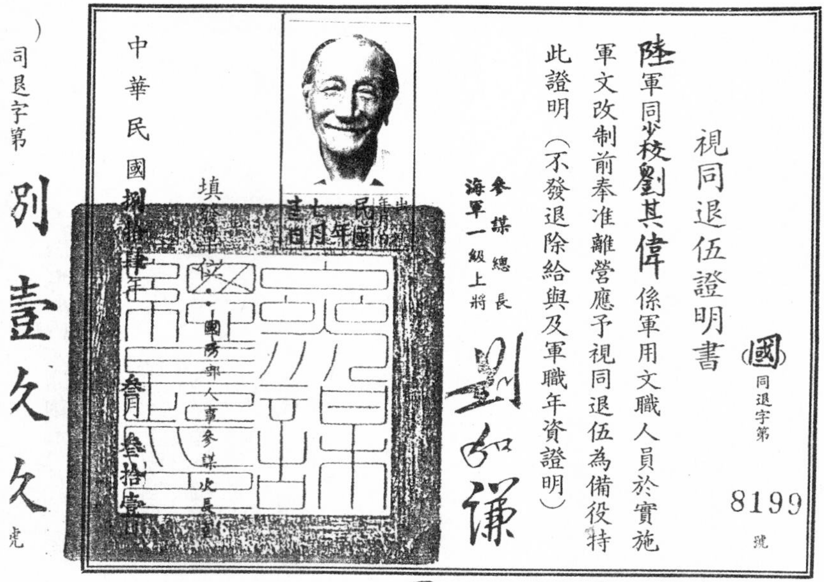
視同退伍證明書

國 同退字第 8199 號

陸軍同少校劉其偉係軍用文職人員於實施軍文改制前奉准離營應予視同退伍為備役特此證明（不發退除給與及軍職年資證明）

參謀總長 海軍一級上將 劉和謙

中華民國捌拾肆年

填發

國防部人事參謀次長

F102884886 ：碼號證分身

劉老的退伍證件。他擔任大半輩子的軍職，他說他的同僚可能早已從小兵升到三星上將了，可是他這次退伍只升到少校，但他很心滿意足。現在他不和人握手，逢人都行軍禮呢。

國民政府軍事委員會任職令

茲任劉其偉為軍政部兵工署第二十五工廠工務處第五製造所軍薦二階技術員此令

委員長 蔣中正

中華民國三十二年　月　四日

二次大戰時期軍事委員會發給劉老的任職令。

南投牛耳公園裡陳尚平給劉其偉所塑的原寸彫像。劉老對遊客說：「請你們不要誤會，它不是什麼偉人像，它只是藝術家陳尚平參加比賽的一件得獎作品。紀念的是陳尚平，該讚美的人是他。」

（楊孟瑜攝）

第四部

探險生涯

就像拿起畫筆一樣，劉其偉憑著一股興趣和一份認真，
揹起行囊到台灣高山，到海外叢林進行文化人類學研究。
已是七十幾歲的高齡，
還埋首中研院，台大等學術研究單位廣覽資料，
還遠赴婆羅洲、紐幾內亞蠻荒之地從事田野調查。
不畏生死，
只為了生命中的動力，做人生該做的事。

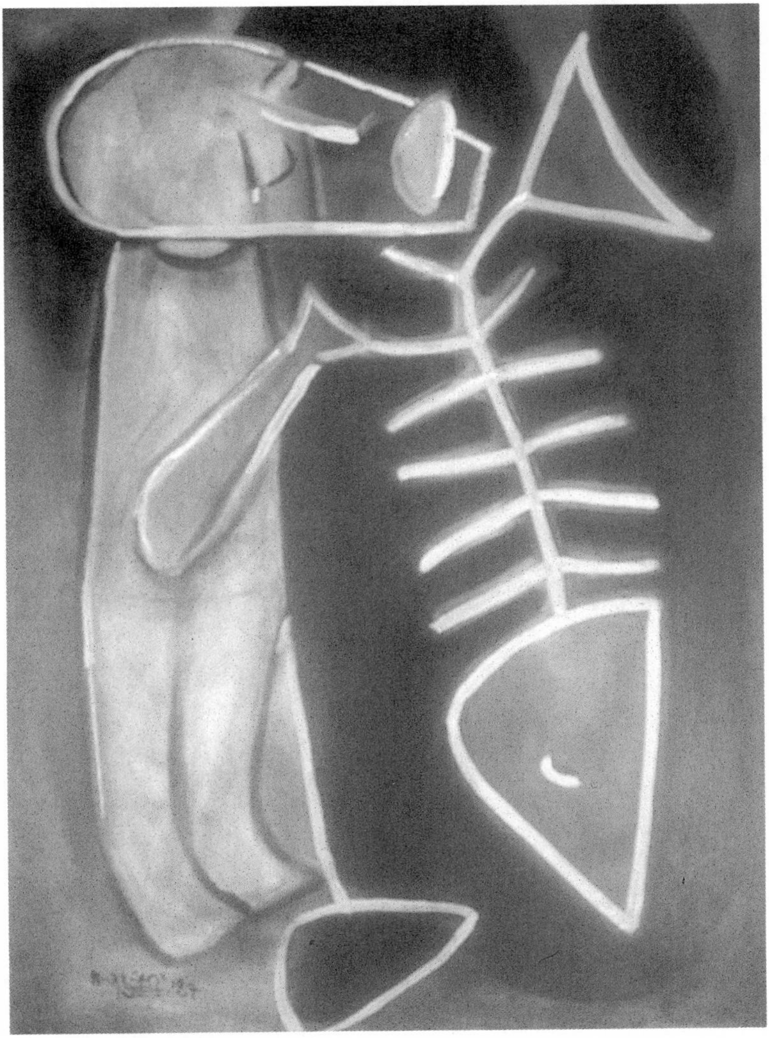

老人與海——自畫像，1987年。
劉老取材自海明威「老人與海」的畫作，描述一個老人在海上奮鬥了一夜，最後釣起來的只是被鯊魚吃剩的一副白骨。劉老崇拜海明威，崇拜他在二次世界大戰時，參加英國空軍作戰地記者。

第十一章 走上人類學研究之路

恍若踏入幽明深邃的亙長洞穴。

入口處是現代藝術的花朵繽紛燦爛，沿著洞穴曲折前行，熒熒火炬顯映著穴壁上人類文明歷史長程的演進圖像，遠處似有微光！隱隱暗示著出口，也暗示著藝術發展的根源，以及人類原始未受污染的心靈。

從現代繪畫通向原始藝術，劉其偉溯往文化人類學研究之路，想必是走過這樣一道既幽暗又光明的路程吧！

沒有人教他，也沒有人逼他，他卻就是這樣以六、七十歲的高齡，義無反顧地步步前行。

民國七十幾年，有好些年的時間，在台灣大學人類考古學系，在中央研究院民族所的圖書館裡，經常可以看到這麼一位頭髮灰白、體形高長卻略顯駝態的身影，在書堆中埋首研讀、勤做筆記。

畫家劉其偉，逐漸轉型爲文化人類學研究者。

二度半路出家

「我會對文化人類學感興趣，也是一件很自然的事情。」劉其偉每次面對採訪記者好奇於他第二度「半路出家」的原由，總是先言簡意賅又似四兩撥千斤地答道：「因爲現代繪畫創作是受到原始藝術的啓發，爲了要深一層去了解原始藝術，就必須去探究它的社會背景，研究原始社會，無形中就走進文化人類學的範疇裡去了。」

做爲一個畫家，他不只是揮筆作畫者，也是一個繪畫理論思潮的研究者；做爲一個半途加入的自學者，他不只是殷殷追隨，更是一個極具鑽研能力及開創精神的探路者。

因此，他展開文化人類學的探險生涯，也就一切發乎自然了。也因此，難怪畫壇中有人談及「劉老，從繪畫走到人類學的範疇」時會坦然表示：「以一般畫家來看，是不可能如此，但是劉老，我們可以從他的創作演變中發現，他是有其思維發展的。」

確實如此。翻開劉其偉在民國五十年代發表的文章，就可見到他的觀念引發甚早：「在今日許多未開化民族中，他們的原始藝術，依照環境的不同，一部分仍依照舊有的傳統，但大部分則已變遷。我們將這些現代的未開化民族藝術和過去的原始社會藝術做一比較，可以發現到許多手法、內容、目的都是共通的。因是近代『藝術』產生自『原始藝術』，該是極自然之事，近百年來藝術的新思潮和新表現，對於時代意義的重大，是可以想像的。」

同時期在另一本著作中，劉其偉也獨具慧眼地寫到：「試就今日仍處於石器時代生活，一般自然民族所創的原始藝術（primitive art）而言，就有不少人由於它是不常習見的東西，因而把他自己引進了一種偏見，認爲它是一個落後地區，而不值一瞥的作品；殊不知如能了解作者種族的來源，或他們宗教思想和社會背景的話，一定會發現這些藝術創作的動機，和它在美學上的要素，或在造形藝術史中的地位，該是何等的重要！」

而對於與原始藝術有相承脈絡的民俗藝術，劉其偉在越戰歸來後發表的「中南半島系列」畫作，即深刻浸染了半島上吉蔑、占婆兩大古老民族的藝術風格。

早與原住民文化相隨

雖說是到髮已灰白才正式展開文化人類學探查之路，但凝脈溯源，原住民文化之風可說與劉其偉早就相隨，只是一路或隱或現。

就像他在人類藝術與文明演進的互長洞穴中匍匐探源，若以同樣眼光來重看其人生長程，也屢屢有乍然一現的光亮。

溯自最早，該是劉其偉仍在日本求學時期吧！

從小即喜歡到郊野旅遊的他，在日本時常與友人四處登山。一次到北海道，即拜訪過日本的少數民族——倭奴部落。當地的嚮導還帶他們去見酋長，只見那鬚長及胸的老酋長坐在榻榻米上，頻頻對他點頭。屋室內是燻煙彌漫，黝黑一片，倒是牆上所掛的佩刀、弓箭引起了劉其偉的注意，那造型及雕刻非常精美，「不太像日本的武器，卻和中國古代的器物很像。」

這些倭奴就住在日本政府畫定北海道的特區裡，據說是七千多年前就從西伯利亞寒帶南移的種族，屬於多毛人種。年少的劉其偉雖感新奇，然旅遊途經短暫停留，也無暇多顧。不過，他還記得，臨走一望，見倭奴部落籬笆上掛放著許多熊的骨頭（北海道雪地多熊），「當時我不知道，現在曉得那具有『慰靈』的作用。」現今八十餘歲的劉其偉談及那段少時記憶中的「庫存」畫面，經過日後的自研解讀後，豁然已明其義。

倭奴之後，再下一次因少數民族而觸動心弦，就是中日開戰後，他在雲南入了軍職的時候了。

彼時烽火綿延，二十幾歲的劉其偉因兵工署工作，在中國西南一帶與緬甸境內構築軍事工程。穿梭西南崇山峻嶺，不時有機會遇到儸儸、擺夷等少數民族，當地的土司也常會相邀。這些民族熱誠自然的天性，淳厚瑰麗的色彩，較諸北海道初識倭奴時，更令他產生震撼。與這些部族相處，更是他在戰爭殘酷磨人的時期中，幾乎是唯一感受到光與熱的來源。

「我非常喜歡他們！但那時我還沒有民族學和人類學的知識，也還不知怎麼做田野工作，僅僅是喜歡他們而已。」

不過喜好少數民族文化的種子，已然悄悄播下。

研究台灣原住民

直到二次戰後來到台灣，初期他雖沒上高山，卻依然有相逢的機緣。因爲來台甚早，民國三十四年時，在台灣的日本人一時尚未完全遣返，劉其偉步行街頭時，偶可見到這些日本人歸鄉前倉皇拍賣包括書籍在內的物品。從日文書籍中，他發現了台灣原住民的資料，「我以前都不知道台灣也有原住民。」回憶往事中，他又笑咧著嘴忍不住要調侃自己從前的「無知」。但任誰都佩服，他是以多大的毅力克服了這「無知」，在領受了「知」的樂趣後，並將豐碩的成果分享於社會。

當年三十四、五歲的劉其偉在發現這些書本後，即相當有心的持續注意相關資料。那時台北新公園內的省立博物館有不少檔案資料，不過後來都移轉到台北圖書館（即今中央圖書館之台灣分館），於是劉其偉也隨之轉移陣地到圖書館去研讀。此後漸漸地，僻處南港的中研院，也是他搜尋資料的據點之一。台大專研考古學的宋文薰教授，劉其偉也偶會抽空到那兒向他拜教。

點滴關注，雖不是專業學者，只要恆心以貫，也能涓滴成河。

到民國六十一年，機會降臨。那一年，六十一歲，已因作畫成名的劉其偉，應「菲華藝術聯合會」的邀請，到菲律賓講學及考察藝術教育，特別的是，還參與調查菲國土著族羣的文化藝術。

那是他來台之後的第二度出國。比之前一次，將近二十年前的越南之行，懷抱著以生命做賭注的征途心情，這一次，飛機同樣是由台灣往南太平洋飛，劉其偉的心中，已散了愁雲，而漲滿了欣喜。

正式研究文化人類學

這一趟的菲國之旅，也是他正式展開文化人類學研究的第一步。

在菲律賓，於菲大教授Juses T. Pelata的協助下，劉其偉以八個月時間參加了國家博物館和菲大考古系的研究工作。這項研究著重在當地少數民族之一伊戈洛族（Igorots）的民具藝術，以及菲國稍早發現咒術壁畫的田野調查和整理工作。劉其偉在其中負責的項目，是民具藝術的圖錄。

這項工作重點，結合了劉其偉的繪圖長才及對原始藝術的喜好，他顯得興緻盎然。當時我國駐菲大使劉鍇，及當地一些華裔或外籍教授，也予以相當協助。

研究隊伍走訪了菲律賓山地省Madnkayuan和Sagada兩個地區的村落，劉其偉觀察到，「菲島土著情形與台灣相同，原始社會生活已日趨現代化……，固有文化因之行將湮滅，故此他們的民具藝術，正是民族學上所急於要保存的。」在他傳回台灣發表的文章上，如此寫道。

文句間自然流露他對文化人類學調查的熱切。像劉其偉針對菲國研究結果所撰的文字紀錄中，除了學術上的比證，也提及了國際間多位人類學者在亞洲山野間前仆後繼的投入：如早在二十世紀初，就有一對美國Albert Jenks教授夫婦深入菲國山區調查；二次世界大戰期間，也有日籍學者鹿野忠雄一反統治者燒毀當地文獻的作法，而努力爲菲國保存了很多珍貴的民族資料，最後在北婆羅洲的探險中殉身；還有一位Otley Beyer教授，待在菲國三十餘年，並娶少數民族女子爲妻，定居山區，去世時則由家人依當地習俗，舉行世人少見的燻屍葬禮，「他不僅爲民族學貢獻學術而已，同時也把愛獻於被研究者，他學識的廣博與真摯的爲人，使我們由衷敬仰。」劉其偉筆端，似乎遙以此爲標竿。

菲國田野研究時光八個月轉眼即過，劉其偉採集了不少圖片及文字資料。他不諱言時間太少，想探求的仍有許多。不過無論如何，菲國之行對其邁入文化人類學研究領域，是一個「好的開始」。

著作獲獎

返台後他進一步向國內相關學者請益，第二年，編著完成《菲島原始文化與藝術》，是劉其偉涉及文化人類學研究領域的第一本著作。同年底，菲律賓國家藝術文化委員會頒贈他「東南亞藝術文化著作榮譽獎」，不久，香港東南亞研究所也聘任他爲名譽研究員，並且對其著作頒予學術獎狀。

「論述客觀，頗有創見。不但記述了菲島各民族的文化特質原型，對於中國古代南支漢族，以及今日台灣諸族的研究，提供了不少珍貴的參考資料；並且他爲研究固有文化與藝術，開闢了一條新的道路，貢獻甚大！」推薦劉其偉獲頒學術獎狀的東南亞研究所所長宋哲美表示。

繼繪畫之後，劉其偉再度憑自學能力在不同天地贏得注目。這時候他六十二歲，比周遭同行「年長」許多，但衡諸中國人「人生七十才開始」這句話，他似乎又年輕了許多，也提早「開始」了許多。

三年後的民國六十五年，機會再度來臨，這次是韓國的漢城。

那一年美國華盛頓大學一位Richard N. McKinron教授發起組織「亞洲藝術中心」，隨即與韓國的國際文化協會、日本的韓國研究所幾位學者，在漢城舉辦了第一屆「亞洲藝術家會議」。中華民國藝術家前往赴會的代表團由王藍領軍，邀約劉其偉一同前往參加。向來極具活動力的他，也趁此出國機會搜集朝鮮半島的古藝術及建築等資料。

流連韓國古建築間

位居中國東北端的韓國，遠自古朝鮮時代就是中國大陸文化東傳日本的跳板，長期以來與廣大的中國文化圈相呼應。劉其偉在當地，尤其喜歡到古城或古建築區，趁便走訪了慶州及慶北月城等地方。揹著相機、拿著筆記本的劉其偉，就這樣與韓國學者流連在李朝時代、高麗時代……的家祠樓閣之間。

在慶州吐含山上的石窟庵，他見識到巨石建造成寺的壯觀建築，那是韓國上古時代的傑作。劉其偉在他日後所著的《朝鮮半島美術初探》書中即提到，他對石庵的建造技術特別發生興趣，「砌石爲併合圓形、球形、三角形、六角形、八角形等各種結構法，在和諧的秩序中組合而成，即由多樣而成爲一個統一體的石構建築。它具有力學的美。」

早年讀理工加上中年逐藝術的學習因子，顯然不時出入在他對文化人類學的觀察中。

作畫研究相得益彰

劉其偉畫家的身分，確實也在七〇年代以後，爲其增添了不少研習人類學的管道及機會。相對而言，各種民族文化藝術的鑽研及探求，也益形豐潤了其繪畫的內涵及境界。

「一個藝術家，內容深度的提升很重要，劉老是從各方面來豐富自己！」相交多年的馬來西亞華裔畫家黃乃羣語帶佩服指出。

劉其偉是逐步走上一條「豐富之旅」。

作畫曾讓他紓解了塵封已久的心靈，而文化人類學研究則彷彿在釋放心靈之外，更賦與了其有血有肉、真實而躍動的生命力。

「我做人類學主張做民族誌，因爲那有血有肉，而不是寫論文，那像爛骨頭，啃了沒味道又用不著。」劉其偉難得用藝術家的口吻道出他行走這條路的主張。

他也始終記得邱吉爾那段教人對興趣認真以赴，終有豐富人生的智慧言談。他一直都在實踐著。

劉其偉同時視這段研究之路爲求知之路。「我喜歡做，我自己也求知啊！」在旅行搜羅之中，在整理文物之中，一向就喜歡寫作成册的他說：「我等於是個裁縫佬，把很多材料縫縫補補，弄成有系統的作品，讓人人都能讀。」話語中有著劉其偉一貫的普羅性格。

民國六十年代，他六十幾歲，這段寓求知慾與自然觀的豐富之旅，如一捲壯麗卷軸才剛剛在他面前舖展開來，更多的奇峯突起，更壯闊的驚險跌宕，尚在他七十餘歲的黃金年華！

菲律賓有些族羣，由於獵頭風俗，各族間因此結下了不少夙怨，以致不得不築屋於樹巔，以求一夜的安眠。圖示樹上住屋的一例，距地高度有達五十英尺以上者。

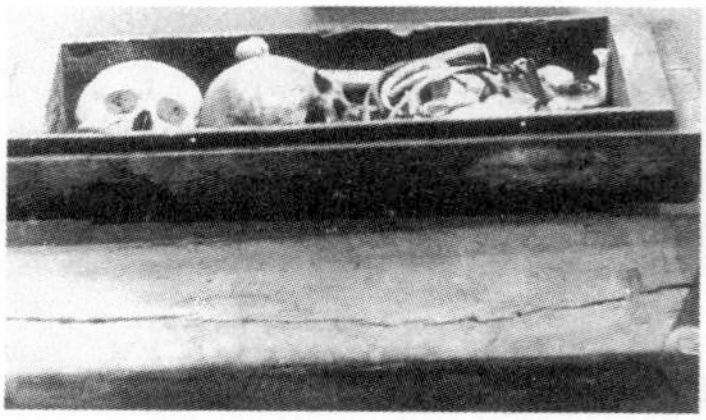

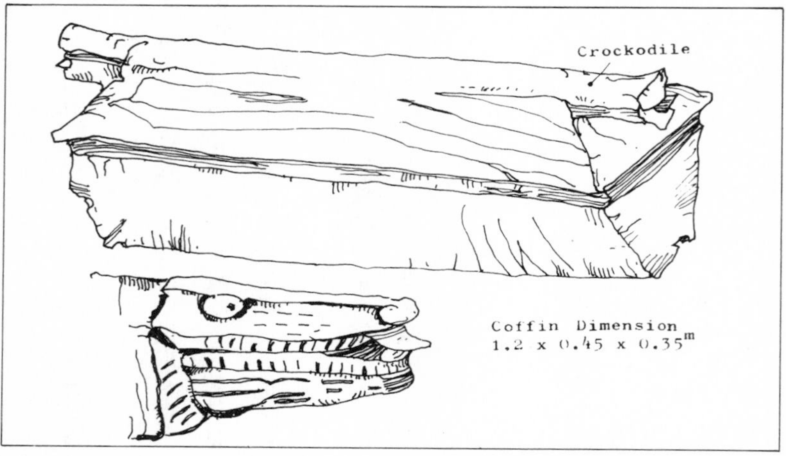

棺蓋左右有鱷魚彫飾，作伸舌狀，劉其偉認為與美拉尼西亞有類緣關係。圖示劉老著作所附原圖。

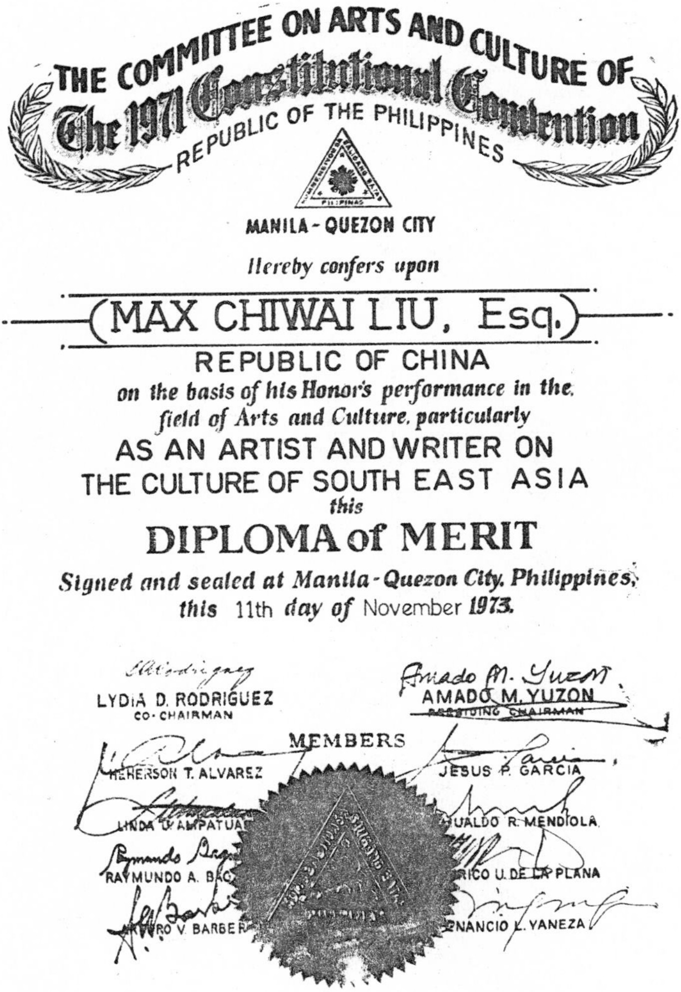

THE COMMITTEE ON ARTS AND CULTURE OF
The 1971 Constitutional Convention
REPUBLIC OF THE PHILIPPINES

MANILA - QUEZON CITY

Hereby confers upon

(MAX CHIWAI LIU, Esq.)

REPUBLIC OF CHINA

on the basis of his Honor's performance in the field of Arts and Culture, particularly

AS AN ARTIST AND WRITER ON THE CULTURE OF SOUTH EAST ASIA

this

DIPLOMA of MERIT

Signed and sealed at Manila - Quezon City, Philippines, this 11th *day of* November **1973**.

LYDIA D. RODRIGUEZ
CO-CHAIRMAN

AMADO M. YUZON
PRESIDING CHAIRMAN

MEMBERS

HEHERSON T. ALVAREZ

JESUS P. GARCIA

LINDA D. AMPATUA

UALDO R. MENDIOLA

RAYMUNDO A. BA

RICO U. DE LA PLANA

RO V. BARBER

NANCIO L. YANEZA

劉老最愛「金錢」，其次就是「榮譽」。他的人生哲學認為榮譽最先是建築在金錢上。這裡刊出的一張獎狀，是他在1971年在菲律賓寫了一本《菲島原始文化與藝術》報告所獲得的一份獎勵。這本書他自己認為寫得不夠好，如果經費充足，也許還可以多賺幾張獎狀呢。

第十二章 台灣田野調查

島嶼台灣，小島之上蘊含著豐富的部落文化和民族藝術寶藏。

當劉其偉對文化人類學發生研究興趣時，採擷的動作隨即從腳踩的這塊土地開始。

民國六十年代，他雖曾先後到菲律賓及韓國進行研究，在民國六十一年，他同時也繼續去探研台灣賽夏族的矮人祭。

那是在新竹五峯鄉的大隘村，劉其偉接受《雄獅美術》主編何政廣委託，前去從事原始祭具的田野調查。當時原住民的矮人祭依然罩有濃厚的神祕面紗，不像九〇年代的今天已成爲觀光客的重要聚會，昔日禁忌重重，劉其偉前往調查和攝影時也遭到不少阻礙和困難。

神祕的矮人祭

祭祀就在大隘村山區的一處梯田舉行，村落只有稀疏的三五泥屋。還記得上山那天天氣奇寒，他和同行者在夜雨朦朧中泥濘踏滑，摸路前行，好不辛苦。但是值得！

賽夏族的矮人祭每隔兩年才舉行一次，日子選在農曆十月十五日。那次由賽夏和泰雅兩族合併舉行。賽夏族人口稀少，就分布在新竹竹東一帶，而泰雅族人口較多，廣布於台灣北半部，兩族相鄰，竹苗地區的族人都趕來參加這祖先傳承下來的文化祭典，頗具盛況。

祭場中的泥屋上懸有許多茅草，參與祭祀的族人每人頭上都纏了一根，也幫劉其偉他們纏繞於髮。賽夏族稱此爲「死靈之草」。根據傳說，從前有個偉大的精靈用茅草編成人形，唸咒後草人變成了一男一女，矮人深信這一男一女即是他們的祖先。當天祭祀結束時，當地族人叫劉其偉把頭上的茅草向東方丟掉，原因是，「若不丟走，死靈就會跟回家來。」

死靈後來當然沒有跟著劉其偉回家，倒是對台灣原住民的文化興趣一直駐留在他身邊，纏繞不去。

直到五年後，民國六十六年起，他進一步展開更有系統的探尋調查及研究。地點是南台灣的屏東。

深入屏東山地部落

那時劉其偉已在中原理工學院（後改制爲中原大學）建築工程系擔任教席，有了學生的參與及教職的背景，他的田野調查工作進行得較爲頻繁。

「去了很多次，我現在都記不得次數了。」民國八十四年夏天，甫完成《台灣原住民文化藝術》一書增訂版出版的劉其偉，談及自己進入山地部落的經驗，扳著指頭也難以數齊。

彼時屏東的霧台、好茶、來義等村落，常有他和學生的足跡。過溪澗、攀山徑，紮營夜宿，採圖筆記，戴著鬆軟卡其帽，唇上短鬚已白的「劉老師」腳步總不落於人後。

現在定居於台南的李琬琬做過中原建築系助教，曾隨劉其偉自屏東三地門上山進行調查，她還記得，「那次經驗我很興奮！本來嚮導說沒水了，最好不要去，但我們還是克服困難往目標去，結果發現了保存很完整的一個部落，很意外台灣還有這麼完整的原始部落。」一行人在部落停留兩天後就得下山，而之前單單上山的路他們就走了三、四天，「是很辛苦，但目標就在那兒，劉老也很篤定。」

時隔近二十年，現今已開業做建築師的李琬琬很珍惜那時的田野經驗，但也十分惋惜：「聽說現在那部落已經被破壞了。」

民國六十年代，中原建築系為研究原始建築和部落計畫，曾組織測量隊，分期調查南台灣的十多個排灣族廢址。劉其偉相當投入其中。事實上，他對排灣族的喜好甚早，民國五十幾年時就以彩筆畫過一系列的「排灣族文樣分析」。

保留排灣藝術

劉其偉自己曾為文表示，「我為了要保留（排灣族）這些僅存的藝術，曾試圖把木彫搬到畫紙上，為了由彫刻使之能為繪畫，自然要經過一番簡化工夫。在……一段試驗日子中，我從簷桁、檻楣、門板、臼杵、木甑、連杯、織繡、占卜道具上的彫刻文樣，先做一遍文樣配對的分析，從它的各種造形中，一共找出了十二個共通性的基本形態，這就是『排灣文樣雛型』。把這些雛型，重新加以組織，則得排灣風格的繪畫。」

藝文界友人何恭上在那時期，即發現劉其偉爲溝通現代繪畫和原始藝術之間所做的努力，對劉其偉有關排灣族文樣的繪畫系列評爲：「那是他對高山族藝術本質與形式的探討，洋溢一種純真與樸素，表露了人類的純真感情。」

當時浸淫世界當代藝術頂尖思潮的劉其偉，也對排灣族的藝術文化十分神往，他提筆寫下：「我常在想，如果你承認相思雀一聲簡單的啁啾和複雜的交響曲感到同樣地『美』的話，那麼，今日排灣的圖文，該是代表台灣的『真』美。」

老當益壯的生力軍

從繪畫而到實際採集研究，劉其偉一路展現旺盛的企圖心。那一陣子，報刊上關於劉其偉的消息，除了畫展之外，漸漸也出現了他從事民族誌工作的新聞。民國六十八年九月二十一日的《民生報》上即報導：「劉其偉教授現年六十八歲，當他獲悉有一個隊伍要從天祥入山直探十多公里外的陶塞溪泰雅族百年老部落，使他覺得非常興奮，……劉其偉教授爲了表示不致拖累該採訪隊的行程，曾豪氣的表示他可以背負二十磅的裝備，並且連續走八個小時。採訪隊負責人張致遠表示，對於劉教授的加入，竭誠歡迎。」

台灣原始文化研究的路途上，多了一個老當益壯的生力軍。

時機上也恰適其時。台灣對於原始民族文化的研究雖早自日據時期即存在，日本學者也留下不少文獻資料，但光復後被攜回日本的台灣文物亦相當可觀。以致光復初期的數十年間，出現了一段真空期，直到民國五十年代以降，才有人類學者陳奇祿及宋文薰等人的研究著作出爐，官方與民間也漸漸產生關注，投入者日多。劉其偉也在這股氛圍中，向諸多學者請益，持續研究興趣。

自修苦研

從某個角度而言，他也像是文化人類學領域中的「化外之民」。和許多學有專長的學者相比，他依然是缺乏學院派的經歷，而由自修苦研的成分居多。

尤其是大量研讀了日本人遺留的珍貴書籍，「日本人統治五十年來留下的資料，真的是汗牛充棟，」劉其偉不諱言，「我懂日文，占了很多好處。早期台灣山胞任何一個族羣都可以說日本話，我跟他們溝通也沒問題。」

在中原任教時期，部落附近也不時有「眼線」來向他們通報消息，這些研究者一獲知，馬上就著裝準備去做紀錄。像部落裡舉行婚禮時，就是很好的文化紀錄機會，但喪禮就較難了。「有一次我們在霧台，就碰上了一場喪禮，可是溝通了好久，他們才肯讓我們拍照。」劉其偉至今想起那次紀錄，還顯現難得復難忘的神情，「從家屬圍著哭泣，到出殯，一直到第二天下葬，我們做了全程紀錄。」

他是真心投入這研究之路。

任教於屏東師範學院的高業榮教授是研究排灣族文化的專家，劉其偉南下時曾多方請益於他。高業榮記得有次和劉其偉同到霧台，看到他喜形於色，很仔細的記錄與作圖，對石板、杵臼等古舊器物，顯露出高昂興緻。

喜歡少數民族

台灣部落文化對劉其偉的吸引力究竟何在？

「我喜歡少數民族啊！」他答得直爽。

而且，「又有地緣的關係，台灣人當然先研究台灣啊！」這位從民國三十四年就來台的老人家說。

他研究台灣的腳步不曾停歇。除了屏東的多次田野紀錄之外，民國六十八、六十九年，也先後到花蓮及蘭嶼，採訪泰雅族及雅美族的部落。

彼時僻處中央山脈另一隅的台灣東部，仍是被許多人視爲畏途的「後山」地帶，劉其偉則不辭艱辛，以年近七十、已不算年輕的歲數，前往調查他傾心所愛的原住民原始文化。

就像他隔年在一篇探討原始部落文化的文章中一開始所寫的：

「如果你讀過台灣山胞歷史事件的記載，或者深入山地，接受自然民族那分深厚感情的感染，你將體會山胞的單純、豪放、勇敢、樂觀與自由。」

那時台灣還沒有「原住民」這樣的名詞，也還不到八〇、九〇年代逐漸雲湧的原住民文化運動，而劉其偉，就已先識其可貴，也傾己真心相待這些台灣島上的原始住民。

在一些保留下來的照片中，可以看到瘦高蕭灑的「劉老」一身勁裝，在蘭嶼雅美族半穴居的屋舍前，與面容同樣有著風霜中見率真的當地住民，笑漾出一臉開懷。

蘭花之島

位在台灣東南端，人稱「蘭花之島」的蘭嶼，長期以來因爲孤懸海上，與塵世隔絕，因此島上老一輩的雅美族人，多能堅守著祖先傳下來的獨特文化，純粹、自然而又珍貴。劉其偉在編著《台灣原住民文化藝術》一書中，有一大部分闡述著「蘭嶼之部」。

根據書中記載，在日治台灣初期，光緒二十二年間，日本拓務省曾命台灣總督派員調查這個小島，想將蘭嶼拓展爲農業用地或是闢爲軍港，但調查之後認爲沒有開發價值，而將此島併入台東縣管轄。其時日本當局忙於治理台灣本島，對於蘭嶼無暇兼顧，也就任其自然發展。

小島有幸，因此仍保有純樸的原始面貌。但世事演變，台灣光復後，台灣政府不會再對此島置之不理。民國四十年代曾派遣勘察隊前往蘭嶼，希望予以開發，以紓減台灣本島之人口壓力。數十年來，「蘭嶼今日雖未盡開發，但早已成爲觀光勝地。二十世紀的發展，雖然有人認爲比過去的世紀都更輝煌。可是對於另一面的後果，卻也帶來了更可怕的威脅、困擾、黯淡與悲哀。」劉其偉行文間，對於蘭嶼雅美族人的命運，有著深切的關心。

投注心力於即將消逝的部落與文化，劉其偉不僅以文獻研究和田野調查來印證及保留文化，也將情懷抒發於畫作中。他曾創作了幾幅繪畫，名爲「憤怒的蘭嶼」，時間在民國七十七年前後，正是台灣開始將核廢料掩埋於蘭嶼的時期。畫面中，雅美人深黑的雙眸及蘭嶼特有的雅美族拼木舟，在紅黑色調爲主的氛圍裡分外懾人心神。

讓他們自己決定

民國八十四年春天，一羣來家中探望劉其偉的年輕學子談起了台灣及世界各地原住民處境與文化的問題，八十餘歲的劉老又點起了菸斗皺眉思索，斂起稍早談繪畫藝術時的滔滔談興，只簡短的道出：「讓他們自己決定。」

也許該說的，能做的，都在他多年來探尋台灣原住民部落的一步一腳印之中，也都在他數十年來一字一句編著出版的多本相關著作中。劉其偉在民國六十八年初版（原名《台灣土著文化藝術》），十五年後重新增訂完成的《台灣原住民文化藝術》一書，至今仍是以文化藝術角度剖析台灣原住民族羣的著作中，最具系統性及通俗性的一本。

那高山之地、那部落之中，是什麼在默默而迢迢不斷的呼應著這行過大半人生長路的老畫家？

也許以下這段文字可以透露出一些他的心情與思緒：

低陋的文明人

「在山地任何一角所拍的照片，都可以看到他們活潑而又快樂的笑容；但我看到平地有人要去『教兒童活潑』，常感到這真是平地兒的悲哀。文明人少有承認自己文化的低陋，殊不知在自然民族眼中的文明人，才是真正的低陋人。」

這是劉其偉拍過的一張照片，鏡頭裡七個山地小孩睜大了眼睛笑看前方。他在照片旁寫下了這段「圖片說明」。

往後逐漸地，劉其偉將鏡頭放大、調遠，轉向世界的焦距。繼民國六十年代陸續在台灣山地及島嶼部落進行探研之後，民國七十年代到八十年代，他對文化人類學的研究觸角伸展到了國際。

那是婆羅洲、非洲以及大洋洲的叢林。
多半是蠻荒之地，卻深深牽引著這耄耋老鬥士愈踏愈有力的步伐。

蘭嶼是台灣寶島中的寶島，它的氣候、生態和人種完全與台灣本島不同，對學術研究具有莫大價值。蘭嶼的朗島村是今日保存著蘭嶼文化最完整的一個村落。

在台灣做田野工作，仍然是非常昂貴的。短程的調查可以僱用一個嚮導，半個月或遠程的調查，嚮導就會要求兩個人同行，還要供給米酒和香菸，酬勞是每人每日工資新台幣一千元。圖為劉其偉從舊來義到古樓採訪，該地於1978年由於伐林引致缺水，而被族人完全放棄，現已成為廢墟。

憤怒的蘭嶼，1988

第十三章 海外叢林探險

亞庇市。馬來西亞沙巴州首府，終年如盛夏炎熱。

民國七十四年夏天，充滿熱帶風情的亞庇機場，一架來自台灣的班機抵達，乘客陸續走出入境大廳。兩個接機的年輕人帶著狐疑的態度等候，依照他們的朋友——攝影家劉仁崎的指示，將有一個「戴著一頂舊帽子，穿著一身卡其服，背著一個大包包，可能還叼著一根菸斗的老人家」到達。

狐疑，是因爲他們不太相信一個七十多歲的老人家會大老遠跑來沙巴這裡，而且還要深入內陸少有人到的地方去做研究？

可是他果真來了。

大廳裡走出來最後一個乘客，正是劉仁崎描述的那個老探險家模樣。劉老不但來了，還是一拐一拐跛著腳來的。

「我事先不知道他風溼發作，痛得他不太好走路，可是他就是這樣來了。」相隔十年後，民國八十四年在馬來西亞正籌備攝影展的劉仁崎，敬意絲毫不減地回憶起當年與劉其偉同赴沙巴內陸田野調查的往事，「我們進去時是八月枯水期，碰到河床乾了，得下來推船，他跛著腳還幫忙推，我好擔心，問他『行嗎？』，他說『可以！』，就是這樣一種毅力，結果我們一直走到最裡面的一個部落，連很多亞庇人都沒去過。」

深入沙巴

那一年，爲《婆羅洲紀事報》提供地方文物風情專欄的劉仁崎得到主編贊助旅費，可以深入沙巴內陸拍攝少數民族圖片。決定倉促，他匆匆相邀遠在台灣的劉其偉，前後不到十天，劉其偉就排除萬難，趕來同行。兩人和嚮導從亞庇市出發，一路上溯，探訪了東北端住在長屋裡的龍古斯族，再折而向南，換搭舟隻，深入到內陸省分的姆祿族部落。

攤開沙巴州的地圖，這一路蜿蜒曲折。劉仁峙說：「現在地圖上的路，當年沒有的，頂多是伐木人運木頭下來的小路。」沿途人跡罕至，當時仍保持相當原始狀態的姆祿族偶爾會見到前來研究的西方學者，倒是少見黃皮膚黑眼珠的華人，「尤其是像劉老這樣的老人，更是少之又少。」

不過雖然少見這「異域」來的人，又有語言隔閡，但都無礙於劉其偉與這些族人的真誠交流。「劉老他很容易跟人家相處，跟當地人也很能溝通。人與人之間，除了語言，還是有許多方法來溝通的。」黝黑蒼勁也頗有探險家氣質的劉仁峙意味深長地說，「重要的是，他們覺得能信任你，親近你。」

劉其偉，一個始終懷有赤子之心的老人，就具有這種特質。不論是原始叢林裡的少數民族，或是久居都市裡的老老少少，都從他身上感受得到。像長年居住在馬來西亞東部的劉仁峙即使十年未見「劉老」，依然深深記憶著這點。

劉其偉與劉仁峙同行深入沙巴內陸的那一次，其實是他第二度的北婆羅洲探險。在那之前的四年，民國七十年，劉其偉即在砂磱越沿著拉讓江前行，搜集了大量珍貴的原始藝術及生物資料。

首次北婆羅洲探險

砂磱越與沙巴同位在婆羅洲北部，兩州都隸屬於馬來西亞，相對於隔海西邊通稱「西馬」的馬來半島，這方土地遼闊但山多、叢林多、原始住民也多的砂磱越與沙巴，則統稱「東馬」。

現今驅車於東馬的城市中，現代化的建築漸次聳立，鄰近海岸處填海造地闢建大型購物中心或觀光大飯店的工程正加緊進行，這多是近五、六年來馬國政府的開發建設。在此之前，尤其是劉其偉前來進行人類學研究的那幾年，東馬在外人眼中尚如一片蠻荒之境。

可是劉其偉一直對這裡懷抱興趣。

因爲根據研究資料，馬來西亞的原始住民與台灣的原住民是同屬東南亞文化圈。對台灣原住民文化藝術已有相當研究經驗之後，再往他國邁進，他自然關注於東馬地區。民國六、七十年代幾度來南洋作畫、講學，劉其偉也交了不少當地友人，有心的朋友就起意爲他的研究之路尋找機會。

高大、性情豪爽的鄭憲文是東馬《國際時報》的創辦人之一，當時得知劉老夙願，於是由報社居間協助聯絡，並安排了一位攝影記者陳德平及翻譯員「阿雄」同行，與當地政府、博物館幾經協調後，劉其偉終於成行。

這民國七十年的第一次婆羅洲之行，是劉其偉多次海外人類學研究之行中，相當爲外界熟知的一次；也可以算是他第一次較具規模及組織的探險之旅。

行前他研讀了大量資料，並準備了好幾包一元硬幣及台灣本土玉石飾品，以方便到部落裡「以物易物」或表示善意。八月一日，他飛到吉隆坡，再轉抵砂磅越首府古晉，拜會當地博物館。與嚮導、攝影人員會合後，隨即前往另一市鎮加帛，購糧食、雇長舟，舟主並爲他們帶來了一個當地原始部族熟知水文的伊班族人，叫「阿丕」的負責帶路。這只穿一條短褲，全身被太陽曬成古銅色的十六歲少年，就穩穩地操著舟舵，載著劉其偉一行人向婆羅洲內陸深處航去。

峻麗風光暗藏危險

舟行的拉讓江正處於赤道地區，長年溼熱難受，是典型的熱帶雨林區。沿途風光峻麗，但是也暗藏危險。像加帛上游不遠處的Pelagus一帶，是最有名的險灘地帶，相傳過往有不少研究先驅者覆舟喪身於此。二次世界大戰時期，著名的日本人類學者鹿野忠雄，可能就是在類似的地方失踪。

根據文獻記載，數世紀以前即有中國船隻航至婆羅洲，目的是尋找黃金及採集燕窩、犀角等土產，因此此地的少數部落依稀還存有早年的中國物品。睽違數百年後，劉其偉一行華裔面孔再度現身此地。

長舟行江，恰似箭矢穿風。劉其偉事後向人形容：「上灘時舟隻常常會後退一、二十公尺，舟隻失去控制，可聞舟底碰石，隆隆作響。白色的水花濺得半天高，灘轉水急，好像萬馬奔騰。如果下灘，更是險象環生，舟隻像箭一樣，在石縫間亂竄，真是驚心動魄。有時舟隻猛的跳過兩公尺寬的漩渦，「只有用賭博的心情來渡過。」生性愛冒險的劉其偉再度自選了一盤賭局。

藤索切指，流沙吸命

這一路穿行赤道雨林，確實也讓他遇上了兩次驚險場面。一次是舟行途中，支流上橫著一根粗細與手指相似的籐索，劉其偉他們的長舟以高速向前駛進，初時並未發現，待見到有索橫江時已是不及閃避。此時，幸好翻譯員阿雄坐在船首，奮不顧身地用雙手托起籐索，免去一船人被索割頭之禍。只是身形壯碩如山的阿雄，兩隻拇指幾乎被索切斷，鮮血直從手掌淌到了粗壯的胳臂上。

另一次，則是回程途中，一名逗留在蠻荒小鎮的瑞士籍記者要求「搭便舟」回返下游，因而加入劉其偉的行列中。船抵一片沼澤窪地，劉其偉下舟尋訪加央族的墓葬，這名瑞士人也隨之跳下舟，兩人相距不過兩公尺多，卻突聞此人驚叫「流沙！」劉其偉回頭一看，僅僅在幾秒鐘之內這名外國佬的兩腿已沒入沙中，同時流沙仍迅速地吸吮著這條生命。

那場面，「是我一生在原野中，從未如此驚惶失措過的時刻，」劉其偉日後曾如此憶述。幸虧當時舟中仍有四人，有的伸出手，有的遞出槳，有的穩住舟，合力死命地將這人拖出流沙。待這名瑞士記者攀爬回到舟中，儼然已成了半死之人。而咫尺須臾，他也不過與劉其偉登岸處差了幾步之遙而已。

「在地質學的諸種現象中，浮沙和浮泥是最可怕的。」劉其偉事後翻查資料發現，「一般浮沙的面積不會很大，外表呈暗綠帶黃，和普通地面相似。它有時可以讓你在上面行走，有時卻忽然會改變爲浮沙。人獸墜進陷阱時，愈掙扎則下沈愈快，這時它會發出深沈而極恐怖的滋滋聲。」

婆羅洲叢林中危機四伏，除了這些人人皆可能遭逢的險境之外，其實劉其偉自己身上還冒著另一重「生命危險」。由於二次大戰期間他在滇緬時曾被叢林蚊蚋傳染，患了黑水病，這病並無免疫作用，如果再度染上，就無法救治。劉其偉心知肚明，離台前準備了各式藥品及防疫措施，毅然勇於再入叢林。

叢林寶藏

叢林之於劉其偉，似乎有著無盡的寶藏魅力。

「叢林的周遭，如此地碧綠與恬靜，雨霧敲擊著簇葉瀝瀝的音響，攙著華蓋上落下銅鈴似的蟬聲，和平與安詳的氣息令我神往與迷惘。

「她另一面給我們的啓示，卻是告訴我們祖先生存開始的掙扎，與自由庇護之所的尋求，上蒼賜予一切的生命，必先使其艱苦，而後才能生存。也許我們要了解叢林，才能體會什麼是生活、藝術與人生。」

劉其偉在民國七十二年所寫的一篇〈婆羅洲雨林紀行〉中，一開始就有這兩段文字。這篇文章後來被台灣省教育廳兒童出版部改寫為青年讀物，書名就叫做《進入叢林》。

劉其偉那次進入拉讓江流域叢林，前後一共待了二十一天，走過、也住過有獵人頭風俗的伊班族、普南族、肯雅族、加央族等少數民族部落，拍了二千多張照片，採集了許多原始藝術文物，帶回多本密密麻麻的筆記。時年七十歲的他，也成爲華人世界中深入婆羅洲雨林從事學術研究的第一人。

說起來也是十多年前的事了。民國八十四年秋天，東馬的古晉還是一如夏日炎熱，有「貓城」之稱的古晉是劉其偉當初進入雨林前的起站，如今三、兩好友在城裡談起劉老當年經歷，依然不掩滿腔欽佩。「進去那裡，不簡單的！那裡的人獵過人頭的，叫我去，我都要想想。」當年出錢出力支持劉其偉入雨林探險，個性豪爽，交遊四海的鄭憲文大聲說。

久居古晉的畫家周方正也不時點頭：「劉老那種毅力和精神，真的令人佩服，也給年輕人一個榜樣。」

劉其偉深入叢林探險的毅力背後，也有一股「有爲者亦若是」的使命感。民國七十年十月自婆羅洲返台後接受媒體採訪時，他即表示，過去「偶從友人口中得知日本NHK放送局大舉派遣記者深入世界各地蠻荒，採訪所有幾乎被遺忘的民族，編成《世界民族探險之旅》洋洋套册，目的是促進民族與民族之間的認識與瞭解，姑毋論其本意是爲世界真正的和平盡力，或爲發展其外銷鋪路，此書的成就已肯定是非凡的。而作爲一個中國藝術工作者，沒有任何背景顯示我非去婆羅洲冒險不可，只不過是爲了東南亞文化圈內有中國文化影響的形跡，爲了『藝術沒有國界』、『關懷不分人種』等這些不願掛於口上、出口便成標榜的理由……。」

秉此精神，婆羅洲雨林之行只是一個開端，劉其偉的鑽研毅力到年過八十仍絲毫未減，民國八十二年，他再度組隊前往大洋洲的巴比亞紐幾內亞探險。

紐幾內亞之行

這次遠征是由台灣省美術基金會委託，熱心的企業家謝文昌伉儷贊助全部經費，請劉其偉到大洋洲採集物質文化標本。由於台灣幾乎沒有相關紐幾內亞的資料可供參考，劉其偉花了一年的時間，透過澳洲工商辦事處向澳洲的博物館、紐幾內亞大學人類學系等研究單位遍詢資料，做足準備才率隊出發。

相較於以往幾次的海外研究，這次顯得更具規模，裝備更爲齊全。劉其偉的次子劉寧生也隨行負責錄影。近年來一般人常從書籍圖片或影片上看到，劉其偉置身於臉上色彩鮮豔的族人之中，這類畫面多半就是出自這一次的紐幾內亞之行。

紐幾內亞綜跨大洋洲內的幾個島嶼，自古交通閉塞，族羣複雜且繁多，方言約有七百種以上。因此劉其偉等人到了當地，除了雇請總嚮導之外，每到達一個定點，還要再雇一個本地翻譯及另雇一個帶路人。一行十多人浩浩蕩蕩，所乘的交通工具大都是六人乘坐的包機或用馬達推動的獨木舟。而一旦深入腹地，就須依賴腳伕和步行了。

探險隊一共在紐幾內亞進行了約兩個月的探訪。劉其偉有時憶起昔年的婆羅洲之旅，曾比較到：「在婆羅洲拉讓江乘長舟好比乘瘋馬，想不到在巴布亞希匹克河乘獨木舟，竟像睡在天鵝絨被裡那麼舒適，我都睡著了。」身處蠻荒依然不改其一貫的風趣。

時已八十二歲的劉其偉有時不免拄杖而行，步履也有踉蹌時候。事後他看著自己探險影片時還笑對旁人說：「我看到怎麼有一個老人走路那麼慢，再一看，原來是我自己。」

白髮紅花

在蠻荒中無處梳洗，劉其偉滿臉白鬚叢生，略顯風霜，但一遇研究採集目標，剎時又萌現神采。途中到一小島塔巴島（Tabar），遠遠就見到海灘上聚集了幾十個黑膚捲髮的兒童在歡呼，劉其偉率先從船上跳到沙灘上，之前已被三個多小時的海上風浪和傾盆大雨拍擊得幾乎昏去，此時踹水登岸，他還覺得耳上有海水從髮間掉落，狼狽至極，但定神一望，一位當地的長者走來，手拿一朵紅花，就插在劉其偉頭上，然後牽著他的手高高舉起。這是一場歡迎儀式！「我覺得有生以來，從未像此時此刻享受著這樣的光榮和驕傲。」劉其偉事後親筆寫下。白髮紅花，成了他和當地族人共有的鮮明記憶。

劉其偉一行人也探訪了素以凶悍著稱，戰爭時射向敵人的箭多得可用「風暴」來形容，而且昔日還嗜食人肉的古古古古族（Kukukuku），並詳細記錄了他們的燻屍葬窟。外界一般人可能感到毛骨聳然的場所，劉其偉則一秉研究熱忱和善體不同民情的心意，振筆速寫，認真記錄。

在許多落腳地，劉其偉和當地族人同吃、同睡。他放寬胸懷，告訴同行的兒子，如果自己遭逢不幸，就地掩埋即可。一趟蠻荒行旅下來，他說，「我們遇到的敵人，不是他們——獵頭人和食人肉者，而是密林和河谷的蚊蚋、沙蝨與毒蛇。」

蠻荒法則

他也以自然心看待叢林蠻荒的法則。「許多書本只知描寫叢林對於人類帶有敵意，卻很少作家認為人類進入叢林，而承認自己是一個侵略者。如你一旦遇到不測，要知道這是叢林的法律，人類是無由干預的。」劉其偉回程後，在自己的著作中如此寫道。

一趟艱辛的人類學探險之旅，劉其偉帶回的，不只是滿船滿箱的文物採集而已，還有許多人類與文明，都市與叢林，現代與原始……種種足以咀嚼再三的深層思考，以及提供給社會反芻的意涵。

「去紐幾內亞，其實每一站他都很累，但是他喜歡做文化探險。」同行前往以鏡頭記錄著父親，也以行動護持著父親的劉寧生表示，「他想給年輕人一個新的啓示，也希望讓大家曉得藝術或人類學不是那麼艱澀的，而是可以去親近、學習的。」

從民國七十年代以至八十年代，劉其偉即是將大半的心力投注於文化人類學的海外探險工作。除了婆羅洲及紐幾內亞一共三次的較大型研究行程之外，其間，他也曾應邀前往中南美洲進行印第安文化的勘察研究，以及先後赴南非、東非，探訪原始部落，蒐集原始藝術文物。僕僕風塵間，老畫家的生命力早已橫逸出原先的多彩畫布，自成另一幅更耀眼奪目的生命彩繪、人生圖像。

頑強的拉蘭草

「我常說他像我們婆羅洲一種叫拉蘭草（Lalang）的野草，城市裡看不到，專長在原野裡，今天若砍了，明天又長出來，生命力很強，很頑固。」東馬的老友劉仁峙這般形容老夥伴劉其偉，「他就是一個老頑固！」

這個「老頑固」到了民國八十四年，都八十四歲了，還在盤算：已經兩、三年都沒出去做文化探險了，等籌足了盤纏，家裡情況和自己身體都還容許遠行時，該要再出去走走了。目標，可能是即將在地球上消逝的巴西熱帶雨林。

劉其偉在沙巴和龍古族婦（Lungus）合影。注意該族人手上所戴的黃銅手鐲，她們的裝身具和緬甸的克倫、克欽等族人非常相似，有部分學者且認為該族人的體型矮小，可能源自中南半島。

Jeh-Het族最善於木彫，他們的作品是西馬典型原始藝術之一，遲至1966年以後才為學者注意。

劉老在市集向姆祿族人敬菸。敬菸是增進田野工作「親密關係」最有效的方法。

劉其偉一行乘獨木舟抵達Sepik河上游的Wombun村落，這是叢林中的一片死水，船還未停妥，發出像大提琴聲音的一羣蚊子，就飛出來歡迎劉老這隊人。劉老說：「牠們正在慶祝新鮮進口貨呢！」

劉其偉採訪Huli族喪禮。

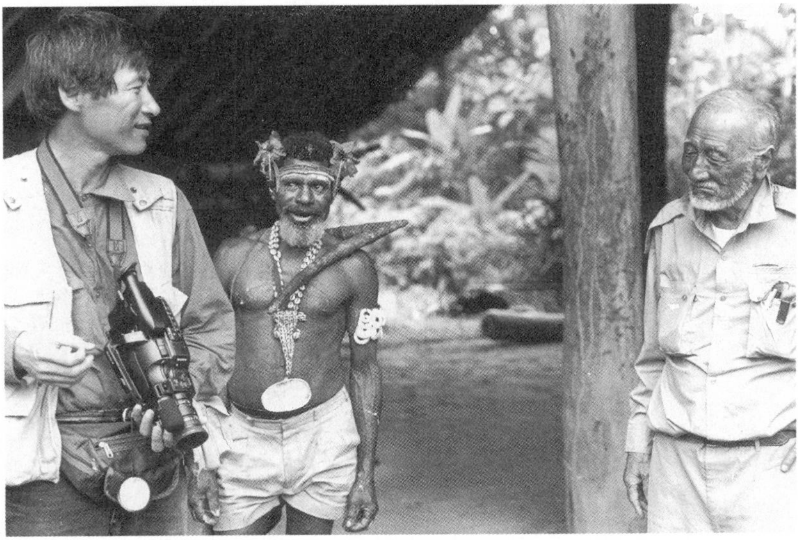

攝於Abelam部落，左為劉寧生，右為劉老。

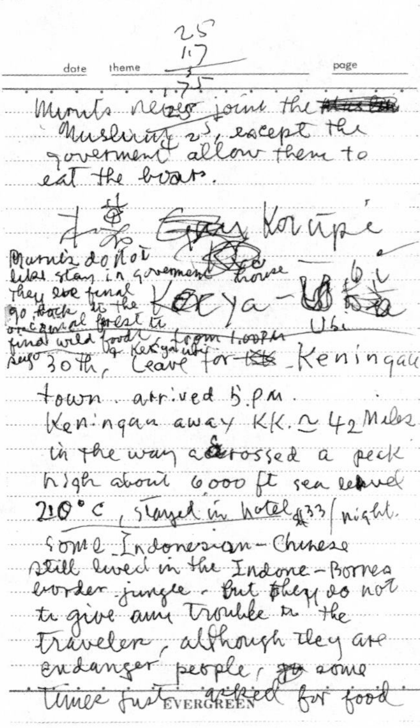

date theme page

Muruts never join the Muslims, except the goverment allow them to eat the boars.

Muruts do not like stay in goverment house They are final go back to the original forest to find wild food, sago

30th, Leave for Keningau town arrived 5.p.m.
Keningau away KK ≃ 42 Miles
in the way crossed a peck high about 6,000 ft sea level
20°C, stayed in hotel $33/night.
Some Indonesian-Chinese still lived in the Indone-Borneo border jungle. But they do not give any trouble to the Traveler, although they are endanger people, some times just asked for food

EVERGREEN

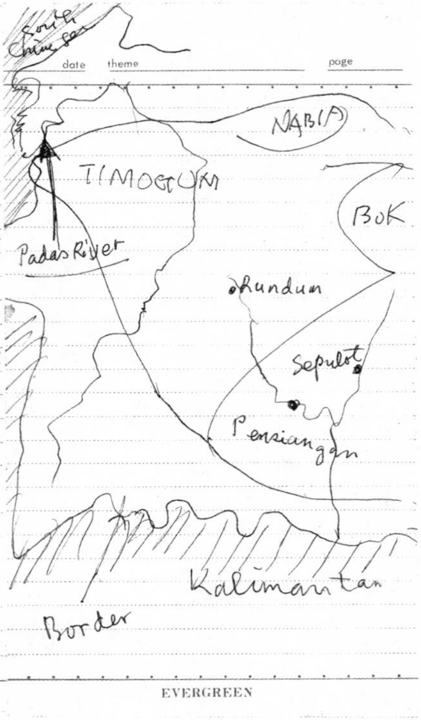

劉老在北婆羅洲內陸做田野時的日記。他認為只要具有某一種專長，而樂於研究的人，都可以做民族誌或人類學。他且認為田野不必先有假設、理論而後實踐，有時也可以先有行動而後從經驗來歸納理論。因為從探險中得來的經歷，遠勝於假設和猜測。

First SingSing → for marrige, house, welcome come in, Killing
歌唱

2nd SingSing (吹笛) (Sorrow) 哀悼 — Before war, after war, marrige, 葬礼, Spirit house, not allow women to see, 成年礼

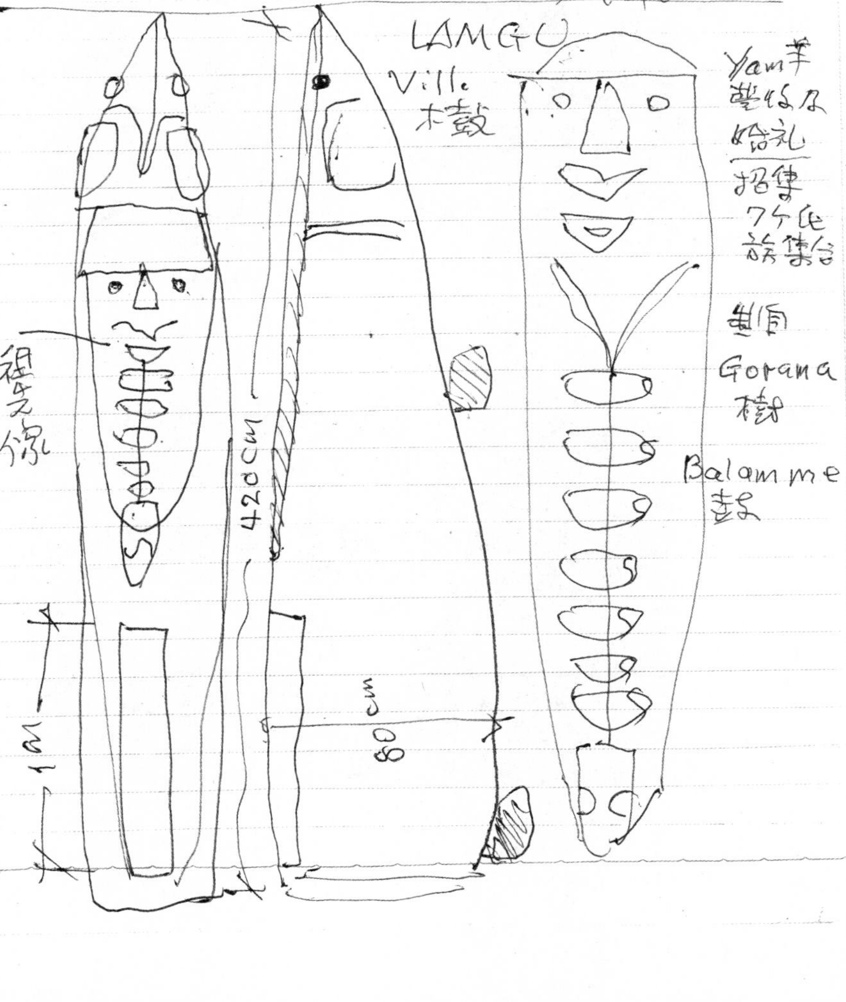

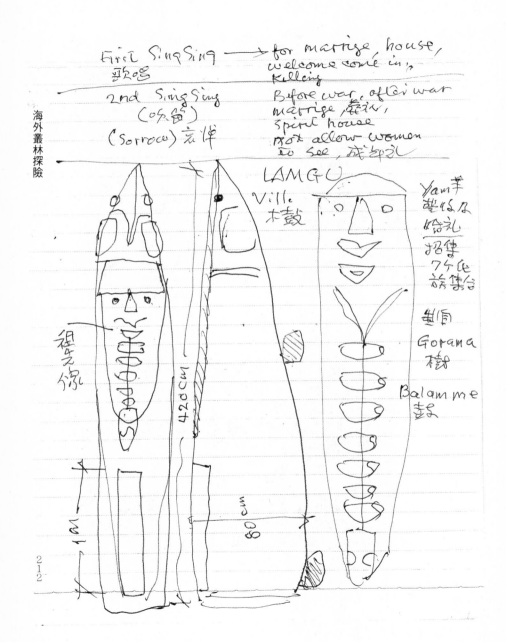

東非Masai族人當是目下非洲最典型的游牧民，仍以飲牛乳和牛血為生，他們與初生的家畜一同住在牛糞棚架裡，遨遊於無盡天地之間。劉老說：「我來生一定要做黑孩子，只有他們才知道什麼叫做崇高、壯闊與自由。」

劉其偉於1979年前往中南美洲做田野調查，由哥斯達黎加大學人類學系主任Maria E. Bozzoli de Wille派遣校車協助。圖為該校主任，她是研究中美Bribri Indians民族的權威學者之一。

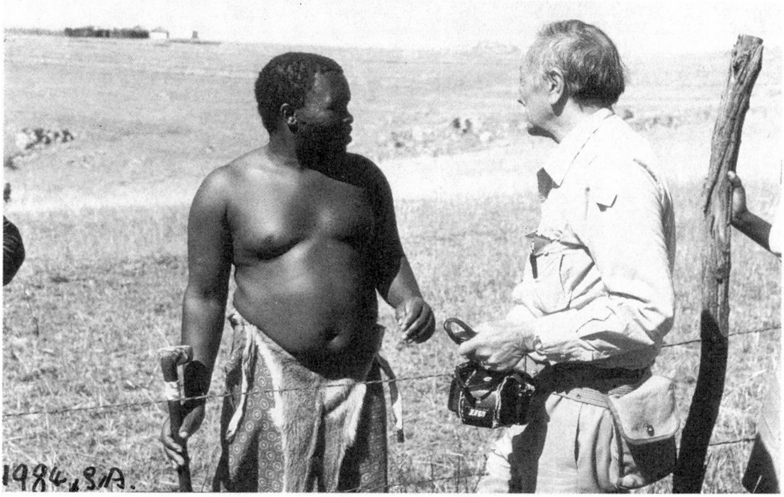

非洲人樂觀，最能忍受貧窮和苦難，但也盡情享受性生活。在他們腦海中，「生命力」就是思想中心這種「力」與生命之花產生出藝術之果，怎會欠缺動力與調和呢。上圖為東非Kikuyu族，下圖為南非Zulu族。

巴布亞田野調查記者招待會，在省立美術館舉行，由劉欓河館長主持（右起第二人），正中一人為贊助者謝文昌先生，左起第二人為楊天發（台灣興農董事長），最左為劉其偉。1994年。

左上　1992年劉其偉接受台灣省美術基金會委託，為國立自然科學博物館採集大洋洲物質文化標本，攝於Sepik河上游，後坐一人為巴布亞籍總嚮導阿利斯。

左下　國立自然科學博物館原始藝術展，於1994年6月始展出，展出時間一年。左為劉其偉，右為擔任錄影工作的次子劉寧生。

巴布亞原始藝術展
劉其偉的新幾內亞行

頑童老年

識者提起劉其偉，多佩服於一個「老人家」，
猶能每日辛勤工作，樂觀昂揚。
八十五歲了，記事本上每天幾乎還是排得滿滿的，
演講、開會、座談不斷，閱讀、著書、繪畫不輟。
一生豐富，諸多轉折，凝練出累累人生哲學，
使得他得以面對過往與未來，面對叢林與人間。

熱帶雨林——自畫像，1987。
劉老說：「你知道什麼是生態學嗎？它就是敲響警告人
類的喪鐘聲！」

第十四章 教書著述

民國八十四年六月十日，一場颱風剛剛掠過台灣，台中東海大學校園內火紅的鳳凰花灑落遍地，空氣中有著雨後的清新。

這是一個星期六的午後。古舊的美術系館裡不見週末的狂歡，卻聚集著不少學生，地下室工作間裡一個女生手邊正敲敲打打，一邊還不忘探頭向窗外的人問道：「老師來了沒？」

兩點鐘，老師到了。依舊是招牌的卡其帽、卡其褲，配上白色短袖襯衫，斜背著一個黑色大背袋。

教室裡傳出此起彼落的聲音：

「老師，好久不見！」

「老師今天好帥喔！」

「老師，好想念你呢！」

劉其偉笑瞇著眼，「我也很想念你們。」

最後一堂課

整間視聽教室都快擠滿了，還不斷有晚到的學生走進來，在人羣中尋覓座位。門口，甚至有一隻小黑狗搖著尾巴，一直咧著嘴「笑看」劉老師講課。

這是劉其偉在東海大學教授的最後一堂課。

這幾年來由於妻子和自己的身體都不太好，不便於每週從新店住處奔波到台中上課，逐步推辭一些教職邀約的劉其偉一時卻難以辭了東海，只好暫時請人代課。不過一學期將盡，這期末的最後一堂課，他總是要親自來看看學生，和他們再談談文化與藝術。

架起了眼鏡，他從大背袋中拿出好幾盒幻燈片，專心而仔細地一張張置放在幻燈機上。有人殷勤地上前幫老師移動白板，好些學生紛紛擠向前，有的乾脆坐在講桌前的地板上，好看清楚些。

整堂課，不論是就著白板或就著幻燈片談，不論是談畢卡索的立體派或少數民族的原始圖騰，劉其偉最常提到的一個名詞，就是——「新的思維方法」。

一個八十餘歲的老畫家，正用其大半生藝術精華向十幾二十歲的青青學子展現著：藝術與人生，若以新的思維去透視它，就會有另一番面貌。

「不需要迷信大師。對很多事情也先不要去批評，而是先很虛心的去了解，去找出自己喜歡或不喜歡的原因……。」劉其偉在課堂上這麼說，而他的人生也這麼驗證著。

他在東海美術系一共講了十三年的課。當初創系的系主任蔣勳一上任，就邀請劉其偉來授課。蔣勳這麼告訴別人：「他只要往講台一站，就是一個活生生的典範。我要讓學生看看，一個藝術家可以活得這麼豐富而精采。」

真心喜歡教書

劉其偉也許從來不認爲自己是藝術家，但是他卻真心喜歡教書。

早在民國五十三年他踏入畫壇約十年後，就已應當時的政工幹校藝術系之邀，前往教授水彩。即使隨後赴越南三年，他也曾在戰火中，定期到西貢的嘉定藝專講授水彩畫法。自越返台後，政工幹校改為政治作戰學校，藝術系在其後幾年仍陸續邀劉其偉前去授課。民國六十一年到六十四年之間，他並在當時的中國文化學院夜間部家政系美術工藝組，教導學生「藝術欣賞」。

不過劉其偉較正式而長期地投入教職，應該算是民國六十三年起到中原理工學院建築工程系任教後。那時已年過六十的他，自軍職單位退休，不久即接到中原的邀約，教授的課程是「環境控制系統」，一反他以往多以講授藝術文化為主，這次則回歸到他早年所學及長期軍公職生涯所從事的工程領域。

問到劉其偉最懷念的教書時光是何時？他蹙了蹙眉頭，思索了一下說：「很難說是不是懷念，只是比較辛苦的，會令人特別覺得深刻，像在中原時期。」因為那時教的是工程環境方面的課程，不像教藝術領域可以較廣泛而全面地談：「教起來就比較吃力，如何讓學生產生興趣，而且能夠吸收，這並不太容易。」

目光遙向窗外，老人家起了些感慨，「真快，幌一下子，我在中原就教了十八年，經歷了五任系主任。」大大的手掌比了個「五」。劉其偉一直到九〇年代才結束中原教職。

「但我對中原也最感謝，因爲那時也是我最沒錢的時候，有了一份固定的職業，讓我能夠比較安定而專心去發展一些事情。」他一直不忘心存感激。初授課時的七〇年代，他退了休，失去了原有的定期收入，而彼時台灣繪畫市場尚不似今日蓬勃，除了少數畫家之外，一般人單憑作畫並不易維生，因此擁有教職，對劉其偉是莫大助益。

當選校園熱門教授

那時每個星期總有好幾天，他在凌晨五點就出發坐車，到中壢授課；經常從中壢回到新店時，已是晚上七、八點。雖說早期是由於經濟因素，但教了十八年，到後來劉其偉實在不需爲生計以高齡如此奔波，然而他還是願意在每天作畫或讀書、著述到深夜之後，第二天依然早起搭校車去學校授課。

「他是真心願意把自己的經驗傳授給年輕人，喜歡和年輕人在一起。」好幾位教育界的友人不約而同地這麼描述劉其偉。

他的熱誠與認真，學生們也感受得到。民國七十六年《民生報》針對當時國內十三所大學院校，經過兩個月採訪調查數百位學生、助教及老師，所選出的「當今校園熱門教授」榜中，中原大學就是由劉其偉和王鎮華兩位列名其上。報上歸納這些教授受歡迎的原因，主要在於：「有效、多變化的成功教學方式，以及獨特的個人魅力。」

劉其偉的教學熱力不因學校不同或年歲漸長，而有所改變。就像他近年來在東海大學授課，在還未請人代課、系方也尚未將課程調爲午後之前，每週六上午十點起劉其偉就會如時站在教室裡，先教水彩課，再談文化與藝術。「爲了東海這四堂課，劉老每個星期五晚上就從新店搭車來了，住在學校的招待所裡，那裡上廁所不太方便，他也不覺得不好。」在東海經濟系教授英文，經常專程去聽劉其偉講課的林美娜觀察到，「一堂課的鐘點費最多也才一千多，人家總勸他何必這麼辛苦，現在畫一幅畫可以賺更多，但是劉老仍然願意花這個時間，老遠來上課。」

林美娜十幾年前在靜宜外文系念書時，邀過劉其偉到校爲同學們上「藝術講座」，那時就深深折服於劉其偉的長者風範，「他那麼年長，又那麼知名，卻沒有一點架子，願意毫不保留的傳給下一代。」林美娜步入社會後，一次在台中的美術館巧遇劉其偉，知曉他每週在東海美術系授課，自此就一堂也不肯放過的次次來聽課。

歡迎學生評鑑

劉老講課的魅力何在?「就像他的畫一樣，很有生命，很有思想。」如今也爲人師表的林美娜表示。

劉其偉對於「學生都喜歡我」的原因，則說:「我不爲難學生。」他寬以待學生，卻嚴以對己。早在多年前，他就在東海自己實施現今教育界普遍採行的教師評鑑制度，「我要學生寫出來對我的批評，考核我自己!」他說。

民國八十四年夏天，鳳凰花開的季節，劉其偉在東海美術系教授的最後一堂課結束後，幾名男女學生仍圍著他百般請教，其中不乏來自外系如歷史和哲學系的學生。劉其偉以藝術切入人類文明的滔滔論述，廣泛吸引著不同領域的向學者。就像他自己，以好學爲基礎，四溢向多方領域。

綜看其教學之路，也橫跨多重面向，從理性的工程到感性的藝術，他一秉知性，自由出入。再看其授課之處，他笑了，「台灣大概沒有一個學校我沒教過，連台大我都代課過。」語氣中究竟是自豪或自嘲的成分居多，倒令人一時難以分清。

早年在台糖任職時，劉其偉曾經爲總工程師周大瑤於台大電機工程系代課。而從中原到東海的任教期間，他也斷續在淡江、輔仁等私立大專院校教授過理工課程及美術史。

赴海外教學

台灣之外，也有他教書的足跡。

在北半球的美國，俄亥俄州立大學於民國六十九年迢迢相邀王藍與劉其偉前往該校藝術系開水彩畫課。王藍後來記載，劉其偉「精抽象水彩與人像，授課期間每日爲同學畫像一幅，大家圍觀學習，三十多張人像全部慷慨贈與同學。學季結束，一場大規模師生聯展揭幕，佳評如潮……。」

在南半球的新加坡，已作育英才超過半世紀的南洋藝術學院，校園裡華裔、馬來裔、及印度裔的學生來來往往。校外進修系主任陳彬章，至今還樂道劉其偉在八〇年代來校講課的情形，「學生們都喜歡他，樂於跟他交談，他也把學生當孫子一樣。」

劉其偉當初因赴婆羅洲做田野調查途經新加坡，南洋藝術學院即要求他留下為學生講課；第二次，院長又特地再邀他前去講授東南亞的文化藝術。「最主要他能開拓年輕人創作的思潮！」在充滿藝術作品的辦公室裡，曾任教務主任的陳彬章用雄渾的聲音說：「在我們的同事或校友中，很多人都很高興有機會接觸到劉老這麼一位有學問、有修養，又能夠和年輕人溝通的藝術教育者。」

與新加坡隔界相鄰的馬來西亞，首都吉隆坡市郊的中央藝術學院是一所占地不大、相當幽靜的民間學院。劉其偉去過好幾回，講學、參加「藝術營」、設獎學金，還代邀了台灣文化界知名的蔣勳、黃光男等學者去講課。

捐畫義賣

四十多歲，蓄鬍的臉上頗具藝術家氣質的鄭浩千是中央藝術學院的創辦人之一，他記得，「劉老告訴我，他年輕時候辦過一個藝術學苑，但沒多久就關了，所以他很希望我能成功。」前幾年這所藝術學院一度經費困難，劉其偉在台灣得知，一口氣捐了三十幅畫交予鄭浩千義賣，募得的款項在院裡成立了獎學金，支持有志藝術的青年繼續擁有學習機會。

就是這樣一分爲年輕人設想的心，讓劉其偉從中年邁入老年，始終樂於教書。

「教書和寫書一樣，完全是一分成就感和滿足感，」八十多歲的劉其偉認真地說，「因爲做這些事，可以把你的理想告訴更多的人。」

許多人知曉劉其偉，甚至佩服劉其偉，就在於他那愈老愈發亮的理想性格；而許多人之所以認識到他的理想，就是透過他寫的書。

台北縣境金瓜石山上的時雨中學，年輕的美術老師見到劉其偉來訪，滿臉喜悅地趨前致意：「劉教授，我看了您很多著作，尤其是人類學方面的，讓人很想去那些地方一探究竟。」

台北市和平東路上的台北師院，開了「文化人類學」這門課的宋龍生教授，苦於找不到適合學生閱讀的中文相關著作，於是請學生到新店向劉其偉買書——他在九〇年代出版的《藝術與人類學》。在新店畫室裡，劉其偉幫學生綑好了一疊疊書，還不忘調侃彼此：「今天我賺你們每人一百多塊錢，晚上回去我就可以吃得飽飽的！」

其實他賣十本書的錢，根本比不上他賣一幅畫的錢；而他寫一本書的時間，卻往往要耗費經年，遠遠超過他完成一幅畫的時間。

但他還是樂於著述。自早年到晚年，一以貫之。

從早期撰寫工程方面的書籍，到習畫後譯著中西藝術思潮，再到將人類學探研的成果編著成書，劉其偉八十餘載人生歲月的層層歷練，段段菁華，也透過經年累月筆尖與稿紙的摩挲，厚積成頁頁篇章，疊疊書册。

勤於磨鍊文筆

劉其偉也一直在磨鍊自己的筆。從小在日本成長求學，並未受過任何中文教育，曾經有朋友形容他是「日文比英文好，英文又比中文好」，但是他極力自修增進中文能力。當年因作畫而接觸藝文圈，他益發勤於向一羣文友求教，跟他們讀唐詩，背宋詞，學寫文章。

到了八十來歲了，有天傍晚從畫室一步步走下樓梯，往回家的路上行去時，劉其偉又像突然想起了什麼似的，咀嚼起早年在台糖時期，躺在床上，然後就著紙張寫篇散文投稿給《台糖通訊》的快樂滋味。

也憶起了昔年主編《藝壇》的名畫家兼作家姚夢谷看了他的文章說「最近文章比從前順多了，有進步！」的喜悅依稀。

「我真正覺得，一格格爬格子寫作出來的東西，比我完成一幅畫作更有成就感。」他曾經這麼說。

劉其偉也說過：「我能夠在學校教那麼多藝術方面的課，完全是靠我的譯作。」一個並非擁有碩士、博士學位的研究者，能夠在大學殿堂裡侃侃授課，他辛勤不輟的本本著述，無疑是他的人生履歷。

而教書，也相對激發了他不斷著書。「我總是告訴學生：『你們需要什麼資料，告訴我，我盡力而爲！』可是學生們並不是都懂得，所以我也寫很多書，讓他們有興趣就去看，看了有問題就可以來問我。」劉其偉有一股傾囊相授的熱切。

從教書談及寫書，再從寫書談及教書，這位老畫家兼老學者，似乎談「書」的興致遠大於談「畫」的興趣。

依然是那個基本想法：「寫作和教書，讓我有一分成就感。」

「這成就感在於——我爲這社會做了該做的一些事。」

長年著述，筆鋒掃過了工程與藝術，文化與人類學，八十四歲時他的最新著述又跨進了一個新領域：生態保育。

（吳東岳攝）

劉其偉晚年倡導「業餘人類學」。他認為文化人類學雖屬一門專門的高深學問，但在今日，已成為「現代人」必具的知識。他還認為今日人類學的研究，似不宜囿於「為學術而學術」，而忽略了「實務的應用」，尤其「生態人類學」的拓展，較之既往任何一項分工研究更為迫切。圖為劉老在台灣大學人類學系演講。

第十五章 從狩獵人到保育者

早年，劉其偉是以獵手形象聞名的。

包括了野外的狩獵，以及藝術的獵取。

藝術家何懷碩在民國五十九年的一篇特寫，就以「獵者劉其偉」爲題。並且在文中以「老練的獵人」稱之，「他獵取的對象不只是飛禽走獸；他的目的亦不在於置其於死。我覺得在其偉先生胸懷間，他行獵的對象是宇宙之奇奧與人寰之真象。」

打獵老手

師大美術系教授郭軔在民國六十年的一篇文章中也提及，「劉其偉是打獵老手；但這位老獵人，今天正從事於復生藝術的狩獵。」

藝文圈還傳述，劉其偉大概是台灣畫壇中唯一有過和野豬搏鬥經驗的畫家。

劉其偉拿著畫筆的手，是曾拿過獵槍的。

現今皺紋深鏤的臉上，若不仔細觀察，很難發現眼旁的紋路中藏著一道狩獵時留下的傷痕。那是有年冬天在淡水獵野鴨，同伴的流彈碰到樹幹再「咻！」一下穿進了劉其偉的面頰，離太陽穴只差一吋，「再高一點，我就完了。」劉其偉像說著旁人故事般輕鬆自然。

中彈時是不知痛，好像只感到人「傻」了一下，伸手一摸，才發現鮮血觸目。劉其偉被送到醫院，取出子彈，「第二天臉腫得跟豬頭一樣，照鏡子竟認不出自己來。」

談起了狩獵，劉其偉最早的記憶，還是在童年。那時劉家仍是大戶人家，家中養了兩個獵戶，他的父親有空時會去郊野打獵。

「我相信每一個人都是獵人，」已看盡人生百態的老獵手在八十四歲時這麼說，言語間似乎已了悟當年的父親和後來的自己，對狩獵的狂熱何在，「人類的祖先在最早時，爲了生存，只有狩獵，求取食物和安全。我們血液裡早就流著祖先狩獵的因子。」

「像我們小時候，看見毛蟲，或看見池子裡的蝌蚪，都會想去抓。」少時就喜歡流連原野的他，很自然地就嚮往著拿起獵槍走往山林的一天。

在日本求學及初返中國大陸時，都沒有這樣的機會。直到至雲南加入兵工署軍職時，機會來了。

雲南多山，野獸也多，尤其多胡狼，「大！」劉其偉用力強調出這個音，凸顯那胡狼之大。這野獸在夜晚時分兩隻眼睛露出炯炯的綠光。劉其偉有時就和同事到山區的叢林裡，用步槍打野狼。「那時也找不到很好的嚮導，也不算什麼正式的狩獵。」他說，常常沒獵到什麼東西，倒是有時候開車時會把橫過山路的胡狼給撞倒。

真正開始狩獵，要算是來到台灣以後。

當年台中有一家「辰昌行」，是台灣唯一的槍店，劉其偉和店主蔡老闆趣味相投，結爲好友，也進而在狩獵上「切磋」。彼時是民國四十年代的台灣，買賣槍枝及山林打獵，只要依法申請狩獵執照，還是被允許的。

與野豬搏鬥

那時最常同行的狩獵夥伴，則屬劉其偉在埔里結識的一戶林家兄弟。這林家是五代同堂，世居埔里，以養鹿取茸爲業，飼養的鹿遍布了幾個山頭。林家的七個兄弟，個個都是狩獵高手，還養了一羣大大小小的獵犬。出動打獵時，至少有九隻獵犬同行，兄弟們有的拿獵槍，有的拿一種鋒利的長矛，浩浩蕩蕩的到山區獵捕野豬。「那叫圍獵，」劉其偉說：「這一類的圍獵，非常危險，因爲在精神過分緊張之下，有時會把人誤認爲一隻野豬！」

藝文圈嘖嘖稱奇的劉其偉與野豬搏鬥的傳述，就是他與這羣「林家班」共同經歷的。

劉其偉那時在彰化溪洲的台糖總公司任職，平時偶爾也爲糖廠設立的幼稚園上山抓些活獸回來，像猴子、鳥類、兔子等等，供幼稚園的小朋友認識動物。至於獵野豬，那就是大事了。台糖農務科在山上的工人一旦發現野豬蹤跡，就會急電告知劉其偉，他再通知林家兄弟們，隨即整裝出發進行圍獵。

說起來，獵野豬是件相當刺激的事。野豬兇悍，交配期更是性情暴躁。「野獸一般在平常時不一定會攻擊人，但碰到交配期就不一樣了。」劉其偉道出經驗談。

通常他們找到野豬都是在草很高，或是灌木很密的地方。圍獵由獵犬先發，驅趕野豬，這龐然大物在林中四竄，但見灌木林像風吹一樣快速晃動。獵人使用的槍枝和子彈，依獵物而有不同，打野豬可不比打兔子，此時，打獵的子彈規格最好用「○○」號，以求殺傷力大，十碼之內必使牠中彈仆地，「否則死的是你，而不是牠。」劉其偉說得森然。

鬥力亦鬥智

這是人與獸鬥力也鬥智的戰爭！獵者視野豬相距多遠而決定舉槍，獵物中槍受傷後，仍可能向人衝來，如果第一槍威力不夠強勁或沒有命中，獵人尚來不及發第二槍，須臾之間，野豬可能就已衝到面前，如是生死各半，很是公平。

「中國人說困獸猶鬥，一點都沒有錯。」他從打獵經驗中見到的困獸，想到了自己艱辛的大半生，「我就是困獸猶鬥。人家說我很有毅力，執著很強，其實我不過是一隻困獸，在死亡邊緣，不鬥怎麼行？」

四周的空氣，剎時由人獸之鬥的驚心動魄氣氛，凝結成了一個人奮戰人生諸多折難之後的淡淡哀嘆。

這感嘆，讓人思及了劉其偉在民國五十三年發表的「台灣紀獵」中的幾段話：

「白晝的叢林，是多麼恬靜與和平，其實身處其間的動物，卻是無時不在搏鬥與掙扎之中。這種物競天擇，適者生存的定律，一直進行了千百萬年。

「許多草食動物自出生以至於死亡，時刻都被肉食獸窺伺著，這種生存方式，如果給意志薄弱的人看來，該夠人沮喪了；然而在牠們，事實並不如此。騷擾、恐怖與死亡，在命運中雖早已注定，但牠們卻有一種天賦——敏感、樂觀和忍耐，時刻都在應付凶險的來臨。牠們更能疾走如飛，一旦逃出了敵人的追擊，便又慶祝重生。」

或許狩獵之於劉其偉，是他在血脈中潛藏的因子，是他在好勇的年紀接觸動物與原野的方式，也是他面對山林的呼喚、面對人世的波折時，一種回應的作爲。

因此在他的文章中也可以看到他寫著：

「在橫貫公路還未開闢以前，我每年取道嘉義轉觸口，再從觸口進入山田管轄一帶的山區遊獵。……終年長居在塵囂都市，生活平淡無奇的人，一旦踏進了叢林，你將感到自然的崇高和生命的自由。

「如你藉遊獵而寄意山川，不以濫戮生命爲取樂的話，那麼狩獵該和繪畫、音樂一樣。它也是藝術；而這藝術，同樣地需要毅力、技巧和學習的。

「當你踏進了濃蔭蔽日的叢林，我想任何人將會不約而同齊聲讚美她，賜給我們人生的啓示；正如你每天早上祈禱一樣——讚美大自然教給我們的學問，不是從書本中可以得來。」

劉其偉同時在思索獵捕之後，留下的是什麼。

內疚不已

後來他不只一次向人提及，有一回在埔里大鼓石打獵時，三隻獵犬從灌木林中搜出了一對羌來，牡的已被擊斃，牝的被獵犬咬死，當劉其偉循聲前往時，發現奄奄一息的牝羌，胸前乳部還不斷滴下奶汁來，「我已意識到又在糟殘另一條生命。」憑獵人的經驗，附近一定有一隻等不著母親餵乳的小羌。「事隔多年，每當我憶及屍身雖死猶能滴乳，此情此景，不禁爲之內疚不已。」他這樣責備自己。

狩獵的習性，逐漸在轉變之中。尤其當劉其偉接觸到卡森女士（Rachel Carson）的《寂靜的春天》這本敲響世界環保意識的書之後，他的內心，隱隱然也被敲擊著。

「我對那本書的內容之所以那麼敏感，就是因爲自己狩獵的關係。想到我當年自己不愉快時，就拿著槍到山裡屠殺一番，發洩，很無聊。看到那本書之後，我開始反省自己。」劉其偉很坦然地自陳。

反思之後，他將手邊訂的《Wild life & Hunting》這一類狩獵期刊都停了，將關心焦點調整到完全相反的方向——如何保護野生動物與自然資源保育。那是在民國五、六十年代，台灣社會普遍還不識環保及生態爲何重要的年代。

劉其偉原先是那麼著迷於狩獵，突然要放棄這多年嗜好，甚至做一百八十度的調整，難不難？怎麼做到的？

放下屠刀

老獵人又張嘴笑了，「這叫禪宗的『頓悟』，放下屠刀，立地成佛。」

劉其偉最高紀錄在家中曾擁有三把獵槍，其中一枝來福槍還是用二兩金子的大手筆買來的。自此，都賣掉了。當時也是各方「機緣」促成。先是淡水狩獵時遭流彈所傷，差點沒命的經驗，使得家人爲他擔心，禁止他再出獵。再來又逢台灣外有蔣經國在美國險些遇刺，內有台北延平南路發生槍殺案等重大事件，治安單位開始對擁有槍枝者予以關切。劉其偉於是主動替自己「繳了械」，也卸去了心頭的陰影。

還記得，「以前槍放在家中，我看到那槍架的影子，就聯想到死亡的陰影。」

家的影像已漸漸不同。劉其偉在民國五十四年的一張家居照顯示，院中樹木葉影佔了大半，那是他住中和的時期，友人在照片旁寫著：「這是他的院子，他任蔓草叢生，目的在於保護樹蛙、蜥蜴和昆蟲。」

草莽豪邁的獵人性格仍在，不過劉其偉再也不是持槍的獵人，只是繼續努力於藝術領域的行獵及開拓，同時，也逐步傾心關注於那些跳躍在大自然，也躍然於他畫布上的鮮活動物。

民國六十五年，劉其偉在《自由談》雜誌上發表了一篇談「野生動物保護與國際資源保育」的文章，文長數千字，引證國際及台灣的多種實例來呼籲大眾重視生態保育。

台灣社會的環保及生態觀念成形於民國七十年代，劉其偉這篇撰文，發表甚早，無疑是深具遠見及前瞻的空谷足音。

為野生動物請命

他在文章中表示：「野生動物的科學價值，往往不易像其他科學或藝術那樣，可以由其本身顯證。……但人類必須急於獲知本身如何適應與野生動物共同生存於宇宙之間。因此一應生活條件，都必須妥加思慮，並把它重新整理成井然有序——維持其平衡，以資遵循。

「如果能切實對保育早有組織，則台灣拯救動物於滅絕，爲期尚未晚。否則不出數年，我們下一代也只能在博物館裡憑弔，追憶大自然賦予人類的這分禮物了。」

從一個年輕時就特別愛看狩獵影片的獵人，到成爲一個急於爲世間動物請命的保育者，劉其偉看似從一個相反的極端走來。其實，正因爲他曾走過及想過這條動物的仆亡血路，更能感受濫捕之後的傷痛，也更能體會人與萬物彼此的休戚與共。

「現在，有時候在公園裡看到有人用彈弓打小鳥，我就很氣！還有恆春鄉人烤伯勞鳥，就更不用說了。」上了年紀之後的劉其偉已很少動怒，但談到這事兒，臉上浮現了氣呼呼的怒容。

動物，一直是劉其偉畫作中經常出現的要角。近十幾年，他更是大量彩繪動物。以畫表心，重新舒展著與動物之間的關係。

水牛的啓示

劉其偉還出版了一本《台灣水牛集》的畫册，並以「水牛頌」來代替自序：

「今天我老了。已記憶不清，反正是許多年的事了。有一天，我在中原課後跑到普仁崗那邊散步，我爬進一個牧場的柵欄中，想穿越草地到對面，剛跑到一半的路程，忽然聽到一陣飛蹄聲，向我這邊衝過來。我直覺地感到在緬甸灌木叢中的體驗，這正是猛獸向你襲擊的蹄聲！

「我醒起手中無寸鐵，這隻向我衝擊而來的公牛，只距我五、六十公尺，其來勢之兇，出乎你意料之外。既往我一生都是面對任何猛獸的襲擊，從未臨陣退縮過，如今我兩手空空，除逃而外，正是死亡，因此，我只有逃！

「所幸柵欄並不太高，當我爬過了柵欄，而牠的尖角早已撞上橫桿上。當我喘著氣停下腳來，我感到彼此都手無寸鐵，這一場的比較，不正是最公平的嗎？

「我不知道是否因爲自己真的老了！若與牛相較，原來連牛都不如！不由使我對牠肅然起敬。

「三、四十年前，我在火車窗外，經常看到田埂和草原上，有許多水牛在徜徉著，如今已看不到牠們了。我非常懷念這些勇猛而剛直的傢伙，我喜歡牛，我畫牛，因爲牠曾經教過我無比的生存哲學與人生啓示。」

他就是以此態度面對動物——視之如人，甚至更甚於人。如同他在歷次的蠻荒探險研究中，以平等、開闊的心態，看待叢林中的原始部族及諸多蛇獸。

劉其偉曾經在一場小型演講中向在場的年輕人表示：「上帝給人類的智慧太

多了，不知道祂創造生物時，是不是打了個噴嚏，不小心爲人類放了太多的智慧？人類因爲有太多的智慧，所以把社會搞得非常複雜，我們無法讓這些停下來，但是可以和原始的社會做比較，可以和動物的社會做比較，這會是很有趣的事情。」

扭轉國際視聽

多年來，一如他鮮明突出的探險家形象，劉其偉也是許多人心目中最具特色的動物代言人。

民國八十三年初，正當台灣可能因野生動物保育問題而遭美國引用培利修正案制裁報復之際，劉其偉接受了行政院農委會委託，提供兩幅畫作製成海報，希望以藝術創作者的心和筆，爲台灣扭轉國際視聽。

劉其偉提供的畫作上是老虎和犀牛，畫筆勾勒間，傳遞的是他一貫的關注，尤其是對這兩種容易被撲殺入藥的野生動物。

民國八十四年，農委會與劉其偉的合作持續，並擴大到對台灣民眾的宣傳。劉其偉畫筆下，繼犀牛、老虎之後，紅毛猩猩、綠色樹蛙……次第誕生，廣泛製作成年曆、卡片，喚醒人們對野生動物的親近心。九月間，劉其偉出版一本以野生動物爲主題的畫册，新書發表會上，老畫家端坐的座位後方，高掛著隻隻彷彿正諦視人間的動物畫作，每幅海報中，都有他親筆書寫的心聲：「保護野生動物，是爲了下一代。」

讓動物有尊嚴的活

劉其偉爲這本極大開本的著作定名，他將「上帝的劇本」冠予了這羣野生動物，而不是給予有了太多智慧的人類。書中收錄了那篇二十年前即呼籲重視生態保育的文章，與他至今不減的關切，遙相呼應。

爲這本《野生動物——上帝的劇本》奔波執行的金陵藝術中心負責人薛瑋，還記得他將書中圖樣交給台大動物系教授李玲玲過目時，這位台灣生態界知名的女教授見了劉其偉的繪畫隨即驚呼：「這隻動物是活的，而且是有尊嚴的活著！」

劉其偉畫筆下和心中所流露的真切，無非也是想使同處地球上的萬般生物，和人一樣，有尊嚴的活著。

因此他益發積極從事。和一羣學者及關心生態的人士，組成了「中華自然資源保育協會」，這些相關著作及畫展，所獲的盈餘將成爲協會資源，一同爲保護大地上的生物盡心。

進行著這些事，八十幾歲的劉其偉卻從不認爲自己給了野生動物多少幫助，反而是屢屢告訴人家他從動物身上學得了許多。

像他舉例，長頸鹿出生時，從母體掉到地上大概有兩、三公尺，此時母鹿立刻會吃去胎衣，舔小鹿的身體，而小鹿也要在半小時之內就得學會站立，搖搖晃晃地跟著母鹿走，如果跟不上，就是天然淘汰了。「這是上帝賦予的本能，也是生存的力量。」他說。

劉其偉一生多艱難，無時不力求生存，由動物身上習得的哲學，儼然也是他人生行路上的一個重要力量。

想當森林警察

而不論是早年的草莽狩獵人，或是今日的保育提倡者，劉其偉一直最想做的，其實是徜徉山野的森林警察。

「給我一把刀、一匹馬和一張毛氈，我就可以過得很快活了！」他眉揚笑溢地說起那畫面的模樣，不禁令人又想起了他在叢林中探險穿梭的長長身影。

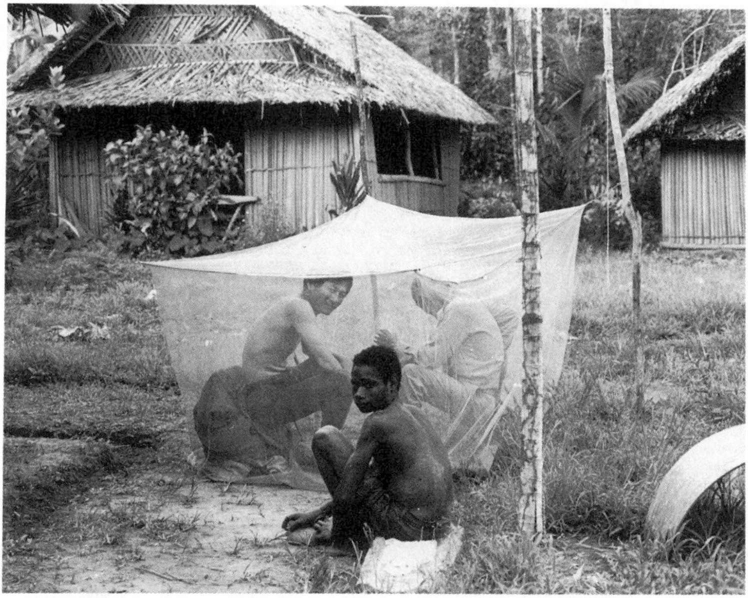

文明的進展和生態保育是相互矛盾的。由於各地開發時期的不同，因此各自又抱有不同的目標和看法。劉老認為當務之急是，為了下一代，必須先關懷生態，進而尋求解決之道。圖示在偏遠地區，都市人和自然人對蚊蚋的能耐度。Sepik上游的Govermas Village。1993年。

「別殺了！」——自畫像，1993

劉老接受農委會委託，畫了許多動物，製作成海報、年曆、卡片，要喚醒人們對野生動物的愛心。圖為劉老著作《野生動物——上帝的劇本》的新書發表會。

（林承樺攝）

第十六章 老頑童的羣眾魅力

「一位赤腳的平民中國文人，叼著西方現代冒著迷霧的菸斗，以他紳士的風度，和台灣的草根性格握手。」

四十出頭，年少時從劉其偉的譯著中汲取了大量現代藝術知識的藝評家陸蓉之，曾經以這段文字形容她自小認得的「劉伯伯」。

劉其偉獨具的個人風格，也在這段文字勾勒中盎然浮現。「劉伯伯」成了「劉爺爺」，多年來，劉其偉的魅力始終不減，依然披靡羣眾。

民國八十四年六月中旬，八十四歲的劉其偉在台中的「漢壁軒」藝術中心演講，可容納一百八十人的大廳湧進來源源聽眾。主辦單位爲免「超載」，臨時加闢了一個房間容納向隅者，並拉寬螢幕，讓所有來者都能欣賞到劉其偉的幻燈片解說。幻燈切換中，劉其偉風趣、親和地講述現代藝術與原始部族的豐富與瑰麗。

一直崇拜他

三十幾歲的林玉秋也在人羣之中，散場後她奮力擠向前去，送給「劉老」一個自己親手做的皮雕作品，皮面上是頗具原住民風格的雙頭蛇彩影，作品背後並刻上了自己的泰雅族名字「瑁瑁瑪劭」。

「我那天好興奮！我常常去聽他演講，但沒有像那次這麼接近他。」林玉秋事後依然語音亢奮地說：「皮雕我做了好幾天，我崇拜他好久了，我想他這麼有心，我好感動，就做了東西送他。」

有感於劉老的哪方面「有心」？「我常看他的書，寫原住民的，菲島研究的，很多。他的名字我從讀專科時就聽說了，一直很崇拜他這樣的人，除了他爲原住民做的事情，而且覺得他這個人很純真，嗯，我真不知道用什麼詞來形容，怕冒犯了他。」這名泰雅族女子一直帶著欽慕偶像般的口吻描述。

就在劉其偉這場台中演講的半個多月前，在台北的畫室裡，他才剛碰上幾乎每半年就來一回的「小困擾」。

半年一度的「困擾」

五月下旬，各學校要放暑假了，畫室那兒本來就不太得閒的電話機又是鈴響不斷，很多學生都來約「找劉老聊天」的時間。「昨天才來了一羣師範學院的學生，玩了三個多小時，」「劉爺爺」揉著眼睛，有點兒歡喜又有點兒無奈的說。而這一天傍晚，連他從來沒有去教過書的政大也有學生要來，「打算一起去吃個麵。」

昨天來的這羣學生，打電話來相約時說有二十多個人要來，「後來我說我這裡實在容納不了這麼多人，他們才商量商量，結果來了七個人。」

劉其偉位在新店五峯路的畫室，是一棟公寓的五樓，不過三十來坪，扣掉作畫、休息的地方，以及好幾排書架之後，客廳的空間實在有限，幾張陳舊的藤椅沙發，坐上五、六個人之後就略顯侷促。他實在不願意讓學生覺得他拒絕了他們，但也實在不忍心孩子們來了之後，「得讓他們一個個坐在地板上。」

有時候，劉其偉會事先「調度」一下。像七月分，東吳的、交大的說要來，有的要來談人類學，正好專研藝術人類學的宋龍生博士「也要來看我，我就對學生說，那你們同一天來，我介紹一下，想談人類學的也可以跟宋博士談。」老頑童說著，又起身去廚房打開大冰箱，拿出了汽水可樂和成罐的糖果，一邊待客一邊自己嚼著。他那大冰箱裡似乎也正儲存著他的熱情，以待一波波將至的訪客。

如果經常出入劉其偉畫室，不難發現在這偶可遠眺台北夕陽的居室裡，常常是訪客或電話不斷。除了學生，從報章或書籍上慕名而來的讀者，還有畫友、老友、邀展或邀演講的單位、採訪的媒體……。其中不乏呼朋引伴，一群人相約「來看劉老」者，尤其是年輕人，帶著一個小陶瓶，或是一大束來自山間的野菊花，就這麼來了。

春風老少年

其實，和劉其偉八十多歲的高齡相比，來的大都是「年輕人」。而他也常常表示，他喜歡與年輕人相處，「我跟年輕人沒有『代溝』，反而跟老人家好像有『代溝』。」他半開玩笑的說。

操，探索潛能的人」。

《天下雜誌》曾以「春風老少年」來形容他，將劉其偉歸類爲「常做腦部體

八十三歲時，有個陽明大學護理系的學生寫信告訴他，自從他到學校演講之後，迷煞許多師生，眾人不但對劉其偉的傳奇故事感興趣，還有一位專門研究老人心理調適的副教授表示，在劉其偉的身上「找不到老人的特徵，只有『反老人行爲』，」完全無法用其平日研究來套用在這位「老人」身上，而且說，她的研究論文可能有錯誤，現在必須要改寫了。這封信還進一步向劉其偉說明，「師長對您跨越種族、文化的研究態度，與對人類、自然的關愛精神嘖嘖稱奇……。」

在羣眾的眼光中，確實很難用一般予以老人的定義，來透視眼前這位充滿魅力的老學者兼探險家。

充滿赤子情懷

如果說，八十餘歲的劉其偉，滿足了一代又一代的年輕人對傳奇與冒險的嚮往，對知識與理想的追求，因而廣受歡迎，這或許可以解釋其羣眾魅力的部分原因；不過若將他的「羣眾經驗」追溯到十多年前他尚未有諸多探險經歷的年代，

也可以發現，他早已令許多人嘆服崇拜。

「早」在他七十多歲時，當時的年輕畫家謝明錩即爲他在《皇冠雜誌》提筆抒文：「只有他，劉老，一位率真可愛的長者，……光看他悠然的點菸，拋出一句笑語之後呵呵的抖顫起來，就足以叫人一日蒙塵的心頃刻間蕩滌開來。

「想要親近他是長久以來的事了，一個七十五高齡的人，卻在畫廊裡偉大的懸掛出一幅幅創作力旺盛，連青年人也無法比擬的、充滿赤子情懷的作品，難怪痴望著畫作，我一次又一次的由心底深深的被震懾住了。」

民國七十三年在《大眾週刊》上也刊載著一篇署名艾倫的文章，描述劉其偉「具有老年人的年齡，中年人的胸襟，青年人的活力，和孩子般的天真。」「劉其偉每一次開畫展，給我的印象最深刻也最感動的，是一羣羣的年輕人跑去看他，他們實在送不起花籃，也說不出虛假的恭維話，他們只是來探訪這位大朋友。……」

時間再往前推，民國七十年，地點是南台灣的嘉義，一分校園刊物記錄著：「演講的地點在華商大禮堂，講台和觀眾隔得很高，放映幻燈片的銀幕不得不擺在台下，劉智校長簡要地對聽講來賓和學生介紹過後，哄室響起如雷的掌聲，其老……熬完了講演大綱，他倏地從台上一躍而下，就站在銀幕之前，準備爲大家詳細解說，全場觀眾看得目瞪口呆，隨之一片嘩然，對這位七十高齡的老叟，如此敏捷的身手，無不嘖嘖稱奇。我心裡很明白，老巫師這箭步一跨，立刻踢開了全場觀眾拘鎖的心扉，驅散所有雜念，敞開大門，另是一番靈犀相照的風光局面了。」

倫敦乞丐

也許從親友或媒體給予劉其偉的「封號」，也可窺出其獨具一格的魅力特質。早年從畫家林惺嶽稱了他「老巫師」開始，不少人就跟著這麼稱呼他；晚近，畫壇習慣叫他「老頑童」，這名號也不脛而走；而攜手一生的妻子，曾經說他總是披披掛掛，蕭蕭灑灑地遊走四方，於是封他爲「倫敦乞丐」。對於這些稱號，「我都喜歡，這些外號，對我來說，相當於英國皇家封給平民的公爵，或是馬來西亞蘇丹封給百姓的拿督。」點了菸，劉其偉一口一口吸著，也笑著說。

而不論哪個外號，似乎都勾勒了他略帶叛骨、透著童心、不拘形式也不甩世俗的爍爍風格。

問他對自己深具年輕人人緣的看法，劉其偉也豪爽而自信的說：「主要我的思想開放。因爲我的脾氣就是一般年輕人的脾氣，我的愛好也是一般年輕人想實現的夢想！」

說話的神情，讓他臉上的每條皺紋彷彿都跳躍著一個青春的精靈。眼前這位人生的老探險家，似乎是童話故事中虎克船長與不老的彼得潘，結合而成的化身。

率真、自然、不矯飾，是他一貫的個性與作爲，想也是令許多人屢屢相隨的要因。

真誠對待年輕人

還有就是他真誠以待每一個傾慕的年輕人。民國八十四年劉其偉在台中演講收到瑁瑁瑪劭皮雕禮物的那一天，回到台北後他一連兩晚睡不好覺，因爲他遺失了這泰雅族女子的地址，想回贈她一些書籍卻無處可寄，心裡總惦記著。直到從皮雕作品背面刻著名字的地方，依稀辨得一些像電話號碼的數字，託友人照碼撥號問得地址，劉其偉才安下心來。

這一天，他同時在畫室一角揮汗綑著一紙袋、一紙袋的書籍，打算回家的路上兜到郵局去寄。劉其偉總覺得該回饋給這些寄信或贈物的年輕人一些什麼，而書，就是他最好的心意。

畫室書堆上，劉其偉有一個花鳥圖案的紙盒子，像尋常老人家珍藏著自己的值錢寶貝一樣，他打開了這個「收藏盒」，裡面竟是一張張卡片，及充滿拙趣的小玩意，是年輕朋友親手做的。滿滿的，快要溢出盒子來了。寫著各式筆跡的卡片有來自台灣各地的，也有國外寄來的，還有一羣人簽滿了名字齊表祝福的……。

翻著這些卡片，老頑童又像個爺爺般絮叨著：「這些孩子，有時候買些牛奶糖來，有的自己做些小東西，雖然不值錢，但我好感動。」

他心裡有時也不免歉疚。因爲怕畫室收信不便，在公開場合他會對學生或聽眾說，信件可以寄到東海美術系去。結果他一、兩個月才去系上收信，竟是一大疊的信件，「我回信難免就遲了些。」劉其偉說。

在鬚髮皆白的劉其偉眼中，每個年輕人都是「小孩子」，小孩子就不應該爲他破費。

絕不占人便宜

「你給他一些，他會給你更多。」因爲經常去東海美術系聽課而與劉其偉相熟的林美娜就舉例，「劉老來台中，我有時會帶他去一些地方走走玩玩，他在台北就常寄書給我。若一起吃飯我要請客時，他也都不願我們出錢，絕不會占人便宜。」

這般長者，無論是演講台下遙遙望他的聽眾，或是認識之後實際與他相處的朋友，大多樂於親近他。

而劉其偉的魅力，不只輻射自他的人，也放射於他的畫。

台北繁華東區，畫廊羣集的阿波羅大廈裡，「形而上」畫廊牆上掛著三幅劉其偉的畫作。畫廊負責人黃慈美一提及劉其偉，張嘴就笑，「昨天來了兩位小姐，看了劉老的畫後就向我們要資料看，一邊翻著劉老的畫册，就一直笑一直說『好可愛喔！』我問她們是不是剛從國外回來，她們說是。」

黃慈美心想大概是久居國外的人才不識劉老名號，一問果然是。而即使是從未聞知劉其偉的年輕人，初識其畫也能被其中自然流露的率真、親和，迅速吸引。

「一張畫掛在牆上，畫家的人格、情操、思考，都在牆上一覽無遺。好像X光片，別人絕對可以讀出他的內心。」有十多年畫廊經驗的黃慈美這麼表示。對於相識也有十多年的「劉老」，黃慈美說：「他每一面都很真，而且真得很徹底。」

劉其偉不虛矯的特質，也表現在他買賣畫作的行為上。這幾年來為劉其偉打理畫作經紀事務的飛皇藝術中心負責人蘇文忠，談起這點就有些既困擾又佩服：「劉老常常對客戶說，『你們不要買我的畫，我的畫不好，你們不如把這錢拿去買一套沙發。如果已經有沙發了，就把這錢借給我去探險用。』」

結果對方就不買畫了嗎？當然不是，蘇文忠說：「客戶還是買了一堆劉老的畫。」

高齡廣告明星

也許長期以來，劉其偉幽默又蕭灑的形象已深植許多人心中，因此也不時有人找上門來請他拍廣告。多年下來，他陸續拍過軟片、礦泉水、休閒錶等電視或平面廣告，產品性質大致不離他愛旅遊、喜自然的特性。

身爲一個七、八十歲的高齡「廣告明星」，賣的卻不是老人產品，老頑童又是雙手一攤、聳聳肩的對朋友幽自己一默：「我不過就是打打工，賺一些錢用，也讓你們有好東西吃。」

老友、師大教授劉文潭對劉其偉的「廣告效果」特別有感受，因爲他和劉其偉外出同乘計程車時，至少有兩次碰到司機認出劉其偉是那個「拍廣告的老教授」而不肯收錢。結果，「劉老就要記人家的呼叫器號碼查到人家的地址，把車錢寄過去。」劉文潭說。

綜觀劉其偉一生行來，似乎有著倒吃甘蔗的漸入佳境，也有著愈陳愈香的羣眾魅力。而這些，都是他昔日屢屢往人生險路上行去時從未料想到的。

其實劉其偉身上那分總是躍躍欲動的探險性格，以及他實際走過的探險歷程，不只是吸引著各方年輕人，對與他一樣步入晚年的人，同樣有著號召力。

民國八十五年一月，一家報紙的地方版登載著一則訊息：有位從台中忠信國小退休的吳養春先生，「一直很羡慕劉其偉八十餘歲還能走訪東非，更贊同劉其偉不在乎旅行途中可能危及生命的突發狀況」。吳養春也喜歡向難度挑戰，經常到中國大陸許多高山之境自助旅行，不但出版了四本自助旅行的專書，還要舉行沿途攝影的作品個展。

長期研究後現代現象的藝評家陸蓉之曾形容劉其偉是「台灣最早的浪漫主義典型」，老頑童由少及長的人生魅力，似乎也可用此句概括之。

寒假到了，劉其偉半年一度的「客滿」頭痛期又要發作了。國立藝術學院的學生相約來探訪，當天也有文化大學的學生要來，「十幾個人要來，我說：『坐不下的。你們來我只好在地上鋪報紙。』推不掉的，不然這些小孩子會生氣。」

老頑童正爲他的羣眾魅力大傷腦筋……。

劉老幽默又瀟灑的形象已深植許多人心中，因此不時有人找上門來請他拍廣告。（鄧興攝）

第十七章 永不停止的人生哲學

如果說，代代年輕人是被劉其偉富冒險性及理想性的傳奇經歷所吸引；那麼，對於那些與他同樣閱歷已豐的壯年人而言，所贊服於劉其偉的，則多是他那積極樂觀的工作態度，及永不停止的人生哲學。

從他六十幾歲、七十幾歲，到突破八十大關，近二十年來，劉其偉的行事曆總是寫得滿滿的，演講、開會、評審、採訪、畫展……之外，他還得留下時間來作畫、寫書、做研究。經常在家吃過晚飯後，他又步行到畫室繼續工作，位在五樓的燈光，持續亮到深夜一、兩點。

「劉老是停不下來的！」熟識他的朋友都這麼說。

工作就是娛樂

他自己也說，「我做事很積極，非常積極。他們就說我『做什麼，像什麼』，而且全力以赴，我也很認同這點。」一向不認為自己有何長處可談的劉其偉，難得地認可起這項優點。

「我有時候打電話給朋友，他們說正在看電視。我很少在家裡看電視休息。」劉其偉帶點豪氣地環顧畫室，「在這裡，沒有電視，連音樂也沒有，我管我自己很嚴，工作的時候就是工作！」

「朋友他們問我有何娛樂呢？我說『工作就是娛樂』，他們覺得奇怪，工作怎麼會是娛樂？我說，『我工作得很有成就感，就很快樂，那就是娛樂。』」

這是劉其偉的工作哲學。

畫室的陽台上擺著一張藤椅，放上舊舊的軟布墊，旁邊一張小板凳上擱著菸灰缸。劉其偉工作累了，就會在這兒坐上一會兒，抽抽菸，喝一杯咖啡，然後又回屋裡工作。

能夠不停地工作，讓他感受到自己的價值。像在東海大學為學生講完學期的最後一堂課後，他彎下腰收拾著講義和幻燈資料，問他「累嗎？」，老人家抬起頭，又笑瞇了眼，說：「我喜歡累。」

要組探險隊

當然，大半生爲貧窮所困的劉其偉，有時候免不了還是要拿錢來調侃自己的工作態度。一天傍晚，他按熄畫室的燈火，準備回家陪家人晚餐的路上，又像有感而發地說：「很多人都驚訝我這麼勤勞，每一刻都在動，沒有停下來過。講得難聽一點，就是爲賺錢嘛！人家又問我賺那麼多錢做什麼？我要組探險隊啊！」

其實，錢只能算是他早年拚命工作的誘因之一，而潛伏在他體內，始終努力不懈的積極因子，才是他面對人生、面對社會的一貫原則。

有一次劉其偉又翻了翻那本被他稱爲「天書」的記事本，看了一天的行事曆後，舒口氣說：「不做也不舒服，做了，回家吃飯也就心安理得，知道今天做了什麼事情。」

事實上，他常常連回家吃飯時，腦筋也停不下來。那大他三歲的老姊姊劉惠琛每次從香港來台探望他時就注意到了，這個弟弟即使一大把年紀了，仍舊像小時一樣，做事勤奮，一邊吃飯一邊還在動腦筋想事情。

結褵半個多世紀的妻子顧慧珍，一提到劉其偉的長處，首先肯定的就是「勤快」。當年在廣州中山大學相識時見他是如此，到如今依然如此，甚至「愈老愈忙」。人稱「劉媽媽」的顧慧珍記得，以前劉其偉在軍事工程局任職時，「軍事工程設計的時限是非常嚴苛的，有一次不知爲了一個什麼案子，他一連兩天兩夜，不眠不休地把工作完成。結果他的上司李炳齊少將非常感動，第二天晚上特地到家裡來看他。」

也許勤快以赴、不容歇止，是劉其偉昔日面對生活壓力的必然作爲，但長期綿亙歲月而來，早已是含飴弄孫的年紀、也早已有衣食無缺的環境，他卻仍是殷殷邁步，歷歷勤奮。從某個角度而言，可說他具有憂患意識，不做不食；而更擴大觀之，也可見這從不停下腳步的勤奮工作，已化爲其永久不變的人生哲學。

在台北東區開設「形而上」畫廊的黃慈美，形容她十多年前在畫壇初識「劉老」的模樣：「走路穩健，邁大步伐，走在他旁邊的人都要追他。」那時劉其偉已近七十歲，而今八十幾歲了，黃慈美依然感受到：「儘管他的腳不能像以前走那麼快了，但心不會停下來。」

永不厭倦的工作精神

在馬來西亞吉隆坡郊外，華裔畫家張耐冬的畫室裡，張耐冬和黃乃羣兩位正值中壯年紀的畫家談及「劉老」的工作精神，都自嘆不如：

「他有一個目標，就一直執著去做。很多人常常會說自己沒時間，或年紀太大了，或不夠好，就放棄去做一些事情，而劉老不會，就是一直去做。

「他繪畫、教學、做人類學研究，都不會厭倦，像我們畫畫做久了有時都會覺得厭倦，在他身上卻看不到倦怠。」

有多年教書經驗的黃乃羣並且直言：「他這點多少也影響了我們。我講學時，舉他的例子來鼓勵年輕人，不下十次。無形中也以他爲榜樣，劉老就像一個無形的導師。他可以這麼執著做下去，我們爲什麼不能呢？」

在台灣，有些較親近的朋友有時在劉其偉身上，彷彿也見到某種「不可思議」的情形。譬如他們偶會看到「劉老工作得好累，或是人不太舒服，癱在那裡好像快沒氣兒了，令人擔心。但第二天再見面，又看到他生龍活虎，極有精神的出現！」

劉其偉也會有累的時候。只是那永不停止奮鬥的人生觀，賦予他源源不竭的生命動力。

就像他在八十三歲那年接受《天下雜誌》採訪時所表示的：「我不會過一天算一天，我時刻都在安排，到我現在八十三歲還是步步爲營。

「我在我一生之中沒有一件事可以逃避。你一定要戰鬥，必須要面對現實，世上沒有一件事可以逃避的。

「我自己不感覺老，現在我每年有計畫。我從年輕時代開始就有計畫，今年就規畫明年要做什麼。

「我是完全的入世，我是完全的尼采的戰鬥精神。」

這位許多人眼中崇拜的「劉老」，也有他自己崇拜的三個對象：尼采、邱吉爾及老羅斯福。邱吉爾那段對娛樂認真以赴的話，已影響劉其偉大半生；而美國第二十六任總統老羅斯福是最早到非洲的探險家之一，曾經說過：「不畏死，方知有生的價值。」那冒險犯難精神也深深影響著劉其偉；另外就是尼采的戰鬥精神，可說是貫串了劉其偉一生。

老二哲學

劉其偉一生鬥志昂揚，不過他的鬥性只用之於對人生的挑戰，對困境的突破上，卻不會施之於人。與人相待，他強調的是謙沖自抑的「老二哲學」。

在劉其偉以大半生累累經歷凝鍊出的人生哲學中，他經常提的，就是「老二哲學」。「做老大，表面上是老大，但實際上卻是輸家，而做老二，就是贏家，這是我的哲學。」劉其偉說。

他的意思是，貶人不如稱讚人，強出頭不如不出鋒頭。若一味強出頭要做老大，把別人都踩在腳底下，即使真的做成了老大，也樹立了許多敵人，甚至成爲眾矢之的，所以這老大表面風光，實則卻是一個輸家。而甘於做老二者，不攻擊人，只要贏得對方的一顆「心」，枱面上似是輸家，但實際上卻是贏家。

「想想看嘛！你貶這個人，又貶那個人，若人人反過來貶低你，那怎麼受得了！」劉其偉難得舉例時用起了政治上的用語：「而我平時爲人家抬轎子，有朝一日所有人都來爲我抬轎子，我不就當選了？」

這番體認，也許由於他長期以非科班的出身「闖蕩江湖多年」，因此體認得更透、更深。

劉其偉不諱言：「我以老二的姿態，他們也比較不會排斥我。而且我非科班出身，不論那個派別，大家本都是我的老師，我認爲大家都很好，他們也認爲我不錯。」

不願貶抑別人

他認爲人在社會上立足，無非是要靠天時、地利、人和，三者不能缺一，而人和彷彿地基，「人和搞好了，你肚中的珍珠，別人自然會知道，即使不是珍珠，人家也會說是珍珠。」

劉其偉覺得最要不得的，是去貶抑別人。「吹滅別人的洋蠟來顯自己的洋蠟亮，這是最愚蠢的。」他說得坦率，而「幫人家點洋蠟，也花不了多少時間，不過是劃一根火柴嘛。要知點亮了別人，也就照耀了自己。」

因此他始終抱著鼓勵多過批評的態度待人。尤其在繪畫領域，「創作這門東西沒有一定的標準，而且很多是關係到精神層面的表達，我覺得要批評很難，不如多給些鼓勵。我在畫壇上不太寫批評文章，也是因爲如此。」劉其偉也表示：

「學術領域則不同，比較有一個邏輯上的判斷標準，所以學術上的爭論，我倒認為是可以的。」

設法超越自己

細究其「老二哲學」的背後，其實隱含著謙虛處世的人生態度。劉其偉說過，他常常想起一句日本諺語：「愈成熟的稻穗愈下垂。」他也認為，「人愈有料，就愈懂得謙虛。」

劉其偉並且表示：「人比人，氣死人；我不敢跟別人比，只有設法超越自己。」

劉其偉能成為今日台灣文化界許多人欽慕的「劉老」，確實其來有自。

台視節目「銀髮族俱樂部」於民國八十四年六月播出的「生命鬥士劉其偉」單元中，走訪了劉其偉曾去演講的苗栗縣南河國小，四十來歲的張秋台校長即指出：「他（劉其偉）之所以了不起，就是認為自己沒什麼了不起。」

同年，新聞局委託製作單位拍攝「經典人物」系列，也將劉其偉列入其中，八十四歲的劉其偉就一直自謙「自己並非經典，只是一個平凡小人物」。

他一直秉持著自己的人生哲學，謙抑自持，也少議論人之是非長短。在新加坡南洋藝術學院任教的畫友陳彬章，與海峽兩岸畫界都有交誼，他隔海觀得很清楚，「在畫壇，常常看到人前互相恭維，而人後又互相批評，但是劉老，我認識他那麼久，從來沒有聽過他抨擊其他畫家。」

與劉其偉相識十餘年的陳彬章極表佩服地說：「在藝術界很少有劉老如此人物，喜歡以低姿態、扎扎實實地來做創作。」

叢林哲學

劉其偉在許多人眼中，行事似乎總是與眾不同的，如同他看待人生，看待生命，總是別具眼光。而他穿越歲月、穿越叢林多年，也儼然發展出一套自有的「叢林哲學」。

當電視鏡頭對著他，請他談探險經驗時，劉其偉瀟灑地叼著香菸侃侃而談：「一般人總認爲叢林對人類抱著很大敵意，我倒認爲它對我們是很親切的。毒蛇猛獸都比都市裡的人要禮讓得多，除非你去傷害牠們。如果你能尊重牠們，叢林會給我們很多知識和啓示。」

談話時手勢多，不時調整姿勢的劉其偉，身軀經常逸出鏡頭之外，一如他不受世俗常理所羈的人生行事。

對於莽莽叢林，人們想到的多是神祕與畏懼，而劉其偉思及的，則是尊重與啓示，生命與自然。

上帝會保祐

難道他從不對生死難測的叢林感到害怕？「當然還是會害怕，但自己要小心。像在熱帶雨林裡，一大疊一大疊的落葉下面，可能就有一條致命的東西躲藏在那裡，不過，冥冥中上帝會保祐你的。」

經常往返台灣與馬來西亞的畫家鄭浩千曾舉例，劉其偉七十多歲時在馬來西亞住過一段時日，他見到劉其偉在下雨天出去淋雨，讓衣服濕透了，又任其自然乾；又常常一堆香蕉就打發掉午餐。鄭浩千還記得：「他說，如果嬌生慣養，怎麼能去做田野調查？一定要平常就鍛鍊，有吃就吃，沒吃也無妨，很多動物都有此本能。」

民國八十四年在台北，一場夏季的大雷雨傾盆如注，劉其偉在畫室望著大雨說：「叢林裡一下大雷雨之後，溫度就下降十幾度，冷得人牙齒都打顫，而且連躲雨的地方都沒有，除非變成松鼠找一個樹洞鑽進去。」可是他回憶起這經歷是笑著的，「風吹雨打太陽晒，那是小事！」他說。

人生許多事之於他，如今都是風吹雨打太陽晒的小事了，唯一不變的，是他始終奮力的活，勤快的做。

因爲他認爲：

「生命要用，才有價值。用它，等於活著；做了，也才是活到了。」

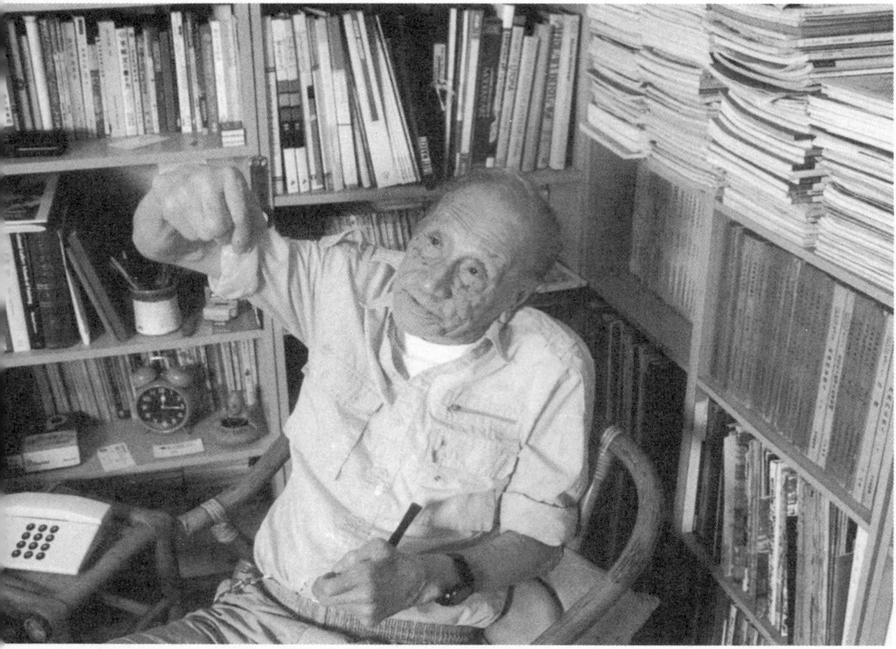

（商業周刊提供）

劉老在書房中工作。他認為原始藝術的研究，應該同時屬於藝術家和人類學家兩者的任務。人類學家研究原始藝術，偏重於脈絡與機能的探討；藝術家則偏重於其造型之研究，但這門學問不特可以引發畫家產生新的生命，也可讓藝術理論者產生新的思維方式。

劉其偉的田野工作，大都在很惡劣的環境下進行。在沼澤地區就受到蚊蚋的包圍，在叢林裡就受到火蟻的襲擊。他說：「你別想要坐下來，連立錐之地都難有！」雖然如此，他卻樂在其中。

第十八章 家庭生活

台北新店。

從新店市府行政機關密集的行政街，拐進巷弄間的五峯路，近幾年來，每天傍晚六點半左右，在這條路上，可以看到劉其偉清癯瘦長的身影一步步從畫室走回家去，陪妻子吃晚飯。

夏天日子長的時候，這時間太陽才剛要下山，不遠處的夕陽依稀襯著他的影子長長的，金黃色的餘暉暖烘烘地托在他的背後。冬天天黑的早，這時候路旁的街燈往往已經亮起，晃悠悠地伴著他的腳步。有時遇上相熟的鄰居婦人，親切地拋來一句：「劉先生，回家啦！」

從畫室走到家，大約要十分鐘。這兩個地方，是他晚近的生活重心。

不像畫室得一層層爬上五樓的樓梯，這位在行政街上的住宅，可以搭著簇新的電梯直上六樓。陽台上養著幾盆蘭花和不知名的植物，一個古樸的甕缸裡幾尾小魚擺游，顯得生氣盎然。不知這水缸和魚，是否遙遙盪著劉其偉小時在老家大院裡對著大池子觀賞眾魚紛游的記憶？當然，這小小的一方波光和昔日祖父留下的豪華大宅，規模是無法相比，但，這可也是他一生辛勤耕耘之後，親手經營、與家人相依共享的暖暖家居。

夫妻之情自然流露

「劉媽媽」顧慧珍從這屋舍就特別感受到劉其偉的體貼，她說起：「我們以前住（新店）中華路那裡，房子小，才二十幾坪，留了一間讓我住，另一間給他畫畫，樓上再加蓋一間。我年紀大了，有風溼，走樓梯會痛，他說換一處不用爬樓梯的房子，後來剛好看到這裡有房子在賣，問我好不好？我說好啊！就把原來那房子賣了，再加些錢，買了這裡。」娓娓談述間，夫妻之情也自然流露。

現在住的這地方有四十一坪，比以前寬敞了。屋內一如劉其偉的一貫個性，自然、簡單，不多做擺設。家裡也保留了他看書、寫作的空間，書籍比畫室那邊更多，根據劉其偉的說法，這些書也更寶貝，還有些音響設備，因為「劉媽媽愛聽音樂」，劉其偉提及妻子時，也跟著大家一樣稱呼為「劉媽媽」。

「劉媽媽」比劉其偉小三歲，如今也八十出頭了。身體一向不太好，近幾年來已是足不出戶，劉其偉請了位看護照顧陪伴。個兒小小的菲籍看護相當伶俐，不久就學會了一手中國菜，也懂得在餐桌旁備幾把小刀，因為劉其偉齒牙全掉又不戴假牙，多年來隨身帶著瑞士小刀切食食物已成其招牌之一，家人也跟著習慣在吃水果時不用叉子，而用刀子。

只要不是有約在身或不在新店，劉其偉平日在畫室裡一旦忙到六點半，一定暫擱工作或辭謝訪客，回家陪劉媽媽吃晚飯，再陪她看一會兒電視（雖然劉其偉不太能忍受台灣連續劇的劇情）。大約八點多，自己再一步步走回畫室工作或赴約。而為了不讓劉媽媽擔心，這二、三年來劉其偉赴外地開會、演講或洽事時，一定儘量一天之內來回，即使再遠、再晚，台中、台南或台東，他也要當天趕回家來。

看著劉其偉總是這麼忙碌，又做著許多不同的事情，若問劉媽媽「最喜歡他做那樣工作？」她的答案是「畫畫」。原因則與工作的性質無關，而是，「他畫畫的時候不抽菸。抽太多菸對身體不好，我又不敢一直講。」

關心之情溢於言表，「還有，他晚上寫東西常常寫到凌晨，我也怕會對他身體不好。」顧慧珍也念念不忘：「往年我都幫他謄稿子，現在我右眼不太好，都沒辦法幫他了。」

挑中蘇杭美女

說話間，顧慧珍的一頭華髮襯得她膚色更顯得白晰，可能是由於少出門也少了日曬，更可能是由於天生麗質。劉其偉當年在台糖時期的同事太太就還記得：「劉太太很漂亮。」而劉其偉也曾笑著邊捧自己邊捧妻子說：「劉媽媽是蘇杭美女，那時候是一百個美人給我挑中的！」

他們相識於戰爭前夕的廣州，抗日紛亂中，沒多久就倉促完成婚禮。在民國八十四年《皇冠雜誌》「誰願意和藝術家結婚」的採訪中，顧慧珍追憶自己當時的心情是，「對他也還沒有很深的了解，只覺得他滿老實，做事很實在。」

如今結褵將近一甲子，兩人經過抗戰、越戰的幾度分離，也經歷貧窮、憂懼、終至平順的長久光陰，臨老相守，倍覺珍惜。

在《皇冠雜誌》的採訪中就有如此對話。劉其偉說：「我負責在外面耍刀耍槍，找錢回來，她負責把家弄好，孩子教好，盡了她最大的力量。吃得那麼壞，住得那麼壞，一輩子也沒有一句怨言。」劉媽媽則說：「他爲這個家真是辛苦，好長一段時間，白天上完班回來吃幾口飯，又要趕著去晚上兼差，錢賺來全捨不得用，攢起來買塊地要蓋房子。」

有一棟全家人可以安身立命的房子，曾經是劉其偉積極努力多年的夢想；而一處可容他們愜意居住的自然環境，也曾是他們尋尋覓覓的目標。

生命換來的房子

其間頗爲波折。

他們第一次有錢買地蓋房子，是劉其偉拿命去越戰換來的，那時家中一共五口人——夫婦兩人加上兩個尚年少的兒子怡孫、寧生，和劉其偉年邁的父親。他們在民國五十幾年、人口尚不稠密的板橋地區買了上百坪土地，當時一坪地約要二千元新台幣，一百坪價值二十萬。

越戰期間的老友王次賡至今都還記得，劉其偉邀他一起合資，「我出了部分錢，但劉老後來向我抱歉，說那塊地因爲政府要辦九年國教而改成學校用地。結果土地被徵收了，劉老一毛不減的把錢還給我。」王次賡說起劉其偉那次的築巢過程，不忘其有福同享，有難自己當的朋友道義。

劉其偉也想起來了，「我那次很慘，損失了四十萬，那時候四十萬是很大的數目喔！」但他不怎麼怨尤，因爲他認爲，蓋學校終究是好事。

金戒子有借無還

而爲家庭打拚，積極找錢、存錢，是他一直不敢懈怠的。民國八十五年一月，冬寒料峭的季節，劉其偉回金瓜石探訪來台第一個居處的途中，停留基隆市區用餐。老人家因爲腳部不適而一步一拐的，走過鬧區一家銀樓，看到櫥窗內黃澄澄的金飾時，另一種鄉愁的思緒又濃濃湧上來，他說：「我想到以前在台糖上班時，如果有一點錢，就和劉媽媽到銀樓，買下一個小金戒子，存起來。那時沒有太多郵局、銀行可以存款，就是用這樣來儲蓄。」

但是後來，一位昔年在大陸認得的朋友，因要開創事業來向他借錢，這些辛苦攢下的金戒子全被借走，卻一去無回。

過往歲月雖艱辛，劉其偉倒也頗能在家居生活中「苦中作樂」。民國五十八年一位藝文界的朋友到劉其偉家中作客，就發現他家灶頭上，貼著一首把全家人都調侃在內的打油詩：「媽媽阿仔和牙牙，炸肉煎魚要想爸；莫讓鍋中油濺起，不然洗地苦哎喲！」阿仔和牙牙正是他兩個兒子的小名。

從越南歸來之後，劉其偉一家人斷續住過永和、中和一帶，大致不離台北市的外圍，喜歡自然郊野的他始終不太願「進城」居住。

民國五十幾年去過他永和住處的友人就曾描述，他在那鄉下自蓋了一所磚屋，「牆洞裡藏滿了蜥蜴，屋簷下的麻雀巢、黃蜂窩，以及芭蕉樹上的樹蛙，都在他保護之列。而花園裡的樹木，綠葉密得好似一座原始林。」

劉其偉自己則寫過一篇題爲「回家來了！」的文章，提及在退休後一段不太愉快的遷居經驗，以及他們夫妻倆對鄉居的喜好之情：

「我對工程設計開始感到厭倦，同時也患上了嚴重的風溼症，影響我的繪畫和研究工作，萬分痛楚。自己感到既無前途，故此想辭去職務。我和妻商量，她盤算了一天，最後決定讓我辭去工作，遷到市區。因爲大都市機會多，隨時還是可以找份較輕鬆的工作。

「公司派了一輛大卡車，把我們兩個老夫妻，連人帶貨，顛顛簸簸地駛了兩百多里的路，載抵大市區。一路上，車水馬龍，煞是熱鬧。馬路兩旁行人道，鋪著金錢圖案的紅磚，好幾家店鋪掛著『金』字號的餐廳和各式招牌。……幾個工人給我們把行李抬上一座五層公寓的頂樓，看樣子，陽光和空氣似乎還充足。妻把彫花大門打開，舉目四望，叫了一聲：『嗯……簡直是王宮！』我不敢相信，怎會踏進城門就變貴人。

一根線也畫不出

「雖然我已有資格進駐這座豪華公寓，可是照例，平日還須繼續創作和畫畫。當我每次獨坐書房，總覺得感情無所湧現，既往意識中常常突然爆發的一連串燦爛光芒，如今已變爲黑暈倒轉，消聲匿跡。如是支撐到夜半三更，靜聽飛馳在街頭的英雄式摩托車，聲音比『七四七』還要響……。過了半個月，我不但隻字榨不出來，即使在畫紙上，連一根線也畫不出。

「翌日，我從舊篋中撿出根疊折的魚竿，揹著魚具和行囊，走出大門越過斑馬線，自己明明看到綠燈沒有錯，那知突然彎來一隻『大鐵虎』，恕不讓行者先行，把我的左肘擦走了一塊皮。在我二十多年的狩獵生涯中，我從來是面對野獸的任何挑戰，如今竟對一隻沒有靈魂的四輪鐵虎，不得不束手低頭！

「妻一邊爲我洗滌傷口，同時也看出來我的心事：『阿偉，我們來大市區的目的，不是想找職業嗎？如果節省一點，還是可以回家的。』

「車抵舊家，遠望原野，天際的那片日落紅霞，正在歡迎我們回來。推開園門，雖是蛛絲塵跡，蔓草蓬高，而牆邊花草，欣欣依然。我們這座舊房子，原是馬背紅磚的農家舊屋改造的……。飯後我們坐在花園中的梧桐樹下，螢火蟲偶爾繞著我們頭上盤旋，園外小溪的潺潺流水，和池塘裡的咯咯蛙聲相應和。

「妻端著兩杯山胞送給我們的老米酒，從幽暗的廚房走出來，舉杯向我祝福——『回家來了！』」

回家來了。這個大半生在外闖蕩，經常走上冒險之路的老鬥士，也許在外人眼中，以爲家只是他人生飄泊中偶做停留的歇腳處，然而實際上，劉其偉對於家，有著戀戀深情，真摯地扮演他爲人夫、人父的角色。

幾乎從不罵孩子

劉其偉第一張正式水彩畫「榻榻米上熟睡的小兒子」中的襁褓小兒劉寧生，現今也直逼五十大關的年紀了，還清楚記得小時候，父親把他背在肩上走了好長一段路的印象。「他對孩子非常愛護，幾乎從來不曾責罵我們。」頂上黑髮已明顯看到絲絲白髮夾雜的劉寧生，這麼回憶著。

全家鄉居的記憶也依然鮮明。「很久以前住在永和時，我們常常三餐都搬到院子裡的大樹下吃，爸爸把那棵樹取名叫『象牙紅』。」面容兼具了劉其偉和顧慧珍兩人特徵的劉寧生，說起父親：「他是對這個家庭有很大凝聚力的父親。」而有意思的是，「很奇怪，他雖然很寵愛我們，但我們都很畏懼他。即使到今天，像我哥哥都五十好幾了，有事還不敢直接跟他講，要透過媽媽來說。」

原因呢？「也許我們知道一旦觸怒他，後果不堪設想，而且我們敬重他，也曉得他在社會上出類拔萃的努力，讓我們佩服。」

開放式教育

劉寧生觀察到，父親對他們兄弟倆的教育方式是相當開放的，並沒有特別限定發展方向，一如其探險性格，給予孩子「對人生有更多的摸索和試探」，他只是從旁細心關注。例如老大劉怡孫從事航海工作，劉其偉其實很希望兒子能在這專業領域中達到極高成就，但他從不明言，怕給孩子壓力，只是有次把一個船長航海的明信片裱框起來，放在劉怡孫的房間裡。而像劉寧生，年輕時學朋友留了一頭怪模怪樣的長髮，做父親的也不馬上指責制止，只是在兒子自己後來剪了長髮後，語帶稱讚地說：「你這樣很好看。」劉寧生這才了解到父親的包容力。

雖然劉其偉從不干涉兒子的發展，但是也許從小帶著他們到戶外郊遊，在八斗子海邊抱著他們講金銀島的航海故事，無形中發揮了作用，如今，長居海外的劉怡孫就是一名正職船長，而經商過的劉寧生更在四十五歲那年，從美國西岸駕著「福龍號」帆船成功橫渡太平洋，開拓了我國近代帆船航海探險活動的先聲。

至於「劉媽媽」顧慧珍，談到這愛探險的一家父子，只能笑笑說：「他們喜歡嘛！」在她眼裡，儘管劉其偉常奔波天涯，但對家裡，「是很有責任心的。」

劉寧生也從自己的經驗，體察到父親教導的責任心。離了婚的他坦白直言：「我和前妻分手，我選擇回到台灣，而她認爲美國生活較好，孩子也歸她撫養。剛開始我會寄些生活費過去，後來她改嫁了，我沒有繼續寄錢。父親就告訴我，無論如何，對自己的孩子應該負責任，如果我沒法子付錢，他可以代我付。」

含飴弄孫不如發展理想

八十幾歲的劉其偉，孫子們都已經念大學了，但是平時他很少提及兒孫。也許由於他放眼四海、也行跡四海的個性，他從不認爲老人家應該在家含飴弄孫，不如多出去發展自己的理想。而從他對一代又一代年輕人的傾心相授，年輕人也一羣又一羣喜歡與他親近的情形來看，不妨可說，這許多年輕人個個都是他的孫子。

在劉其偉的家人行列中，動物也占了很重要的一席之地。

他曾多次飼養貓、狗，待之如親人。像一隻叫「阿花」的大黑狗，他就說：「牠在我們家中的地位，是要列在戶口上的一位成員。」戶政單位的戶口名簿他不能作主填寫，但至少在他的畫布上他可以傾力揮灑，就曾讓老狗和老妻一起入畫來。連報章來採訪他的養貓經驗時，劉其偉也不忘強調，「貓、狗應該在戶籍中註明，因爲牠們就像親人一樣。如果牠們死了，家中的氣氛也完全變了。」

如今是因家居公寓之中，不適合養貓、狗，再加上劉媽媽曾爲家犬的生離死別十分傷心，劉其偉家中，才斂去了貓、狗蹤跡。

愛家的劉其偉，摯情切切於親手建立的今日家園，卻始終不喜歡談及家世——那淵源於中國大陸南方的廣東劉家。畢竟家族凋零星散，經過幾番戰爭和磨難，不論在大陸或在日本的親人，不是已失了性命，就是已失了聯絡。

放棄祖產

卻在民國八十四年的七月，收到一封來自上海的信，是一位從未謀面的遠房堂妹劉焯珠寫來的，告訴劉其偉：現在家族中就屬他這位大房的長子長孫輩分最大，廣東前山鄉老家，本來被中共徵收去做中學，現在可以發回了。只要劉其偉拿台灣的戶籍謄本去辦手續，再付當地政府一些錢，就可以領回來了。

「我說何必呢？」劉其偉嘆了一口氣，「拿回來只會引起大家爭家產，不如就讓它做公家的學校，也是好事一件。堂妹寄家裡照片給我看，我說看了傷心，大樹都被砍掉了。」言談間不勝唏噓。

倒是堂妹寄來的信裡，還附了一張十分難得的、請人翻拍的照片，那是劉其偉母親的照片。打他出生沒多久，母親就過世了，對母親他從來都沒有印象，而今手撫這相隔了八十多載光陰，迢遙多少滄桑時空而來的影像，他的內心起伏，盡刻畫在他面容的紋路深處。

新店居處就位在一所國中的鄰近，中學生上學、放學的朗朗書聲和嘈嘈笑鬧聲不時會傳進屋來。想起他五十年前隻身拎著一只皮箱來台，孤軍奮鬥經年，再接來父親妻小。然後，夫妻二人胼手胝足多年，築起屋舍，於台灣落地生根，也於台灣安身立命。還因研究山地部落的機緣，在屏東萬巒的山壑間，買了一座小小農莊，以備他日有歸隱山林之地。

萬巒的小農莊，有一個占地半甲的檳榔園，劉其偉並不在意每年檳榔的收成有多少，只要每次回到農莊，能碰上開花時節，嗅到樹巔上串串淡綠花朵徐飄的陣陣芳香，他就心滿意足了。對於這個山間農莊，他唯一掛心的，就是鄰近的孩子們闖進來，用竹竿去播弄農舍屋簷下的成排燕巢。那些辛苦築巢的燕子，可都是從千里飛來的。

就像他自己，這一生可也是行經了難以數清的千里之路。而今八十來歲了，所居雖非豪宅，但是家居怡人。劉其偉不由得舒緩了身軀，愜然自適於藤椅之中。

遠處，又是萬家燈火亮起。

劉其偉談到家庭生活總是感到慚愧和內疚。他說他自己是工作狂，只關心家庭的「經濟」，而未帶給家人「甜蜜與溫馨」。上圖為家庭聚餐，下圖為劉老與次子劉寧生。左頁圖為劉媽媽打麻將（右二）。

第十九章

爲美術館奠基

台北市郊，沿著筆直的中山北路到了近圓山處，右手邊陡然出現一處陳列著雕塑品的廣場，以及簇簇有著大片潔亮玻璃的方形建築，那是台北市立美術館。

近十二年來，許多台北市民及來自外地的民眾，到這裡看過羅丹、畢卡索……的作品，也看過郎靜山、朱銘……的各型展覽，或帶子女來這裡參加過多種親子活動，共享活潑的美術教育；也有不少藝術家，包括劉其偉在內，在這裡開過展覽，呈現出他們或傳統、或前衛的藝術心血。但是，很少有人知道，這座美術館的誕生與奠基，劉其偉扮演了相當重要的角色。

只是若非問及，他少與人提。

台北市立美術館落成於民國七十二年，不過，台灣文化界的倡議甚早。曾長期擔任國大代表的畫家王藍表示，民國六十幾年，他和一羣文化界人士先呼籲國家應成立一所具規模的美術館，可惜當時政府有關部門並不太重視。但是這倡議的餘音仍不時迴盪在有心人士及輿論界之中。

其後漸漸有了些討論。有人說，可以把新公園內的省立博物館改成美術館，也有人說，把原有的國父紀念館加上美術館功能，再加掛個牌子昭示大眾，就成了。不過以王藍爲主的文化界人士多不以爲然，認爲參照歐美先進國家的經驗，爲現代人陶冶藝術心靈，並珍藏世人藝術智慧的美術館，應有其獨立的空間與屬性。

擔任籌備委員

不論如何，台灣需要一個現代化的美術館，而且就出現在首善之區台北的共識逐步形成。當時的台北市長爲林洋港，成立了籌備委員會，由在外交界及文化界皆享名聲的政壇聞人葉公超出任召集人，延攬了各界人士擔任籌備委員，王藍、劉其偉、席德進這三位畫家也包括在內。

而劉其偉除了身爲畫家之外，當時也具有中原大學建築系兼任教授的身分。談及這點，他就揮揮手表示沒什麼地說：「爲什麼找我去呢？我當時在中原建築系教書，一些有關美術館建築方面的計畫，我是可以用得著的人，我算工作人員，也不算什麼。」

其實這工作並不輕鬆。王藍和劉其偉這對多年老友，攜手合作（帶畫會出展、連袂教畫等）的經驗不少，但對於同爲美術館籌備工作努力，七十幾歲的王藍邊回憶邊搖頭說：「最艱辛的就數市立美術館這次合作，但是沒有多少人知道。」

籌備過程困難重重。在人口日漸密集的台北市，要覓得一大片空地來構築不具明顯經濟效益的美術館並不容易。台北市政府後來擇定當時的圓山動物園對面，原來是美軍宿舍的這處地點，接下來還要拆除違建。對於劉其偉、王藍這些負有執行任務的籌備委員來說，他們得不時奔波於行政體系的層層關卡和素來不喜條文約束的藝文圈之間，偶爾還得面對外界「畫家想蓋美術館，是不是想要弄一個館長來做做官？」的質疑與中傷。

「我們都很單純：就是我們需要一個美術館。」王藍表示，還好市府內有相關人員熱心奔走，而台灣政府高層也很支持。

擬定草案

王藍說，「我和劉老去過不少國家的博物館，看了不少書，比較和參考很多資料，最初的草案就是我們擬定，劉老寫下來的。從組織架構、功能，甚至採光……，逐條寫下來再交給主管單位審核。」他並強調，「我們花了約二年的心思，但我們從來沒有插手館裡行政和人事安排。」

劉其偉記得，當時做了很多打基礎的工作。「那時我們要先提供所有的原始資料，例如這個美術館的使用需求，包括展覽空間、視聽室、演講廳、圖書室、餐廳、停車場……等，做起這些來，因爲我在建築系就比較方便，可以找到全世界所有美術館的資料。我當然義不容辭來做！」劉其偉始終不忘感謝別人，「我也向中原大學當時的建築系主任喻肇川老師請教，要了很多資料。」

整理之後，提供美術館籌備會做爲建築師設計的依據。「那時我們做出來的基本資料有好幾寸厚，」劉其偉說著，將細長蒼勁的右手拇指和食指比到極盡，來形容那疊資料。

談及當年經驗，劉其偉只是遺憾後來市立美術館啓用之後，一直沒能發給中原建築系一個紀念狀；卻總是不多提自己盡了多少心力，只表示因爲任教科系相關，所以有此機會投入創設行列，「不是因爲我是什麼了不起的人物。」

功勞歸於別人

他也總是稱讚別人，包括使這棟美術館由一片空地而巍然矗立的建築師，以及使它日後順利運作的幾任館長，甚至包括緊鄰館旁的藝術小屋是由政壇大老黃國書的家人捐出，劉其偉都主動提及，「肯這樣捐出來，很令人敬佩。」到民國七十九年，台北市立美術館慶祝七歲生日向劉其偉邀稿時，他依然不忘讚譽眾人，「筆者非常喜歡高而潘建築師所設計的這座美術館的樣式，也喜歡先後兩位館長蘇瑞屏女士和黃光男先生所擬的現代美育方針。」他這麼寫下。

從台北市立美術館創設以來，劉其偉一直獲邀擔任館方的諮詢委員。這十幾位諮詢委員每年開會一到兩次，爲美術館的過去提出檢討，對未來提出建議。

雖然劉其偉鮮少向人提及他在美術館草創時期的奠基工作，但並不表示他對這座親手耕耘的現代美術館沒有深厚的感情存在。

有次在畫室，他應訪客之邀，從層疊的書堆中找出《台北市立美術館十週年特輯》，翻閱間，一張照片從厚厚的書頁中滑落，撿起一看，是他和許多畫友、美術館人員，在美術館前的合照。劉其偉拿著這張照片凝神看了半晌，夾在手縫間的香菸燃燒了好長一截，他都忘了抽。回過神後，小心翼翼收起照片，他說：「這張很珍貴，裡面很多人都不在了。」這天是民國八十四年的夏天，這一年，楊三郎、郎靜山等台灣文化界知名的國寶級人物，相繼過世。

深情的聯繫

在那本十週年特輯裡，市長序、局長序、館長序之後，就是劉其偉的文章，他題名為「深情的聯繫」：「筆者原為一個工程人員，十多年前意外得到一個機緣，非常榮幸地承蒙台北市工務局的邀請，參與本館的籌備工作。其時從建地的物色開始，美術館的規劃以至最後的評圖，筆者都參與了這一連串的工作。」

美術館十年有成，他也有感而發：「筆者在今日台灣藝壇中，雖然是一個平庸的半路出家人，由於目睹到美術館從小受到社會的愛護，美術館所有工作人員對她餵育成長，今日她終於從童稚長大而至茁壯，蔥鬱地成為東南亞屈指可數的美術館之一。筆者個人對美術館的一份深情聯繫，只有自己內心可以感受，實非言詞可以形容。」

劉其偉對於美術館的祝賀之詞是，「更趨康樂，更爲甜美甘醇！」

其實不只是對台北市立美術館，劉其偉對於典藏人類藝術結晶的美術館與博物館，似乎都懷著幾分「甜美甘醇」的深情。

佳作不出售

繪畫四十多年來，他畫作上百近千張，但對於他自己認爲最好的一些作品，劉其偉從不在畫市上出售，也不是自己珍藏，而是捐贈或讓各美術館以低價購入收藏。

台灣若有「捐畫給美術館捐得最多的畫家」排行統計，劉其偉勢必名列前茅。

民國八十四年春天的一個午後，劉其偉接到了位在台中的省立美術館典藏組人員的電話，跟他相約，擇日北上來購藏一些他的畫作。

不只美術館會釘上劉其偉，不少畫廊也常釘著他索畫。關於這點，劉其偉很坦白：「我家中有很多畫可以賣，但我自己認爲很滿意的，一定捐給美術館。美術館如果能付錢給我，那是最好，如果沒有，我捐給館裡也行。」

老人家的想法很開放，「放在美術館，就等於放在我家。我想看的時候就去館裡欣賞，平常他們又幫我保管，多好啊！」

不會像中外很多畫家一樣，作品成爲家產留給子女嗎？「我捐給社會，那是永遠；我留給家裡，兒子這一代可能還懂我的心血，到孫子就未必了。而且放在美術館裡，他們會做資料、又做成正負片，保存得好，要做研究時還可以調出來，方便得很。」

老頑童道出理想面，也不忘又提他的現實論，「還有一個好處，捐給美術館，他們會開證明，還可以抵稅喔！」

說完了，劉其偉難得得意的補充：「你要知道，不是每個人捐給美術館，他都肯收，要他覺得有價值才行喔！」說著，又笑出了一臉促狹模樣。

幫助弱勢團體

他不只捐畫給美術館，七十多歲時，他曾捐了一批價值數十萬的畫作予「伊甸」殘障團體及高雄的盲胞組織，義賣所得款項，幫助這些弱勢團體紓困。但是劉其偉從不唱高調，反而還損一損自己：「你也知道，我開個展，不見得會賣得那麼好，如果是捐給殘障團體的義賣，那就賣得很好。何樂而不爲？我就等於是把有錢人的錢，捐給他們。」老頑童的話語，總像是透析人間世事的雋語。

窩在沙發裡，劉其偉一口一口吃著花生粉，手上的湯匙刮著小碗裡的粉末刮得喀喀作響，這花生粉也來自他獨特的「製法」——用咖啡豆研磨機攪磨去了皮的花生，兩三下就有一小碗香氣四溢的花生粉，以適應他沒了牙，卻愛吃花生的嘴，以及適時爲他補充大量工作後身體所需的熱量。又是一勺花生粉入口，這八十老翁說：「我年紀大了以後，對自己自私的想法就少一點，對國家民族的觀念就很強，所以我很喜歡捐東西給社會。我手上要用的，那沒辦法，一旦手邊可以不用了，就都可以捐出去。錢，夠用就行，不缺最好。」

他也曾經捐書給東海大學，學校要派一、兩個人來取，他告訴對方，「那怎麼夠，要派卡車來才行！」因爲他捐贈的書冊一共上千本。

七十歲前後那幾年，他大概也是懷著把自己專業知識和所學背景「捐」給社會的心情，投注心力於台北市立美術館的扎根與奠基上。

民國七十二年十二月二十五日的《中央日報》上，刊載了台北市立美術館正式開館的新聞，「昨天前往參觀的文化界人士及民眾十分踴躍」。同一版面上，也有劉其偉水彩個展的消息，標題是「展畫如同做新郎，劉其偉樂此不疲」。如果知道市立美術館籌備幕後過程的人，可以發現這開館又開展的日子，真的是劉其偉的「大喜之日」。

台北市立美術館在許多人期待中誕生及成長，「在斯時斯地，它不僅成爲國內重要的現代美術館，有系統地展現四十多年來美術館發展狀況，就其文化層面的表現上，它更有多元性的積極意義。」台北市立美術館第二任館長黃光男曾如此點出美術館的重要。

催生史前博物館

民國七十七年，台灣省立美術館成立；民國八十三年，南台灣的高雄市立美術館也宣告落成。台灣正逐步像先進國家一樣，以美術館與博物館的開發程度來做爲文化發展的指標，展現現代藝術文化豐富發展的精采面貌。

而民國八十四年，又有一個兼容文化與人類學意義的智慧殿堂——史前博物館的催生籌畫，需要劉其偉貢獻心力。爲了這個設置在台東卑南遺址附近，預計以園區形式，形成「沒有圍牆的博物館」的新館，劉其偉不時會在忙碌的行程中排出空檔，飛赴台東參與會議。

而這個正在逐步成形的博物館，其中所蘊含的，也正是劉其偉晚近的興趣與工作重心所在——藝術人類學。

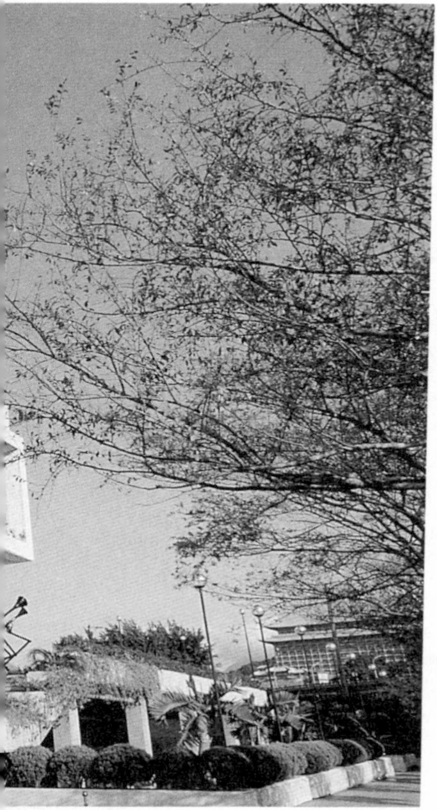
（林宗興攝）

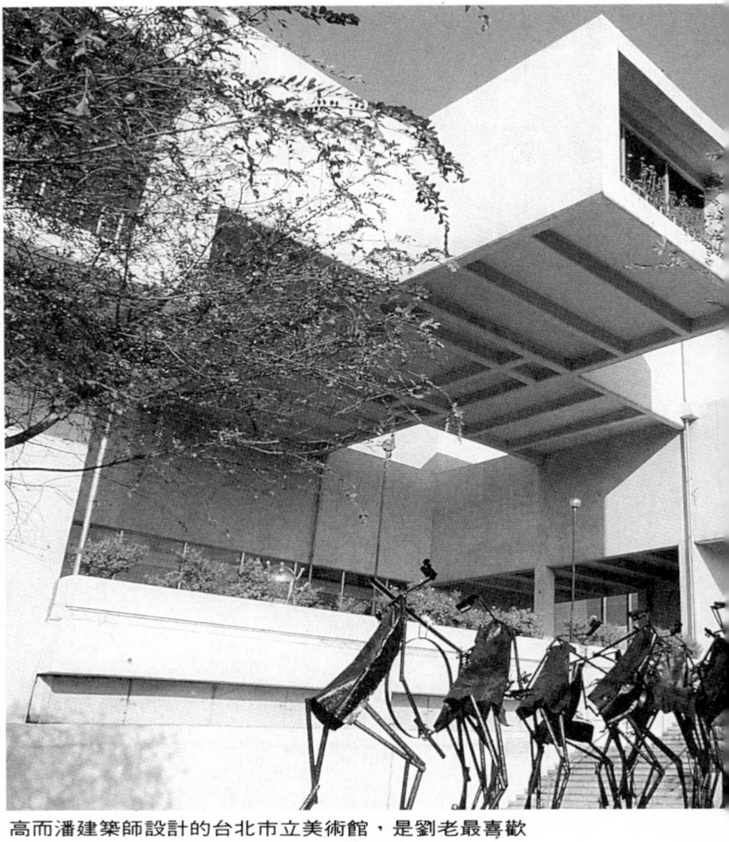

高而潘建築師設計的台北市立美術館，是劉老最喜歡的一座建築，不特外型具備現代的簡潔美，與周遭環境也能自然融合。美術館內部的機能設計很理想，劉老覺得唯一美中不足的是少了一間吸菸室。

第二十章 立志藝術人類學

探訪過劉其偉的人，可以發現在他的畫室和家中，幾乎看不到什麼裝飾品。他很少掛畫。除了幾張動物畫作製成的海報，和他近期的著作封面圖樣之外，就是一些他在紐幾內亞探險研究時與當地部落居民燦笑合照的留影，一起擺在相框裡。

新近一次整理家居時，他掛起了一張感謝狀，是關於他捐贈了大批大洋洲原始文物給科博館的。劉其偉一生得過獎狀或榮譽不在少數，而他晚近獨鍾此張，就掛在客廳通往作畫空間的醒目處。這毋寧代表了他晚年的志趣——鑽研及傳播藝術人類學。

他的人生渠道曾由電機工程走往藝術領域，自此有了繁花似錦的心靈收穫；再從藝術殿堂導往人類學之途，自此更是有了豁然貫通的生命啓發。品嚐多年心得，永不停止腳步的劉其偉在八十幾歲時，希望結合藝術與人類學，再闢新境，再創長程。

晚年最主要理想

藝術人類學隸屬於文化人類學領域，這門學科已發展十餘年，只是並未廣受重視，而劉其偉對此獨具興趣。「這是我在九〇年代最重要的一件事，是我的抱負，也是我晚年最主要的一個理想，而且是台灣過去一直沒有人做過的事。」髮已蒼蒼的老人，仍然有著抖擻的意志與這年紀少有的抱負，他握緊拳頭用力說著。

「藝術是文化最精緻的部分，故此藝術應爲風習、智慧、倫理與道德的總稱。」筆耕甚勤的劉其偉，在他近期的一本著作扉頁中即寫著，「依筆者多年教學的經驗，人類學確實能讓初學者，對藝術本質及其獨特性的了解，要比其他方法領悟得更深。」

民國八十四年，他在台北市立美術館八月號的《現代美術》期刊上也闡述：

「自從二十世紀以來，社會連續發生了三度工業革命以後，藝術家不得不共同起來，企圖組織另一合乎時代的新秩序……從原始藝術（primitive art）吸取最原始的美學、生命力和神祕感，作爲創作的泉源，所謂現代藝術（modern art），就是反映這個時代人類生命的新生需求而產生的。」

他特別強調，「原始藝術」是專指「現存自然民族的文化藝術」，而和史前的洞窟藝術（prehistoric art）或遺址的古文化（ancient art），不能混爲一談。

他也認爲，從畢卡索、克利……等「以迄抽象表現的當代大師們，無一不是從原始藝術的美學來培養靈感，而創出了無限生命力的作品。由於此一關連，因此再度引發起近代的一部分人類學家和藝術家，對『人類與藝術還原』的研究興趣。」

這個「還原」藝術與人類的過程及研究興趣，似乎也正是劉其偉對於藝術、對於人類的重新思考及終極關懷。

主張做民族誌

因此他主張做「民族誌」，如同他以往多次的深入蠻荒原始部族，採集研究。「因為民族誌較之文化人類學有著更為廣泛的研究領域和更多樣化的理論視角。即舉凡宗教信仰、審美意識、道德倫理諸方面，都是它的興趣所及。同時，它又不會像一般社會學和宗教學那麼孤立地研究它的文化現象，而在整個人類文化和人類歷史的廣闊背景下，宏觀地探索它的本質規律，從而勾勒出人類文化和人類精神現象的歷史本來面目來。」他在文章中這麼寫下。

民國八十四年夏末，劉其偉接到了一封來自東馬友人的信。信中說，北婆羅洲的拉讓江就要蓋水壩了，當年他沿途做過田野調查的部族村落都要被淹沒、消失了，友人急匆匆地問他，「要不要趕快再去做研究，保留一些東西下來？」「我在想：應該要在消失前再去做一些研究，把文物帶回來捐給科博館。這些原始部落都消失得很快，等劉媽媽身體好一點，我就要想法子再去東馬一趟。」從畫室走回家的路上，劉其偉一步一拐地說。略顯蹣跚的腳步擋不住他急切的語氣。

老人家有點兒急，也有點兒無奈。家中情況短時間內不容他遠離，要再整裝出發到海外探研，也不是馬上說走就能走。不過，一時出不了遠門做研究，他立志藝術人類學的功夫不會稍緩，埋頭著述之外，他也把握機會和年輕人談。

民國八十五年三月中旬，整個台灣社會正籠罩在第一次總統民選滾滾沸沸的氣氛中，一個陰雨天的晚上，樹木掩映的台灣大學人類學系系館裡，四、五十位青青學子正羣聚二〇六討論室，聚精會神聆聽劉其偉講述「原始藝術與藝術人類學」。主辦這次「人類學週」一系列演講的台大學生表示，辦活動以來從來沒見到這麼多人來聽的，連外系同學也擠了進來。

玩出了名堂

「我不是畫家，也不是人類學家，我都是業餘的，」年初經過一場感冒人似乎瘦了些，一身卡其裝也顯得寬鬆了些的劉其偉，先這麼介紹自己，「我只是玩玩，但我玩出名堂。」

八十五歲的人生「玩家」用自己的研究心得和探險經歷，告訴年輕人如何以人類學的眼光來了解藝術，又如何從原始藝術來發現藝術的美，與人類的自然生命力。

「我個人比較喜歡做民族誌。不一定先有什麼社會學的理論架構，才去實踐，也不忙著先去做價值判斷，我是這樣想，先去做民族誌，從搜集來的資料中，再去建立理論還不遲。」

「我倒認爲人類學目前最急於做的，不是去建立理論或架構，而是如何站在人類學的立場，去挽救我們今天地球上的危機。」站在講台上的劉其偉繼續說，「今天整個地球上的人類是很糟糕的，這個兩隻腳的動物，上帝給他太多智慧了，上帝要哭的，因爲人類貪婪、破壞……。不像原始社會生於自然，仍有尊重自然的心，人類卻是要改變自然。」

劉其偉滔滔言談傳達的，顯然不只是他個人鑽研的學問，更多的，是發自他內心深處的一分關心。

盡力而為

演講中，他也不諱言，「我做田野調查（field research），但有人類學家說，『劉老，你這不叫field research，一定要yearly cycle，有週期性的去做。』不過做這些地方的田野調查研究，能去一回就不容易了。我做的探險研究，很多人類學家不以爲然。我不知道要如何，反正我盡力而爲就是了。」

劉其偉的「盡力而爲」，其實少有人能爲。他先後深入婆羅洲內陸、大洋洲各處島嶼，這些地方不乏國際間的人類學者和探險家喪命於此，而他也是近代少數、甚且唯一進入這些地方的華裔人類學研究者。

多年來以業餘身分從事人類學研究，劉其偉得到的鼓舞及質疑參半。昔日在中研院民族所埋首研讀、著述時，當時的所長李亦園感佩「一個外行人竟能如此投入」，特開了一間研究室供劉其偉使用。到了午間，所裡職員大多休息，見劉其偉只稍歇片刻後又繼續埋首，乾脆把鑰匙交給他，讓他好持續鑽研。每天午後三點左右，李亦園還細心交代小妹為劉其偉送來點心或咖啡。

清楚自己的方向

儘管在這條研究之路上，有支持、也有批評，但劉其偉自身，向來很清楚、也堅定於自己的角色及志趣。

三月十九日晚間台大人類學系討論室裡，螢幕流轉著劉其偉「巴布亞紐幾內亞之行」的探訪紀錄影帶。眾人睜大眼睛觀賞時，黑暗中，端坐一旁的劉其偉雙手環抱胸前，看著影片中的自己，臉上露出少見的嚴肅神情。

這一次次的探險研究之行，也一次次逐步加深了他對「藝術人類學」的觀念與決心。尤其是自紐幾內亞地區歸來之後，這個方向，他益發篤定。

民國八十二年五月，劉其偉從紐幾內亞返台，將近兩百件的原始部族文物隨飛機空運台灣，另有十多件三公尺以上的獨木舟、精靈像、編籃、弓箭、匕首和面具等，則隨後運抵基隆港。一年多後的民國八十三年七月，這兩百餘件文物，經細心整理分類後，在台中的自然科學博物館展出。

當時的科博館館長漢寶德告訴媒體，劉其偉的紐幾內亞之行，一方面以藝術家的特有敏感度、熱情和人道主義的執著，同時也不改其自喻爲業餘人類學家的謙虛精神，完全不顧長途跋涉的辛勞，在短期內完成了艱辛的任務。

尊重別人的文化

覽視著館內件件來自遙遠部落的文化標本，劉其偉心有所感地告訴眾人：「我們必須尊重別人的文化，絕不可蔑視或視爲『野蠻』。」

他希望爲台灣帶回的，不是一堆稀罕而神祕的展示品，而是將不同部族的生活文化展現在每一個有心看到的人面前，期待綿延的，是人類之間的了解、尊重與欣賞。

彼時曾採訪他的專欄作家郭冠英即表示：「對劉其偉來說，不加修飾也不被壓抑抵消的直覺感動力，才是真正的藝術價值所在。」

巴布亞紐幾內亞是今天地球上最後過著石器時代生活的地區，劉其偉在行旅中，卻「無處不見驚人的藝術作品，甚至包括族人家中的掛鈎。」他說，「沿著希匹克河流域，我們這趟旅程，儼然是經歷了一趟驚人的藝術之旅。」

近年來，他將這趟「驚人」之旅剪輯成影帶，做爲原始藝術與人類學的直接呈現。在影片中，劉其偉用感性的語調說：「土著的生活看來單調，但能幻化他們的人生，創作出震撼人心的神話與藝術。

「他們生活在一個壯闊、單純、自由的天地裡，自有其快樂和意義，我想，文明並不能塑造出人間的天堂。」

不斷地思索藝術、思索人間、思索文明，應是劉其偉執著以赴「藝術人類學」的炯炯動因吧！

最近幾年來採訪老畫家劉其偉的媒體記者也多可以感覺到，如今他寄情最深、用力最勤的，就是人類學與原始文化藝術的研究。

寶物不藏私

不過若是想像這位老探險家家中，擺設著他四處搜奇回來的「寶物」，那可就令許多人失望了。劉其偉依然是一件不留，全數捐予博物館。

提及這件事，劉其偉坦蕩直言：「一趟紐幾內亞之行，我花美術基金會一百多萬，而我帶回來的東西可賺幾千萬，但我不會做這種事。」老頑童又故作神祕地笑說，「我也試探我兒子。」他曾故意問同行的次子劉寧生，帶回來的文物有好幾貨櫃，可以一部分交給出錢的美術基金會，其餘的自己找倉庫留存，再伺機出售謀利。結果兒子回問他：「爸爸，你不是說要歸之於社會嗎，爲什麼又改變初衷？」

「我對他豎起大姆指說：『不愧是我的兒子！』」劉其偉父子沿途艱辛，瞬間盡似化於無形。

劉其偉一生很少談什麼社會使命感，但是他對於藝術人類學的致志努力，顯然有強烈的使命感在推動著。

他在著作中寫著：「文化的遺骸雖然要靠考古學家去發現，然而文化的故事卻要依恃民族學的方法才能闡明出來。」似乎也可以進一步說，文化的綿延，則要靠藝術創作者予以傳承啓迪，予以發揚光大。而劉其偉，正在這條道路上。

他將藝術人類學的田野調查工作，稱之爲「文化探險」，並且侃然傳授經驗給眾人，「田野工作比普通旅行有趣得多，以這種研究的態度去觀察世界，竟是如此繽紛多姿。縱使你一旦失敗而得不到豐收，也會帶來無限的人生啓示。」

有深遠影響力

這個一生喜歡探險、又從不認爲自己有何了不起的老鬥士，也許從來沒有發現到自己深遠的影響力。在東馬的古晉，他當初赴婆羅洲內陸探險前出發的城市，攝影家劉仁峙二十來歲的女兒在九〇年代舉行了一連串畫展，畫中瑰麗的色彩揉合了不少婆羅洲原始民族伊班族婦女的圖像及文樣，這位年輕的畫壇新秀始終記得小時候因爲「台灣來的劉爺爺」的鼓勵，使她決定走上今日這條畫程。

這是個異鄉的偶然例子。但怎不知，今日在台大人類學系小小課室裡凝神傾聽劉其偉的青年學子，不會也深深的神往於那在漫長的藝術歷史中，在亙久的人類文化中，「原來還有一個被失落而美得震撼心弦的殿堂！」進而在日後展開了效尤的行動。

八十五歲的劉其偉，正張滿其原始的風帆，航行在藝術人類學這片新的浩海中。外觀上的一身老態，在一提及這新的志趣時，就顯然被一股沛然的意志消弭於無形。就像他形容的海明威：「全身上下看來都是老的，但眼睛卻閃爍著前進的訊號！」

這一生最愛探險

九歲那年的首次航行大海，他沒有尋得書中描繪的「金銀島」，卻自此陶鑄了他艱辛、傳奇、而又極其豐富的人生。

回首一生。問他，這輩子最喜歡做的事是什麼？

劉其偉保持著不變的姿態，一貫的笑意，說：「探險！」

「去陌生的地方，去沒有人到過的地方，去我沒有去過的地方。做了，我有心安理得的味道。」

劉其偉探險天地間的人生傳奇，從來沒有終點。

附錄一 劉其偉大事年表

民國 元年　出生福建省福州市，本名福盛。祖籍為廣東省中山縣。為劉家獨子，其上兄長均於幼年夭折，僅有四姐劉惠琛與其存活。母親早逝，多由祖母撫養，祖父母極為寵愛。

六年　劉家經營的茶葉出口生意，因第一次世界大戰而滯銷，積存倉庫發霉，劉家因此破產，家道中落。

七年　祖父因債務抑鬱去世。父親劉蓀谷為避債主催討，舉家遷回廣東，開始以變賣家藏古董維生。

九年　與祖母、父親、姊姊移居日本橫濱。父親在渣打銀行任職。

十二年　九月發生關東大地震，為日本在二十世紀的第一次大天災，計十四萬人死亡，十萬人受傷。劉家在大地震中家產盡失。

隨全家移居神戶，恢復入學，習日文。另斷續於晚間隨一位華僑老先生習讀中文。

十五年　進入神戶英語神學校（Kobe English Mission College）就讀，奠下英語基礎。

二十一年　以華僑身分考取日本文部省發給的庚子賠款獎學金。離家赴東京，進入日本官立東京鐵道局敎習所專門部電氣科就讀。

二十四年　完成學業，自日本回返中國。

應徵入天津「公大紗廠」任職，但不到半年，就因與日籍主管發生口角，遭到開除。

二十六年　接獲旅日時期友人陳蘭皋於廣州來信。因此南下廣州，應聘於國立中山大學電機工程系擔任助敎，及強電流實驗室的實習老師。

中大時期成爲少年至今少有的愉悅歲月，並於中大寫了生平第一篇稿——一份研究報告發表於學校的工學季刊。

二十七年　與友人介紹相識的杭州姑娘顧慧珍結婚。

二十八年　日軍攻占廣州前夕，離開廣州。後因中山大學在雲南復校，而前往雲南。

二十九年 在昆明遇身居國軍少將的三叔劉天紹，在對方力邀下，投身軍職，進入軍政部兵工署擔任技術員，軍階為薦二級同上尉。工作地點遍及滇緬一帶，負責配電給水及軍事工程。見識戰時之人性扭曲及麻木，暇時至山區狩獵發洩。但也在雲南時期，初識少數民族之豐富面貌，欣賞震撼，種下日後鑽研文化人類學的遠因。

三　十　年 長子劉怡孫出生。

三十四年 二次大戰結束。

因具英、日文能力，而由軍職調任經濟部資源委員會研究員，奉派到台灣擔任戰後接收及修護工程工作。

這一年的最後一天飛抵台灣松山機場。

三十五年 擔任台電八斗子發電廠工程師，半年後，再獲經濟部資源委員會調任台灣金銅礦籌備處（台灣金銅礦務局前身）工程師兼工程組機電土木課課長。居於金瓜石。

三十六年 二二八事件發生，以良好的人緣與機緣僥倖安然渡過。

三十七年 次子劉寧生出生。

轉任台糖公司電力組工程師，經常出差中南部各糖廠工作。舉家自金瓜石遷居台北市汀州路。

三十八年 至中山堂觀賞香洪畫展，因友人一句「香洪是工程師，你也是工程師，爲什麼不畫」的刺激，以及公職生涯的抑鬱不得志，轉而將心緒投注繪畫。

開始自修繪畫，並廣泛閱讀藝術相關書籍。

三十九年 以「寂殿斜陽」入選台灣第五屆全省美術展，信心大增。

四　十　年 首次個展，於台北西門南亞沙龍展出。

四十二年 首本譯著《水彩畫法》出版。

此書成爲台灣青年畫家初探水彩領域的重要入門書。

四十五年 在台糖升任電力組組長。

四十六年 離開台糖，到美國海軍駐台基地任職。工作地點在新竹的空軍機場。

四十七年 轉至國防部軍事工程局任工程師。此後多年，常與駐台美軍顧問轉到台灣各地勘察、監工。

對於「跟美國佬打工」的經驗，感受深刻，包括外國人的做事態度，及自己對國家民族的觀念。

四十八年 與張杰、吳廷標、香洪、胡笳等畫友籌組「聯合水彩畫會」。此畫會於民國五十二年改稱「中國水彩畫會」，成爲當時極活躍的繪畫組織及學術研究團體。

五十二年 年初受聘擔任國立歷史博物館主辦之「第二屆美術節美術展覽品提名委員會」委員，年底獲第一屆「最優水彩畫家」金爵獎。在畫壇日受矚目。

五十三年 擔任政工幹校藝術系兼任教授。從自修學畫者，成爲教人習畫者。

五十四年 與美軍簽約三年，赴越南戰地工作。

家庭經濟情況好轉，生活壓力減輕下，對前景大萌希望。在越南致力作畫，同時積極蒐研中南半島占婆、吉蔑等古文明藝術，視野及畫風更進一層。

五十六年 自越南返台，再回國防部軍工局任職。於歷史博物館推出「越南戰地風物水彩畫展」。並出版《中南半島行腳畫集》，深受藝文界好評。

五十八年 受聘爲文復會及歷史博物館合辦之「第一屆全國書畫展覽會」評審委員，自此由畫壇的參展者躍升爲評審者。

年底，獲中山學術文化基金會頒贈的第四屆中山文化創作獎，爲當時台灣文化界的最高榮譽。

五十九年 以婆憂鳥之故事創作「薄暮的呼聲」，爲歷來作品中最知名的代表作。

六十年 自聯合勤務工程署設計組工程師的職務退休，告別大半生軍公職生涯，全心投入藝術創作。

與友人成立「中國藝術學苑」，擔任班主任，授習建築繪圖、室內設計、純粹繪畫各種短期促成班。

六十一年 赴菲律賓Bontoc山地作土著族羣文化田野調查。

六十二年 出版著作《菲島原始文化與藝術》，獲菲國國家藝術文化委員會頒贈「東南亞藝術文化著作榮譽獎」，及香港東南亞研究所頒發學術獎狀。

六十三年 受聘擔任香港東南亞研究所名譽研究員。

至中原理工學院（後改制爲中原大學）建築工程系任教。

自此有穩定教職，且隨中原之研究計畫多次赴屏東及高雄縣等山地進行田野調查。漸涉入文化人類學之研究領域。

六十五年 受聘爲台北市立美術館籌備委員會委員。

赴韓國參加首屆亞洲藝術家會議，並趁此機會搜集朝鮮半島古代藝術與建築等資料。

六十七年 赴中南美洲訪問，探訪馬雅、印加等古文明藝術資料。

六十九年 到美國俄亥俄州立大學藝術系特別組教授水彩畫。

七十年 前往蘭嶼進行原住民部落之田野調查。

台北龍門畫廊及阿波羅畫廊聯合舉行「劉其偉畫路三十週年特展」。

七十一年 赴新加坡擔任南洋藝術學院客座教授。

七十二年 參與籌備之台北市立美術館落成，受聘擔任諮詢委員。

獲中華民國畫學會頒贈「第二十屆全國畫學會金爵獎」，爲藝術教育類得主。

七十三年 開始擔任東海大學美術系兼任教授。

赴南非探訪，並搜集原始藝術資料。

七十四年 赴馬來西亞中央藝術學院講學。

到婆羅洲拉讓江（R. Rajang）流域，深入內陸進行原始部族之田野調查。

七十五年 組探險隊，再度前往北婆羅洲之沙巴，探訪少數民族，搜集文物及資料。

七十七年 舉行「劉其偉義賣展」，義賣所得四十餘萬元捐予伊甸基金會。

捐贈婆羅洲伊班族木彫、番刀等文物予中央研究院民族學研究所博物館典藏。

重返廣州中山大學舊校探視。

七十九年 台灣省立美術館舉行「劉其偉創作四十年回顧展」。

捐贈九件畫作予台灣省立美術館，包括生平第一件正式習作「榻榻米上熟睡的兒子」。

八十一年 赴東非進行田野調查。

捐贈一千多冊圖書予東海大學，包括《Bauhaus》論文集及《The World Book》各一套。

八十二年 組探險隊赴大洋洲巴布亞紐幾內亞，進行文物採集及拍攝紀錄片工作。廣受台灣社會重視。

八十三年 台中自然科學博物館展出採集自紐幾內亞之二百多件文物，爲期一年半。

八十四年 應行政院農委會之邀，以野生動物畫作製成海報，宣導生態保育。參與組織「中華自然資源保育協會」，持續倡導生態保育。並出版《野生動物——上帝的劇本》一書。

八十五年 陸續結束東海大學等校兼任教職。

出版《文化探險——業餘人類學入門》，並以鑽研此領域爲晚年之最大志趣。

附錄二　劉其偉著作一覽表

編號	書　名	來源	出版日期	出版處	原作者、書名
1.	水彩畫法	譯	43.5	春齋書屋	Eliot O'Hara
2.	工業安全	編著	45.12	歐亞出版社	
3.	安全教育	譯	47.6	中國工業職業教育學會出版委員會	A.E. Horio. Ed.D. G.T.Seafford. Ed.D.
4.	水彩人像	著	53.1	歐亞出版社	
5.	抽象藝術造形原理	著	53.2	歐亞出版社	
6.	中南半島行腳畫集	著	56.8	中國畫學會	
7.	樂於藝	著	58	歐亞出版社	
8.	現代繪畫基本理論	編譯	59.12	歐亞出版社	
9.	絹印畫	譯	62.4	雄獅圖書公司	許漢超
10.	菲島原始文化與藝術	著	62.10	中山學術文化基金會	
11.	藝術零縑	著	63.10	三民書局	
12.	現代繪畫基本理論	編著	64.3	雄獅圖書公司	
13.	現代水彩初階	編著	64.4	藝術圖書公司	
14.	非洲行獵記	譯	65.4	廣城出版社	John. A. Hunter
15.	近代建築藝術源流	編譯	65.9	六合出版社	Ludwing Hilbersim-er & Kurt Rowland & Nikolaus Povsner
16.	荷馬水彩專輯	編譯	66	藝術家出版社	Lloyd Goodrich
17.	原始藝術探究	編著	66.1	玉豐出版社	
18.	朝鮮半島美術初探	著	67.5	藝術家出版社	
19.	水彩技巧與創作	著	67.7	東大圖書公司	
20.	台灣土著文化藝術	編著	69.1	雄獅圖書公司	
21.	佛林特水彩畫集	譯	69.11	藝術家出版社	S. W. Wade
22.	現代水彩講座	著	69.11	藝術家出版社	
23.	人體工學與安全	編譯	70.8	東大圖書公司	
24.	蘭嶼部落文化藝術	著	71.9	藝術家出版社	
25.	婆羅洲雨林探險記	著	72.7	廣城書局	
26.	婆羅洲土著文化藝術	著	79.11	台北市立美術館	
27.	文化人類學	編譯	80.7	藝術家出版社	
28.	藝術與人類學	著	81.6	台灣省立美術館	
29.	美拉尼西亞文化藝術	著	83.8	台灣省立美術館	
30.	台灣原住民文化藝術	編著	84.1	雄獅圖書公司	
31.	野生動物－上帝的劇本	著	84.8	中華自然資源保育協會	
32.	文化探險	著	85.6	台灣省立美術館	

註：以上書籍不包括增訂版及再版，本表收錄至85年止。

附錄三　劉其偉相關專書及影片一覽表

編號	書　名	作者	出版/製作年份	出版/製作者
1.	劉其偉的繪畫世界	何恭上編	60	歐亞出版社
2.	劉其偉的水彩	何政廣編	69	藝術家圖書公司
3.	劉其偉的畫路	何政廣編	71	藝術家圖書公司
4.	劉其偉水彩集1986	何政廣編	75	藝術家圖書公司
5.	三人行畫集	朱沈冬編	77	心萌詩刊社
6.	走進叢林	劉其偉述 張秀綢撰	77	台灣省政府教育局
7.	劉其偉水彩集八十回顧預展	陳玉珍編	78	龍門畫廊
8.	台灣水牛集		79	當代藝術公司
9.	劉其偉創作四十年回顧展	台灣省立美術館	79	台灣省立美術館
10.	劉其偉作品展	台北市立美術館	81	台北市立美術館
11.	台灣畫壇老頑童	黃美賢	83	雄獅圖書公司
12.	劉其偉四十年回顧展（影片）		79	省立美術館
13.	智慧的薪傳－永不歇止的劉其偉（影片）		84	行政院新聞局
14.	經典人物（影片）		84	台灣電視公司

註：本表收錄至85年止。

附錄四　劉其偉任教學校及教授課程一覽表

學　校	科　系	時　間	科　目	備　註
政工幹部學校	藝術系	53～54年	水彩	後改為政治作戰學校
越南嘉定藝專		54～56年	水彩	
政治作戰學校	藝術系	58.4～58.8 60～61年	水彩	
中國藝術學苑		60～61年	水彩	
中國文化學院(夜)	家政系美術工藝組	61～64年	美術史；藝術欣賞	後改為中國文化大學
中原理工學院	建築工程學系	63～79年	環境控制系統	後改為中原大學
淡江文理學院	建築系	64～65年	環境控制系統	後改為淡江大學
美國俄亥俄州立大學	藝術系	69年	水彩	
新加坡南洋美術專科學院		71年	藝術欣賞	後改為南洋藝術學院
東海大學	美術系	73～84年	文化與藝術	
馬來西亞中央藝術學院		74～75年	藝術欣賞	
東海大學(夜)	外國語文學系	75～76年	通識教育(文化與藝術)	
輔仁大學	美術系	76～80年	美術史	
國立藝術學院	傳統藝術研究所	81～82年	藝術與人類學	

社會人文系列

GB066
傳燈
——星雲大師傳

符芝瑛 著

●定價三六〇元

當年南京棲霞山寺的一位小沙彌，今日卻成爲領導百餘萬信衆，使佛光普照六大洲的國際高僧。星雲大師究竟是如何以其願力、因緣、德行「真空生妙有」？

本書作者以清新流暢的文字、親切生動的實例、第一手國內外的採訪，爲讀者鋪陳出這位一代宗師真實的生活面貌、所思所感，以及創立人間佛教的奮鬥歷程。

一如書名「傳燈」，當此混沌亂世、人心茫盲，期待星雲大師的志行典範成爲一盞高懸華燈，傳遞慈悲喜捨、惜福結緣、慚愧感恩的光明訊息。

GB065
惜緣

王端正 著

●定價二二〇元

從新聞專業走入慈濟志業，作者以其豐富的文思、悲憫的襟懷以及對佛教哲理的領悟，引領讀者重思生命的意義？而從積極投入利濟衆生的慈善工作中，作者對慈濟人的理念與作爲，更有一番深刻的觀察。

從本書中，讀者將可擷取佛陀的智慧，體悟慈悲的真諦，開展知足、自在、歡喜的人生。

GB067
出走紐西蘭
——一個母親的教育實驗

尹萍 著

●定價二四〇元

她，一個熱愛自己成長的土地的文化工作者；一個重視孩子教育的母親，卻因再也無法忍受台灣的教育體制，在女兒國三那年，攜兒帶女遠走紐西蘭。

離國經年後，她藉由書信，以冷靜而清新的筆調，娓娓道出「出走」的心情，以及孩子在紐西蘭所接受的新教育。她開玩笑説，如果當年她也有這樣的機會，説不一定現在是個物理學家。

所有關心台灣教育問題的人，不論是留在台灣或選擇出走，都可以從本書得到啓發。

書號	書　　名	作者	譯者	定價	備註
	科學大師系列				
CS101	大霹靂——科學大師系列(1)	巴洛	葉李華	220	
CS102	最後三分鐘—科學大師系列(2)	戴維思	陳芊蓉	220	
CS103	人類傳奇—科學大師系列(3)	理查．李基	楊玉齡	220	
CS104	伊甸園外的生命長河—科學大師系列(4)	道金斯	楊玉齡	220	
CS105	化學元素王國之旅—科學大師系列(5)	艾金斯	歐姿漣	220	
CS106	大自然的數學遊戲—科學大師系列(6)	史都華	葉李華	220	
CS107	萬種心靈—科學大師系列(7)	丹尼特	陳瑞清	220	

天下文化〈天下人知識系列〉

書號	書　　名	作者	譯者	定價	備註
BK001	跳出思路的陷阱	葛登能	薛美珍	150	
BK002	帝王學	山本七平	周君銓	150	
BK003	如何看財務報表（原名：盈虧之間）	波席爾	王修本	150	
BK004	輕輕鬆鬆學經濟	普爾、拉蘿	陳文苓	150	
BK005	共同基金	陳忠慶		150	
BK006	房地產—增殖的投資途徑	游振輝		150	
BK007	創意激盪	羅林森	黃炎媛	180	
BK008	啊哈！有趣的推理	葛登能	薛美珍	280	
BK009	進入廣告天地	紀文鳳		180	
BK010	成功簡報手冊(原名：團體溝通的藝術)	勒夫	曾瑞枝	180	

天下文化〈天下經典系列〉

書號	書　　名	作者	譯者	定價	備註
BA002	自由經濟的魅力	李甫基	馬凱　等	320	
BA003	台灣經驗四十年	高希均、李誠編		400	
BA004	新領導力	葛德納	譚家瑜	300	
BA005	新政府運動	歐斯本　等	劉毓玲	300	
BA006	台灣二〇〇〇年	蕭新煌　等		320	
BA007	不再寂靜的春天	彌爾布雷斯	鄭曉時	500	
BA008	綠色希望	席塔茲	林文政	320	
BA009	台灣經驗再定位	高希均、李誠編		500	

天下文化〈知識的世界〉

書號	書　　名	作者	譯者	定價	備註
BW007	經濟學的世界：上篇	高希均、林祖嘉		350	

天下文化〈科學人文系列〉

書號	書　名	作者	譯者	定價	備註
CS001	混沌—不測風雲的背後	葛雷易克	林和	300	
CS002	居禮夫人—寂寞而驕傲的一生	紀荷	尹萍	280	
CS003	全方位的無限—生命為什麼如此複雜	戴森	李篤中	280	
CS004	你管別人怎麼想—科學奇才費曼博士	費曼	尹萍　等	250	
CS005	理性之夢—這世界屬於會作夢的人	裴傑斯	牟中原　等	320	
CS006	氫彈之父—沙卡洛夫回憶錄(1921－1967)	沙卡洛夫	牟中原　等	300	
CS007	人權鬥士—沙卡洛夫回憶錄(1968－1989)	沙卡洛夫	牟中原　等	300	
CS008	大滅絕—尋找一個消失的年代	許靖華	任克	280	
CS009	柏拉圖的天空—普林斯頓高研院大師羣像	瑞吉斯	邱顯正	300	
CS010	古海荒漠—地中海默默守著的大祕密	許靖華	朱文煥	220	
CS011	宇宙波瀾—科技與人類前途的自省	戴森	邱顯正	300	
CS012	別鬧了，費曼先生—科學頑童的故事	費曼	吳程遠	300	
CS013	喜悅時光—從宇宙演化看人性真諦	席夫	葉李華	250	
CS014	恐龍再現—誰讓恐龍「復活」了？	雷森	陳燕珍	280	
CS015	雁鵝與勞倫茲—動物行為啓示錄	勞倫茲	楊玉齡	280	
CS016	蓋婭，大地之母—地球是活的！	洛夫洛克	金恆鑣	240	
CS017	基因聖戰—擺脫遺傳的宿命	畢修普　等	楊玉齡	400	
CS018	複雜—走在秩序與混沌邊緣	沃德羅普	齊若蘭	400	
CS019	玉米田裡的先知—異類遺傳學家麥克林托克	凱勒	唐嘉慧	300	
CS020	演化之舞—細菌主演的地球生命史	馬古利斯、薩根	王文祥	320	
CS021	自私的基因—我們都是基因的俘虜？	道金斯	趙淑妙	360	
CS022	達爾文大震撼—聽聽古爾德怎麼說	古爾德	程樹德	360	
CS023	台灣蛇毒傳奇—台灣科學史上輝煌的一頁	楊玉齡、羅時成		360	
CS024	物理之美—費曼與你談物理	費曼	陳芊蓉	250	
CS025	生而為人—從演化舞台中走來	瑪麗與約翰·葛瑞賓	陳瑞清	380	
CS026	達爾文與小獵犬號—「物種原始」的發現之旅	穆爾黑德	楊玉齡	300	
CS027	吃角子老虎與破試管—一個科學家的理性與感性	盧瑞亞	房樹生	300	
CS028	所羅門王的指環—與蟲魚鳥獸親密對話	勞倫茲	游復熙　等	200	
CS029	宇宙的詩篇—解讀天地間的幾何法則	奧瑟曼	葉李華	220	
CS030	驚異的假說—克里克的「心」、「視」界	克里克	劉明勳	380	
CS031	大自然的獵人—博物學家威爾森	威爾森	楊玉齡	380	
CS032	繽紛的生命—造訪基因庫的燦爛國度	威爾森	金恆鑣	400	
CS033	螞蟻與孔雀(上)—耀眼羽毛背後的性擇之爭	柯若寧	楊玉齡	320	
CS034	螞蟻與孔雀(下)—捨己為羣的利他之謎	柯若寧	楊玉齡	300	

書號	書　　名	作者	譯者	定價	備註
GB076	捍衛網路	克里夫·斯多	白方平	420	
GB077	探險天地間—劉其偉傳奇	楊孟瑜		360	
GB078	期待一個城市	黃碧端		280	
GB079	狗兒的祕密生活	湯瑪士	符芝瑛	280	
GB080	千山獨行—蔣緯國的人生之旅	汪士淳		360	
GB081	前進非洲	派克	陳秀娟	360	
GB082	響自心靈的高音—卡列拉斯自傳	卡列拉斯	張劉芬	320	
GB083	小女遊學英倫—教育體制外的一扇窗	陳淑玲		220	
GB084	鬧中取靜	王力行		240	
GB085	誰在乎媒體（原名：第四勢力）	張作錦		250	
GB086	中國飛彈之父—錢學森之謎	張純如	張定綺　等	360	
GB087	全是贏家的學校—借鏡美國教改藍圖	威爾遜、戴維斯	蕭昭君	320	
GB088	一百億國票風暴	刁明芳		320	
GB089	孤獨與追尋—地質學大師許靖華的成長故事	許靖華	唐清蓉	380	
GB090	薪火—佛光山承先啓後的故事	符芝瑛		300	
GB091	寧靜中的風雨—蔣孝勇的真實聲音	王力行、汪士淳		360	
GB092	試爲媒體說短長	張作錦		250	
GB093	日本情結—從蔣介石到李登輝	徐宗懋		260	
GB094	田長霖的柏克萊之路—華裔校長的輝煌歲月	劉曉莉		300	
GB095	堤河邑冒險學校—紐西蘭的山野教育	尹萍、韓敦瑋		240	
GB096	刻畫人間—藝術大師朱銘傳	楊孟瑜		360	

天下文化〈社會人文系列〉

書號	書　名	作者	譯者	定價	備註
GB001	我們正在寫歷史—方勵之自選集	方勵之		200	
GB009	蕭乾與文潔若（上、下册）	文潔若		400	
GB013	尋找台灣生命力	小野		200	
GB014	風雨江山—許倬雲的天下事	許倬雲		220	
GB027	大格局	高希均		220	
GB028	智慧新憲章—著作權與現代生活	理律法律事務所		250	
GB030	美麗共生—使用地球者付費	凱恩格斯	徐炳勳	220	
GB033	尋找心中那把尺	熊秉元		220	
GB037	時代七十年	姜敬寬		250	
GB040	無愧—郝柏村的政治之旅	王力行		360	
GB043	活用消費者保護法	理律法律事務所		280	
GB044	無冕王的神話世界	羅文輝		220	
GB046	最後的貓熊	夏勒	張定綺	320	
GB048	歡喜人間(上)	星雲大師		250	
GB049	歡喜人間(下)	星雲大師		250	
GB050	報人王惕吾－聯合報的故事	王麗美		360	
GB051	燈塔的故事	熊秉元		220	
GB053	電腦叛客	海芙納、馬可夫	尚青松	280	
GB054	觀念播種—高希均文集Ⅰ	高希均		250	
GB055	優勢台灣—高希均文集Ⅱ	高希均		250	
GB056	失控—解讀新世紀亂象	布里辛斯基	陳秀娟	250	
GB059	教育改革的省思	郭爲藩		280	
GB060	石油一生—李達海回憶錄	鄧潔華整理		360	
GB061	1895日軍侵台圖紀—台灣民主國抗敵實錄	徐宗懋策畫		360	
GB062	務實的台灣人	徐宗懋		300	
GB063	點滴在心頭—42位身邊人物談二位蔣總統	朱秀娟訪談		320	
GB064	大家都站著	熊秉元		250	
GB065	惜緣	王端正		220	
GB066	傳燈—星雲大師傳	符芝瑛		360	
GB067	出走紐西蘭—一個母親的教育實驗	尹萍		240	
GB068	誠信—林洋港回憶錄	官麗嘉		360	
GB069	讓好人出頭—王建煊的從政理念	王建煊		320	
GB070	頂尖人物成功之路	李慧菊　等		240	
GB071	大是大非—梁肅戎回憶錄	梁肅戎		360	
GB072	永遠的春天—陳香梅自傳	陳香梅		360	
GB073	郝總長日記中的經國先生晚年	郝柏村		360	
GB074	我心永平—連戰從政之路	林黛嫚		300	
GB075	大愛—證嚴法師與慈濟世界	丘秀芷		360	

書號	書　　　名	作者	譯者	定價	備註
BP046	造就自己	莫里斯	周旭華	300	
BP047	阻力最小之路	弗利慈	徐炳勳	320	
BP048	辦公室男女對話	坦南	黃嘉琳	320	
BP049	錯把太太當帽子的人	薩克斯	孫秀惠	320	
BP050	火星上的人類學家	薩克斯	趙永芬	340	
BP051	開啓希望之門	派恩	蕭富元	200	
BP052	生死之歌	雷凡	汪芸、于而彥	320	
BP053	誰是老闆—如何做個高效能的主管	波奇艾勒第	黎拔佳	240	
BP054	回歸真愛	蘿拉·史萊辛爾	林蔭庭	260	
BP055	聽眼淚說話	傑佛瑞·寇特勒	莊安琪	240	
BP056	抓住心靈時刻	赫特夏芬	鄭清榮	300	
BP057	365天領導心法	唐納·盧斯	汪芸、柯清心	320	
BP058	生命的領航	鮑曼、迪爾	孫秀惠	200	
BP059	X世代的價值觀	塔爾根	李根芳	250	
BP060	挑戰極限	麥克·強生	楊淑智	240	
BP061	新中年主張	蓋爾·希伊	蕭德蘭	420	
BP062	敢說真話	瑞安 等	陳秀娟	280	
BP063	另類家庭	埃亨、貝利	鄭清榮、諶悠文	320	
BP064	快樂自己求	芭芭拉·歇爾	李月華	260	

天下文化〈心理勵志系列〉

書號	書　　名	作者	譯者	定價	備註
BP001Y	樂在工作	魏特利　等	尹　萍	250	
BP004X	樂在溝通—做個會說話的上班族	白克	顧淑馨	250	
BP006X	人生，另一種解答	葆森　等	趙瑜瑞	250	
BP007X	與成功有約	柯維	顧淑馨	250	
BP008	長大的感覺，真好	帕翠生　等	尹　萍	150	
BP009	可以勇敢，也可以溫柔	史克蘿	何亞威	220	
BP010X	生涯挑戰101—做工作的主人	迪梅爾　等	李淑嫻	250	
BP011X	腦力激進—十二週成長計畫	莎凡　等	李芸玫	250	
BP013	一躍而過	麥考梅克　等	顧淑馨	220	
BP014	愛與被愛	霍克	劉毓玲	200	
BP016	資訊創意家	川勝久	呂美女	200	
BP017	自助保健	希爾絲	邱秀莉	200	
BP020X	生涯定位	卡維、德金　等	黃孝如	250	
BP021X	21世紀工作觀	麥考比	李瑞豐	250	
BP022X	全心以赴	柯維	徐炳勳	300	
BP023	樂在談判	貝瑟曼　等	賓靜蓀	220	
BP024	看，錢在說話	亞伯朗斯基	盧惠芬	280	
BP025	魅力，其實很簡單	瑞吉歐	蕭德蘭	220	
BP026X	快樂，從心開始	契克森米哈賴	張定綺	300	
BP027	志在奪標	魏特利	邱秀莉	220	
BP028	開拓創意心	辛妮塔	莊勝雄	250	
BP029X	有聲有色做溝通	華頓	譚家瑜	300	
BP030	破解工作苦	史崔瑟·西奈	蕭德蘭	220	
BP031	激發決策腦	道森	盧惠芬	250	
BP032	其實你真的聰明	艾波思坦　等	蕭德蘭	250	
BP033X	扣準時機的節奏	魏特利	朱偉雄	280	
BP034X	夢想，改造一生	布朗	陳秀娟	280	
BP035	全面成功	金克拉	陳秀娟	300	
BP036	駕馭變局十二法則	歐力森	李宛蓉	280	
BP037	心靈地圖(修訂版)	派克	張定綺	250	
BP038	與心靈對話	派克	張定綺	280	
BP039	熱情過活	歇爾	黃治蘋	300	
BP040	寂寞的，不只是你	古屋和雄	唐素燕	240	
BP041	親愛的，爲什麼我不懂你	葛瑞	蕭德蘭	300	
BP042	相愛到白頭	葛瑞	黃孝如	320	
BP043	頑石也點頭	傑立森	趙永芬	250	
BP044	人生四季之美	日野原重明	高淑玲	200	
BP045	活在當下	安吉麗思	黎雅麗	300	

書號	書　　名	作者	譯者	定價	備註
CB126	我看英代爾—華裔副總裁的現身說法	虞有澄　等		360	
CB127	個人公關	蘿安	李淑嫻	240	
CB128	公關高手—經營人際關係的藝術	蘿安	李淑嫻	240	
CB129	不流淚的品管	克勞斯比	陳怡芬	280	
CB130	電腦王國R.O.C.—Republic of Computers的傳奇	黃欽勇		280	
CB131	數位革命—01101110010111011l…的奧妙	尼葛洛龐帝	齊若蘭	320	
CB132	創意成真—十四種成功商品的故事	拿雅克　等	譚家瑜	360	
CB133	亞洲大趨勢	約翰·奈思比	林蔭庭	340	
CB134	企業推手	戴維斯　等	周旭華	250	
CB135	策略遊戲	希克曼	楊美齡	340	
CB136	行銷之神—佳能怪傑瀧川精一的故事	瀧川精一、卡拉爾	趙永芬	200	
CB137	行銷172誡	克藍希、舒爾曼	周怜利	380	
CB138	超越管理迷思—重新探索管理真諦	艾克斯　等	方美智	340	
CB139	再造宏碁	施振榮、林文玲		360	
CB140	漫步華爾街	墨基爾	楊美齡	460	
CB141	異端者的時代	大前研一	劉天祥	220	
CB142	時間陷阱	麥肯思	譚家瑜	320	
CB143	目標	高德拉特、科克斯	齊若蘭	460	
CB144	標竿學習—向企業典範借鏡	史平多利尼	呂錦珍	320	
CB145	國家競爭優勢(上)	波特	李明軒　等	500	
CB146	國家競爭優勢(下)	波特	李明軒　等	500	
CB147	競爭力手册	高希均、石滋宜		160	
CB148	動力東元—馬達轉出無限生機	東元科技文教基金會		280	
CB149	轉虧爲盈—國家半導體成功轉型經驗	歐勉國、賽蒙	呂錦珍	380	
CB150	談笑用兵—洞悉商場策略	麥凱	鄭懷超、曾陽晴	320	
CB151	攻心爲上—活用的商場智慧	麥凱	曾陽晴	250	
CB152	麥當勞—探索金拱門的奇蹟	洛夫	韓定國	320	
CB153	跨世紀資訊商戰	黃欽勇　等		260	
CB154	組織遊戲	希克曼	楊美齡	340	
CB155	戴明的管理方法	瑪麗·華頓	周旭華	350	
CB156	戴明的新經濟觀	戴明	戴久永	250	
CB157	轉危爲安—戴明管理十四要點的理念與實踐	戴明	鍾漢清	500	
CB158	哈佛學不到的經營策略	麥考梅克	任中原	280	
CB159	變動的年代—從不確定中創造新願景	韓第	周旭華	250	
CB160	雙贏策略—苗豐強策略聯盟的故事	苗豐強、齊若蘭		300	
CB161	股市陷阱 88—掌握投資心理因素	巴瑞克	陳延元	280	
CB163	抓住員工的心—建立留得住人才的公司	墨林	周怜利	220	
CB164	小公司的經營妙招—301個好點子	布洛考　編	周怜利	320	

天下文化〈財經企管系列〉

書號	書　　名	作者	譯者	定價	備註
CB053	歷練—張國安自傳	張國安		200	
CB058	廣告大師奧格威—未公諸於世的選集	奧格威	莊淑芬	200	
CB061	服務業的經營策略	海斯凱特	王克捷　等	200	
CB065	說來自在—上台演講不緊張	薩娜芙	金玉梅	160	
CB077	2000年大趨勢	奈思比　等	尹　萍	250	
CB083	改造遊戲規則—21世紀銷售新法	魏爾生	孫紹成	220	
CB085	平凡的勇者	趙耀東		200	
CB086	哈佛仍然學不到的經營策略	麥考梅克	劉毓玲	220	
CB087	未來贏家—掌握2000年十大經營趨勢	塔克爾	賓靜蓀	220	
CB089	世紀之爭—競逐全球新霸主	梭羅	顧淑馨	250	
CB091	台灣突破—兩岸經貿追蹤	高希均　等		320	
CB092	超國界奇兵	蓋伊　等	李淑嫻	200	
CB093	無限影響力—公關的藝術	狄倫施耐德	賈士蘅	250	
CB095	吳舜文傳	溫曼英		320	
CB096	經營顧客心	懷特利	董更生	240	
CB097	溫柔女強人	羅絲曼	余佩珊	220	
CB098	追求卓越（修訂版）	畢德士　等	天下編譯	220	
CB099	跳躍的靈魂—「美體小舖」安妮塔傳奇	安妮塔	黃孝如	280	
CB100	創世紀	保羅·甘迺廸	顧淑馨	320	
CB101	企業大轉型—資訊科技時代的競爭優勢	凱恩	徐炳勳	250	
CB102	大潮流—目擊全球現場	萊特　等	李宛蓉	280	
CB103	反敗爲勝—汽車巨人艾科卡自傳	艾科卡	賈堅一　等	250	
CB104	經典管理—世界名著中的管理啓示	克萊蒙　等	張定綺	240	
CB105	小故事，妙管理	阿姆斯壯	黃炎媛	220	
CB106	專業風采	畢克絲樂	黃治蘋	240	
CB109	統合管理革命	格蕾安	陳秋美	260	
CB111	第五項修練—學習型組織的藝術與實務	彼得·聖吉	郭進隆	500	
CB112	優勢行銷	拉瑟　等	周旭華	250	
CB113	實現創業的夢想	霍肯	吳程遠　等	220	
CB114	溝通時代話領導	狄倫施耐德	余佩珊	280	
CB115	全球弔詭—小而強的時代	奈思比	顧淑馨	320	
CB116	共創企業淨土	徐木蘭		250	
CB117	台商經驗—投資大陸的現場報導	高希均　等		320	
CB119	時間萬歲—解讀忙碌症候羣	伯恩斯	莊勝雄	280	
CB120	飛狐行動—一個團隊致勝的故事	巴特曼	施惠薰	280	
CB121	團隊出擊	哈琳頓-麥金	齊若蘭	260	
CB122	綠色管理手冊	沙德葛洛夫	宋偉航	360	
CB123	覺醒的年代—解讀弔詭新未來	韓第	周旭華	300	
CB124	第五項修練Ⅱ實踐篇（上）—思考、演練與超越	彼得·聖吉	齊若蘭	460	
CB125	第五項修練Ⅱ實踐篇（下）—共創學習新經驗	彼得·聖吉	齊若蘭	460	

國家圖書館出版品預行編目資料

探險天地間：劉其偉傳奇 / 楊孟瑜著.--第一版
．--臺北市：天下文化出版；[臺北縣三重市]
：黎銘總經銷,1996[民85]
面；　　公分.--(社會人文；77)
ISBN　957-621-313-4（平裝）

1.劉其偉-傳記

782.886　　　85003092

社會人文⑰

探險天地間

——劉其偉傳奇

作　者／楊孟瑜
系列主編／黃孝如
責任編輯／杜晴惠、曾文娟、鄭惟和
封面設計、美術編輯／李錦鳳
封面題字、照片提供／劉其偉
封面攝影／劉寧生
社　長／高希均
發行人／王力行
法律顧問／理律法律事務所陳長文律師、太穎國際法律事務所謝穎青律師
出版者／天下文化出版股份有限公司
地　址／台北市104松江路93巷1號2樓
電　話／(02)506-4618
直接郵撥帳號／1326703-6號　天下文化出版股份有限公司
電腦排版／極翔企業有限公司
製版廠／利全美術製版股份有限公司
印刷廠／盈昌印刷股份有限公司
裝訂廠／台興裝訂廠
用　紙／永豐餘象牙道林紙
登記證／局版台業字第2517號
總經銷／黎銘圖書有限公司　　電話／(02)981-8089　網址／www.liming.com.tw
著作完成日期／1996年3月
出版日期／1996年4月30日第一版
1997年11月15日第一版第9次印行(16,001～17,000本)
定價／360元

Published by Commonwealth Publishing Co., Ltd.
Printed in Taiwan
ISBN：957-621-313-4
書號：GB77

巴布亞紐几内亞田野調查地区示意圖·1993

IN SEARCH OF CULTURES AND ART OF PAPUA
AT UPPER SEPIK R. AND TABAR I.

EQUATOR
Jayapura
JALE
Djaja Peak
16,503 ft.
IRIAN JAYA
Sepik R.
Mt.
Hagen
Aru Is.
INDONESIA
Digul R.
PAPUA
NEW
Fly R.
ARAFURA
SEA
Merauke
Daru
AUSTRALIA
DO